❀ 이 책에 대한 한국 독자 리뷰 ❀

이 책은 여섯 편의 애절하고 기이한 이야기들로 구성되어 있다. 한 번쯤은 들어 보았을 신비한 이야기와 그 이야기에 무서워하면서도 매료되었던 순간의 묘한 마음을 잘 담아내고 있다. 어린 시절부터 줄곧 기이하고 신비한 이야기에 ▨▨▨▨ ▨▨던 나에게 작가 슈카와 미나토의 소설은 달콤하면서도 쓴 맛▨ ▨▨▨▨▨▨▨ ▨▨▨ 다가온다.

대형 서점에서 친구를 기다리▨ ▨▨▨▨▨▨▨▨▨▨▨▨▨▨▨▨▨▨기 시작했는데, 도저히 책을 덮을 수 ▨▨▨▨▨▨▨▨▨▨▨▨▨▨▨▨에서는 왜 이리 눈물이 갑자기 흐르는지 ▨▨▨▨▨▨▨▨▨▨단 …… 정말 …… 이렇게 마음에 남는 책은 드물었다. — 예스24 독자 리뷰(ID_chanho75) 중

이 책은 요즘 쉽게 보기 힘든 정서를 다루고 있다. 심오하거나 성취적이거나 코믹하거나 트렌드를 지향하는 것과는 거리가 멀다. 지난 세월을 조심히 들춰 보게 하면서, 사랑받을 수 있어서 또 사랑할 수 있는 기회를 가질 수 있었음을 감사하게 한다. 또한 남은 인생을 관조할 수 있는 기회도 주는 듯싶다. 이 책이 현실과 판타지 사이에서 문학성을 잃지 않고 오히려 청초하게 꽃 피우고 있어서 너무나도 고맙다. 나처럼 과거 회귀적이며 지난 많은 세월들을 부끄러워하며 후회하는 이들에게 위로가 되길 바란다.
— 예스24 독자 리뷰(ID_angle537) 중

유년 시절로의 회귀! 라고 하면 적절할 듯하다. 여기에 소개된 단편들은 하나같이 열두어 살 된 아이의 입을 통해 묘사되고 있다. 아이의 눈을 통해 본 세상은 어쩜 그리도 어른들의 그것과 다를 수 있는지 …… 소설을 읽어 나가다 보면 동심의 세계에 한동안 빠져 있게 된다. 우리가 동창을 만났을 때, 어린 시절 그때로 돌아간 기분을 만끽하듯 성장소설을 읽을 때도 비슷한 경험을 하게 된다. 그런 의미에서 이 책은 좋은 소설집이다. 생각하면 할수록 마음이 편해지게 만드는 것도 소설의 힘이다.
— 알라딘 독자 리뷰(ID_연잎차) 중

꽃밥

꽃밥

슈카와 미나토 지음
김난주 옮김

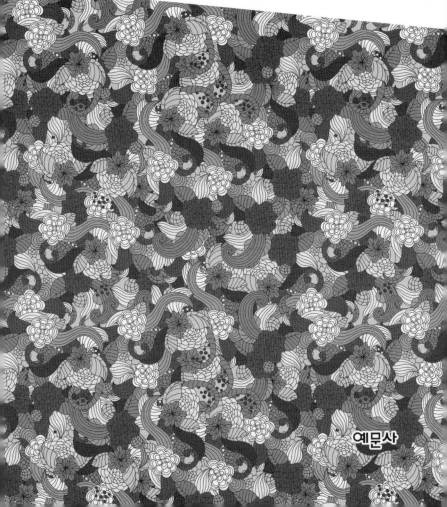

예문사

차례

밥은 하얀 철쭉꽃이고, 그 한가운데에는 돌돌 만 빨간 철쭉꽃이 꽂혀 있었다.
반찬은 공원에 피어 있는 갖가지 꽃과 잎사귀로 꾸며져 있었다.
소꿉놀이를 하면서 흔히 만드는 도시락이었다.

꽃밥

1

후미코가 태어났던 날의 일은 지금도 기억에 선명하다.

그때 나는 시립 병원 대합실에서 NHK에서 방영하는 인형극인지 뭔지를 보고 있었다. 그 얼마 전까지 분만실 근처에서 기다리고 있었는데, 동생이 좀처럼 태어나지 않아 싫증이 났던 것이다.

아빠는 안절부절못했다. 병원 밖으로 쫓겨난 재떨이와 분만실 사이를 정신없이 오락가락해서 마치 벽시계의 진자 같았다.

"벌써 두 시간이 지났는데, 빨리 좀 안 나오나."

"두 시간 삼십 분이야. 아무리 그래도 슬슬 때가 됐겠지."

"세 시간이 지났어. 정말 괜찮은 건지 모르겠군."

아빠는 내 옆을 지날 때마다 일일이 시간의 경과를 보고했다.

겨우 세 살인 내게 말해 봐야 아무 소용 없는 일이었을 텐데, 그만큼 흥분했던 것이리라.

모자 수첩에 적혀 있는 기록이 맞다면 여섯 시 십오 분이다.

간호부 — 그 시절에는 그렇게 불렀다 — 가 부르는 소리에 아빠는 허둥지둥 분만실 앞으로 달려갔다. 간호부와 짧은 대화를 나누더니 아싸! 하고 외치고는 박수를 한 번 짝 쳤다. 그리고 경보를 하는 것처럼 묘한 걸음걸이로 내게 다가와 작은 눈을 부릅뜨고 이렇게 말했다.

"도시키, 태어났다. 여자애야. 너에게 여동생이 생긴 거야."

솔직히 그때는 별 느낌이 없었다. 하지만 뛸 듯이 기뻐하는 아빠의 모습을 보고는 대단한 일이라는 것을 깨달았다.

아빠는 광대 기질을 타고 태어났는지 무슨 일이든 장난처럼 하는 성격이었다. 입을 열었다 하면 농담이었다. 하기야 만담을 자장가 삼아 자란 오사카 토박이니 어쩔 수 없는 일이기도 하다.

하지만 그때 아빠는 금방이라도 눈물이 주르륵 떨어질 듯한 표정이었다. 아니, 눈에는 눈물이 글썽한데 웃으려고 열심히 애를 썼다. 그러고는 감격에 겨워 내 손을 끌고 병원 밖으로 뛰어나가더니 만세! 하고 큰 소리로 외쳤다.

그 모습이 평소의 아빠와는 너무 달라 기뻐해야 할 일인가 보다고 생각했다. 그래서 아빠 못지않은 큰 소리로 만세를 외쳤다.

꽃밥

나중에 들었는데, 이 만세의 이중창은 분만대에서 축 늘어져 있던 엄마의 귀에도 들렸다고 한다.

 '시립 병원이니까 입원 환자 중에는 병세가 중한 사람들도 있을 텐데, 못 말리는 부자로군.'

 우리의 외침 소리를 들으면서 엄마는 그런 생각을 했다고 하니까, 여자란 참 엄격한 존재인 듯하다.

 드디어 우리는 간호부의 지시에 따라 신생아실 앞에서 주춤거리며 기다렸다. 잠시 후 젊은 간호부가 갓 태어난 후미코를 안고 나와, 우리는 유리창 너머로 후미코와 첫 대면을 했다.

 아쉽게도 그렇게 귀엽지는 않았다. 마치 쓰텐카쿠에 있는 빌리켄(쓰텐카쿠 오 층 전망대에 있는 행운과 복의 신 - 옮긴이) 상처럼 요상한 얼굴이라고 생각했을 정도였다. 하기야 갓 태어난 아기는 다들 그럴 테지만.

 그런데 아빠는 정반대였다. 마치 금괴라도 보는 듯 넋을 잃은 표정으로 유리창 너머에 있는 후미코를 바라보면서 몇 번이나 중얼거렸다.

 "야, 정말 귀엽다, 우리 딸. 이렇게 귀여운 게 세상에 있다니."

 자식을 위해서라면 부모는 다 바보가 된다지만 그때의 아빠는 정말 그 전형이었다. 지금 생각하면 아빠에게는 그때가 행복의 절정기 아니었나 싶다.

그로부터 이 년 후, 아빠는 서른 남짓의 젊은 나이에 죽고 말았다. 장거리 트럭을 운전하는 도중에 고속도로 연쇄 충돌에 휘말린 것이다.

아빠 입장에서는 정말 분했을 것이라고 생각한다. 아니, 즉사였으니까, 그럴 만한 틈도 없었으려나.

그 후로 엄마는 여자 몸으로 가정을 꾸리게 되었다. 혼자 힘으로 나와 후미코를 훌륭하게 키우리라 결심하고서 두세 가지 일을 한꺼번에 하면서도 힘들다 하지 않았다.

생활은 빠듯했지만 우리 셋이 힘을 합해 사는 것도 나름대로 즐거웠다고 지금은 생각한다. 하지만 역시 지난 세월이기에 그렇게 말할 수 있는 것이지, 우리가 성장하기까지는 정말 많은 일이 있었다.

특히 후미코에게 생긴 예의 건은 잊으려고 해야 잊을 수 없는 사건이었다.

2

오빠, 또는 형은 이 세상에서 가장 손해가 큰 역할일 것이다. 어렸을 때는 여동생이 있어 봐야 좋은 일은 하나도 없다고 생각

꽃밥

했다. 그 나이의 후미코를 하루라도 상대해 봤다면 누구든 그렇게 생각할 것이다.

그 녀석도 두세 살 무렵에는 정말 귀여웠다. 나를 오빠라고 부르면서 아장아장 따라오던 모습을 생각하면, 지금도 입가에 미소가 번질 정도다. 도시키, 네 동생 눈망울도 크고 진짜 귀엽게 생겼더라, 하고 친구들이 말해 주면 나는 나를 칭찬해 주는 것보다 더 기뻤다.

그런데 어느 겨울을 경계로 그런 후미코의 모습이 싹 변했다. 그때 후미코는 네 살이었다.

그 무렵 우리는 문화주택(일본식과 서양식을 절충한 주택으로 1920년대에 유행했다-옮긴이)에서 좁은 단칸방으로 이사해서 살고 있었다. 아빠가 죽은 후로 비싼 집세를 내기가 버거웠기 때문이다.

잘 때는 엄마와 셋이 내 천 자로 잤다. 이부자리는 두 채를 깔았지만 추운 날에는 한가운데 모여서 잤다. 내가 아직 어린 초등학교 이 학년생이었기 때문에 그래도 충분했다.

그날 밤, 나는 한밤중에 화장실에 가려고 일어났다.

일에 지친 엄마는 코까지 골면서 자고 있었다. 싸늘한 바람이 창문을 덜컹덜컹 흔들어 이불에서 나가기가 정말 괴로웠다.

간신히 일어나 화장실에 다녀왔는데, 엄마 옆에서 자고 있던 후미코가 벌떡 일어났다.

"왜 그래?"

놀라서 말을 걸자 후미코는 잠이 덜 깬 표정으로 나를 보며 말했다.

"오빠, 나, 전에 아주 깜깜한 데 있었어."

"무슨 잠꼬대 같은 소리야."

나는 이상한 꿈이라도 꾼 모양이라고 생각했다.

"나, 깜깜한 데서 목욕하고 있었어. 둥둥 떠 있기도 하고 잠수도 하고."

"너, 오줌 싼 거 아냐?"

그렇게 말하면서 이불 속에 손을 넣어 봤지만 젖어 있는 것 같지는 않았다.

"거기서 나, 무서웠어. 엄마도, 오빠도 없고."

그렇게 말하더니 후미코는 어둠 속에서 웃었다. 생긋이 아니라 히죽거리는 느낌의 웃음이었다.

'좀 이상하네.'

그런 생각을 하고 있는데, 후미코가 갑자기 웩 하고 이불 위에 토했다. 이마에 손을 대 보니 난로처럼 뜨거웠다. 당황해서 엄마를 흔들어 깨우자, 눈을 뜬 엄마는 당장에 구급차를 불렀다.

후미코는 곧바로 입원을 했지만 병명은 단순한 감기였다. 사흘 정도 지나자 말끔하게 나았는데, 문제는 그 후였다. 퇴원한 후미코가 어딘가 모르게 그 전과 분위기가 달랐던 것이다.

저녁나절 어두컴컴한 방에서 불도 켜지 않은 채 멍하게 있거나, 매사에 폐쇄적이 되었다. 엄마나 내가 걱정스러워 말을 걸면 귀찮다는 듯 인상을 찌푸리고는 두세 마디로 끝나는 짧은 대답만 했다. 좋아했던 과자도 별로 먹지 않고, 매일처럼 하던 인형놀이도 전혀 하지 않았다. 그 모두가 전의 후미코 같으면 생각도 할 수 없는 일이었다.

"어린애들은 한 번씩 열이 날 때마다 똑똑해지는 법이야. 걱정 안 해도 괜찮아."

이사 전에 같은 문화주택에 살았던 독신 아줌마는 그렇게 말했지만, 그런 것과는 좀 다른 듯했다. 뭐랄까, 단숨에 정신연령이 높아진 것처럼 그 전의 어린애답고 귀여웠던 맛이 싹 없어진 느낌이었다.

"혹시 열 때문에 머리가 어떻게 된 건가 했단다."

훗날 엄마는, 그 무렵의 후미코에게 그런 의심을 품었다고 고백했지만 실은 나도 같은 생각을 품고 있었다. 어린 내가, 그렇지 않다면 이렇게 변할 리 없다고 생각할 만큼 후미코의 변화는 극심했다.

고집이 는 것도 그 무렵부터였다.

그렇다고 나나 엄마에게 떼를 부리는 것은 아니었다. 그런 어린애다운 고집이라면 오히려 환영하고 싶을 정도였다.

후미코의 고집은 달랐다. 주위 상황은 전혀 무시한 채, 하고 싶을 때 하고 싶은 만큼만 했다. 아이들은 대개 그렇다는 의견도 있을 수 있겠지만 후미코의 경우는 웃어넘길 수 있는 정도가 아니었다.

특히 어린이집에서 탈주한 사건은 예삿일이 아니었다. 선생님 몰래 사라진 탓에, 없어졌다는 것을 알았을 때는 한바탕 소동이 벌어졌다. 엄마는 일터에서 헐레벌떡 달려왔고, 경찰에 신고하는 것은 물론 시청에 방송까지 부탁했다.

모두가 눈을 부릅뜨고 찾아다녔는데, 저녁때가 되자 제 발로 어린이집에 돌아왔다. 어디에 갔었느냐고 물으니, 전에 엄마와 함께 갔던 이웃 동네의 공원이 마음에 들어서 거기에 갔다 왔다고 했다. 그곳에 가려면 차들이 쌩쌩 달리는 큰길을 몇 번이나 지나야 하는데 용케 무사히 돌아왔다고 다들 입을 모아 말했다.

상황이 그러니 누구든 후미코를 지키고 있어야 했다. 우리 집에는 엄마와 나 말고는 식구가 없으니까, 어쩔 수 없이 그 역할은 내가 맡아야 했다. 솔직히, 정말 싫었다.

후미코는 만사가 제멋대로라서 자기가 하고 싶은 것밖에 하지

꽃밥

않았다. 타인에게 자신을 맞추려고 하지 않으니, 내키지 않으면 아무리 같이 놀자고 해도 절대 응하지 않았다. 친구들은 술래잡기니 귀신 놀이를 하면서 노는데 후미코는 혼자 모래 놀이터에서 산을 만들곤 했다.

엄마가 후미코를 혼자 놔두면 절대 안 된다고 하면 나는 친구들과 노는 것도 포기하고 후미코를 지켜봐야 했다.

예를 들어 후미코는 어린애 같은 장난은 별로 하고 싶어 하지 않았는데 딱 한 가지 소꿉놀이는 예외였다. 사방에 돋아 있는 풀이나 꽃을 따서 장난감 그릇과 접시에 담아 노는데, 초등학교 중학년이었던 나는 그런 놀이나 하면서 후미코를 상대하기가 정말 괴로웠다.

하지만 후미코는 자기가 만든 밥을 나뭇가지 젓가락으로 먹는 흉내를 내지 않으면 토라지는 터라 상대해 주는 도리밖에 없었다. 실제로 그런 장면을 친구에게 들켜 놀림거리가 된 적도 몇 번이나 있었다.

늘 그 모양이라 나는 후미코가 싫어졌다. 성격이 이 모양이니 절대 친구가 안 생길 거라고 생각했다. 하지만 또래 여자애들이 후미코와 놀기 싫어한다는 소리를 듣고는 심정이 복잡했다.

그런 때는 너무 일찍 저세상으로 간 아빠가 원망스러웠다.

아빠만 살아 있었어도 우리 집은 아주 평범한 가정이었을 테고, 엄마가 집에서 후미코를 지키고 보살펴 주었을 것이며, 나는 내가 하고 싶은 일을 마음대로 할 수 있었을 것이라고 생각했다.

어린 마음에 그랬다면 얼마나 좋았을까 하고 생각했다. 모든 것이 아빠 탓인 듯해서, 문틀 위에 걸려 있는 아빠 사진을 향해 혀를 쑥 내민 일도 있었다.

그래도 아빠 말이 생각나면 결국은 참자고 다짐하곤 했다.

"도시키 너, 오늘부터는 오빠야. 언제 어디서든 동생을 지켜 줘야 돼. 오빠란 그런 거니까."

그때 나는 네 살도 채 안 된 어린애였지만 아빠의 그 말만은 가슴에 새겼다. 유리창 너머로 빌리켄 상 같은 후미코를 바라보면서 들은 그 말에 조금은 감동했기 때문이었다.

어쩔 수 없다. 오빠는 세상에서 가장 고달픈 역할이니까.

3

"오빠, 이거 뭐라고 읽는 거야?"

후미코가 얼마 후면 초등학교에 입학할 즈음이었다고 기억한다. 정신없이 게임 워치를 하고 있는데, 후미코가 종이 한 장을 들고 내게 와 물었다. 게임을 하다 말고 종이를 들여다보았더니,

무슨 기호 같은 것이 적혀 있었다.

"뭐야, 이게?"

나는 종이를 뒤집어도 보고 비스듬하게 보기도 하면서 그 기호가 무슨 의미인지를 생각했다. 그리고 한참이 지나서 "彦根"이라는 한자라는 것을 겨우 알았다. 하도 글자가 삐뚤빼뚤하고 지저분해서 한자라는 것을 금방 알 수 없었던 것이다.

"이건 히코네라고 읽어. 동네 이름이야."

"히코네? 어디 있는데?"

"시가 현."

"바다에서 가까운 데지?"

"맹추, 시가 현에는 바다가 없어. 비와 호는 있어도."

"성도 있어?"

"글쎄, …… 있겠지 뭐."

그때는 잘 몰랐는데, 히코네에는 히코네 번의 13대 번주인 이이 나오스케(井伊直弼)가 살았던 유명한 히코네 성이 있다.

"히코네란 데 멀어?"

"그럼, 얼마나 먼데."

다시 게임을 시작하면서 나는 대답했다.

옛날이나 지금이나 우리는 동 오사카 시에 살고 있다. 히코네는 전철을 타면 두 시간 남짓에 갈 수 있는 거리다. 지금 같으면

꽃밥

멀다 여기지 않겠지만 당시에는 구름 너머 저편에 있는 동네라는 인상이 강했다.

그리고 그때는 왜 후미코가 그렇게 먼 동네의 이름을 알고 있는지, 왜 그 동네에 관심을 갖고 있는지 생각조차 해 보지 않았다. 그러나 그로부터 일 년 후의 봄, 나는 그 이름을 평생 잊을 수 없는 체험을 하게 된다.

후미코가 초등학교에 들어가면서 내 생활에도 약간의 여유가 생겼다.

후미코에게도 친구 비슷한 것이 생겼고 고집도 덜 부리게 된 덕분에 하루 종일 붙어 있을 필요가 없어진 것이다.

나는 이때다 하고 놀러 다녔다. 학교에서 돌아오면 책가방을 내던지고 곧장 밖으로 나갔다. 쉬는 날에도 아침 아홉 시쯤에 집을 나가면 점심도 거르고 종일을 돌아다니며 놀았다. 마치 부랑자 같은 나날이었다.

특히 그 무렵에 갓 판매되기 시작한 컴퓨터가 대유행이었다. 나도 그 매력에 푹 빠져 누가 새로운 게임을 샀다 싶으면 곧장 그 집으로 달려가서는 살살 꼬드겨서 신 나게 놀곤 했다.

그날도 나는 친구 집에서 '뽀빠이'와 '동키콩'과 '마리오 브라더스'를 신 나게 하고는 집으로 돌아왔다. 후미코가 초등학교

　　　　　　　　　　　　　　　　　　　　　　꽃밥

일 학년인 2월의 일이었다.

돌아온 나를 보자마자 엄마가 물었다.

"너, 후미코하고 같이 있지 않았어?"

"아니, 난 사쿠라이네 집에서 게임 하다 왔는데."

지금도 계속되고 있는 듯한데, 당시 우리가 살았던 동네에서는 저녁때가 되면 차임벨이 울렸다. 친절하게도 이제 날이 어두워졌으니까 밖에서 노는 아이들은 집으로 돌아가라고 매일 가르쳐 줬던 것이다. 계절에 따라 그 시간이 달라, 일몰이 빠른 겨울에는 오후 네 시쯤에 울렸던 것으로 기억한다.

하지만 나는 늘 그 소리를 무시하고 거의 여섯 시까지 놀다 돌아왔다. 엄마는 다섯 시 반이 넘어야 돌아오기 때문에 그래도 별상관이 없었다.

"엄마는 너하고 같이 있는 줄 알았는데, 그럼 얘가 어딜 간 거지?"

"난 모르는데."

그날 내가 학교에서 돌아왔을 때도 후미코는 보이지 않았다. 나보다 수업이 빨리 끝나니까 늘 있는 일이었다. 책상 위에 빨간 책가방이 놓여 있었으니까 학교에서 돌아온 것은 분명했다. 나는 아무런 의심도 하지 않고 그대로 친구 집에 갔다.

"시간이 이렇게 늦었는데. 아무래도 좀 이상하다."

맞는 말이었다. 이미 해가 져서 사방이 캄캄했다. 후미코가 하도 막무가내에 제멋대로여서, 엄마는 저녁 차임벨이 울리는 시간까지는 반드시 돌아와야 한다고 늘 주지시키곤 했다.

엄마는 하얗게 질린 얼굴로 후미코의 몇 안 되는 친구 집에 전화를 걸었다. 하지만 그날 후미코와 놀았다는 아이는 한 명도 없었다.

"좀 나가 봐야겠다. 넌 집 지키고 있어."

그렇게 말하고 엄마는 밖으로 나갔다.

'녀석, 대체 어디 간 거야.'

나도 내 정신이 아니었다. 아무리 그래도 후미코가 이렇게 늦은 시간까지 돌아오지 않은 일은 없었기 때문이다.

'혹시 차에 치인 거 아닐까?'

'혹시 나쁜 사람에게 유괴를 당했으면 어쩌지.'

불길한 생각만 떠올랐다. 설마 그럴 리가, 하고 생각했지만 그럴 가능성이 전혀 없다고도 할 수 없었다.

먼 곳에서 울리는 구급차의 사이렌 소리가 유난히 크게 들렸다. 후미코의 신상에 나쁜 일이 생겼을지도 모른다는 느낌에 견딜 수가 없었다.

무슨 실마리라도 있을까 해서 나는 후미코의 책상 앞으로 갔다. 초등학교에 입학하면서 새로 산 그 책상은 거의 새것이나 다

꽃밥

름없었다. 잡지 부록으로 받은 스티커가 덕지덕지 붙어 있는 내 책상과는 차원이 달랐다. 게다가 깨끗하게 정리돼 있어서 도무지 어린애가 쓰는 책상 같지 않았다.

책상머리에 있는 책꽂이 제일 앞에 꽂혀 있는 수첩이 눈에 띄었다. 무슨 뽑기를 해서 받은, 표지에 헬로 키티 그림이 있는 수첩이었다. 나는 별생각 없이 그것을 꺼내 펼쳐 보았다.

"뭐야, 이거."

아무도 없는 방에서 나도 모르게 중얼거렸다.

초등학교 일 학년짜리 여자애의 수첩에는 대개 어설픈 공주 그림이나 강아지도 고양이도 아닌 동물 그림이 그려져 있는 것이 보통이다.

그런데 후미코의 수첩에는 그런 그림은 전혀 없고, 3분의 1 정도 하얀 페이지가 계속되다가 도중에는 커다란 글자가 쓰여 있었다.

시게타 기요미 시게타 기요미 시게타 기요미 시게타 기요미

繁田喜代美 繁田喜代美 繁田喜代美 繁田喜代美

후미코가 쓴 글자가 분명한 듯한데 이상한 것은 알지도 못하는 한자까지 쓰여 있다는 점이었다. '繁(번)'이라는 한자나 '喜

(희)'라는 한자를 초등학교 일 학년에 배울 리가 없었다.

그렇다고 무언가를 보면서 베껴 쓴 것 같지도 않았다. 한자를 잘 쓰는 사람이 술술 써 내려간 인상이었다.

가령 자기 이름 같으면 배우지 않은 한자라도 쓸 수는 있다. 그러니까 후미코가 '加藤(가등, 현재 후미코의 성(姓)으로 '가토'라고 읽는다-옮긴이)'이라는 한자를 썼다면 그리 놀랄 일은 아니다.

시게타 기요미는 대체 누구일까. 여자 이름이란 것은 알겠는데, 한 번도 들어 본 적 없는 이름이었다. 후미코네 반 담임 선생님의 이름도 아니었다.

나는 뭐라 말할 수 없는 묘한 기분으로 다시 페이지를 넘겼다. 또 하얀 페이지가 계속되다가 중간쯤에서 다른 글자가 나타났다.

오른쪽에 세 사람의 이름이 적혀 있었다. 그 가운데 한 사람이 '가토 도시키', 그러니까 나였고 나머지 두 사람은 '교헤이'와 '유코', 즉 아빠와 엄마였다.

왼쪽에는 들어 본 적도 없는 사람들 이름이 죽 적혀 있었다. '시게타 히토시', '시게타 하나', '시게타 고이치', '시게타 후사에' 그리고 마지막에는 또 '시게타 기요미'.

추측하건대 시게타라는 성의 가족 이름인 듯했다. 두 가족의 이름을 나란히 썼다면 왜 가토 쪽에 후미코라는 이름은 없는 것일까.

꽃밥

'정말 모르겠네. 시게타가 누구야.'

무심히 고개를 돌리는데 현관 쪽에서 전화벨이 울렸다. 소스라칠 만큼 놀랐지만 엄마가 밖에 나가고 없다는 생각이 나 얼른 전화를 받으러 갔다.

왠지 나쁜 예감이 들었다. 후미코에게 무슨 일이 생긴 것은 아닐까 하는 생각이 머리를 스쳤다.

수화기 저편에서 사십 대 남자의 중후한 목소리가 들려왔다. 교토에 있는 어느 역의 직원이라고 한다.

"가족 중에 후미코라는 여자애가 있나요?"

그 말을 들었을 때, 다리가 마구 후들거렸다. 정말 무슨 사고가 생긴 것이라고 생각했기 때문이다. 하지만 남자의 목소리에는 전혀 긴박감이 없었다. 오히려 친근함이 묻어 있었다.

"엄마, 아빠는 안 계시니?"

아무도 없으니까 내게 말하라고 대답했다.

"실은, 후미코란 아이를 ……."

남자는 그 역에서 후미코를 보호하고 있다고 말했다.

"어디로 가려다가 전철을 잘못 바꿔 탄 것 같아."

그러고 나서 후미코에게 전화를 바꿔 주었다.

"오빠? 나, 길 잃어버렸어."

겁에 질려 우는 목소리가 아니었다. 후미코의 목소리는 평소

보다 한결 침착했다. 집에서 얼마나 걱정하고 있을지는 안중에
도 없는 말투였다.

"이런 맹추!"

나는 피가 거꾸로 치솟아 나도 모르게 고함을 지르고 말았다.

그리고 엄마가 그 역으로 가서 후미코를 데려왔다. 나도 같이
가고 싶었지만 전철비만 들 것 같아 집을 지키기로 했다.

후미코가 돌아온 것은 밤 열 시가 넘어서였다. 엄마에게 업힌
채 잠들어 있었다. 돌아오는 길에 호되게 꾸지람을 들었는지 얼
굴에 얼룩덜룩 눈물 자국이 나 있었다. 성격이 급한 엄마이니 한
두 대쯤 손이 올라갔을지도 모르겠다.

"왜 이렇게 애를 먹이는지 모르겠다."

엄마는 후미코를 요 위에 누이면서 사는 것이 정말 힘들다는
듯 그렇게 말하고 한숨을 쉬었다.

"알지도 못하는 사람을 따라 개찰구를 통과해서 공짜로 전철
을 타면서 논 모양이더라. 이리저리 갈아타다 보니까, 무슨 전철
을 어떻게 갈아타고 집에 와야 하는지 뒤죽박죽이 된 거지."

나는 정말 엉뚱한 짓을 하는 녀석이라고 생각했다. 후미코는
나를 닮아 키가 작은 탓에 유치원생처럼 보였다. 어른의 뒤를 따
라가면 개찰구 정도는 간단히 통과할 수 있었을 것이다.

하지만 순환선을 타고 빙빙 도는 정도라면 몰라도 교토까지 가다니. 대체 무슨 전철을 어떻게 갈아탄 것일까. 내 동생이지만 그 속을 알 수 없었다.

4

후미코가 말도 안 되는 소리를 꺼낸 것은 그로부터 며칠 후였다.

그 소동이 있고부터 역시 후미코를 혼자 놔둬서는 안 되겠다며 엄마는 나를 재차 감시 역에 임명했다. 어쩔 수 없는 일이라는 것을 알면서도 짜증이 났다.

집에 컴퓨터가 있으면 친구들을 불러서 놀 수도 있었다. 하지만 고리타분한 게임 워치밖에 없으니 그럴 수도 없었다. 그렇다고 친구 집에 후미코를 데리고 가는 것도 좀 망설여졌다. 데리고 갔다고 해서 친구들이 화를 내지는 않을 테지만, 후미코는 붙임성이라고는 눈곱만큼도 없는 성격이니 어차피 어울릴 수 없다. 게임에도 전혀 관심을 보이지 않는다. 우리들이 신 나게 게임을 할 때 옆에서 따분한 표정으로 하품을 할 수도 있다. 그렇게 되면 친구들에게도 미안한 일이었다.

그래서 나는 학교가 끝난 후에도 밖에 놀러 가지 못하고 후미
코와 함께 있을 수밖에 없었다.

"오빠, 사쿠라이하고 싸웠어?"

평소 같으면 금방 밖으로 뛰쳐나갔을 내가 집에 처박혀 있는
것이 이상했는지 후미코가 물었다.

"아니, …… 그런 일 없는데."

"그럼 왜 놀러 안 가?"

"추우니까 밖에 나가기가 귀찮아서 그래."

나는 후미코와 함께 고타쓰에 발을 집어넣고 텔레비전을 보면
서 대답했다.

"오빠답지 않아."

동생이라서 그런지 과연 후미코는 내 성격을 잘 알고 있었다.
나는 좋아하는 놀이를 위해서라면 약간의 괴로움은 태연히 참
는 타입이었다.

'이게 다 너 때문이야.'

하마터면 그 말이 입에서 튀어나올 뻔했지만 간신히 억눌렀다.
그런 말을 했다가 또 토라지면 나만 고달프다고 생각한 것이다.

화제를 바꾸려고 내가 물었다.

"참, 너 시게타 기요미가 누구야?"

넌지시 그 이름을 물었을 때, 후미코의 작은 몸이 움찔 떨리는

것을 나는 놓치지 않았다.

"오빠가 …… 그 이름을 어떻게 알아?"

"어, 너 없어졌을 때 무슨 실마리가 없을까 싶어서 네 헬로 키티 수첩 열어 봤거든. 야, 너 그렇게 어려운 한자를 어떻게 썼냐? 번 자는 나도 못 쓰는데. 음, 미안."

내가 그렇게 대답하자 후미코는 숨겨서 미안하다는 듯이 미소 지었다. 하지만 그것은 정말 난감하다는 뜻으로도 해석할 수 있는 표정이었다.

"그거 말고도 이름이 많이 쓰여 있던데. 시게타 씨가 대체 누구야? 오빠가 모르는 친구니?"

"아니, 친구는 아니야."

"그래? 그러고 보니까 남자애 이름도 적혀 있던데, 네가 좋아하는 애니?"

내가 놀리듯 웃자 후미코는 콧방귀를 뀌었다. 완전히 사람을 바보 취급하는 투라서 동생이지만 짜증스러웠다.

"그럼 누군데?"

나도 모르게 말투가 험악해졌다. 어린애들이란 좋든 나쁘든 어른보다 감정의 폭발점이 훨씬 낮다.

"그런 말투로 물으면 하고 싶은 말도 못 하지."

감정이 격해진 나와는 달리 후미코의 목소리는 차분했다.

'이 녀석, 정말 일곱 살 맞아?'

그 전에도 몇 번이나 그런 느낌을 받았는데, 그때도 그랬다.

"미안하다, 소리 질러서. 그러니까 그냥 가르쳐 주면 되잖아."

나는 미련 없이 굽히고 들어갔다. 후미코와의 대화는 벌써 몇 년째 그런 식이었다. 너무 감정적으로 대하면 후미코는 토라져 고개를 돌리고는 아무 말도 하지 않는다. 그 정도는 나도 이미 알고 있었다.

"좋아. …… 하지만, 도중에 웃지 않는다고 약속해."

"알았어. 절대 안 그럴게."

실은 그때 나는 후미코가 한 말의 의미를 전혀 모르고 있었다.

"나, 옛날에, 아무래도 시게타 기요미였던 것 같아."

후미코는 침착한 표정으로 말했다. 나는 풋 하고 웃음을 터뜨리면서 단박에 되받아쳤다.

"야, 이 바보야. 무슨 잠꼬대 같은 소리야."

"치, 거봐. 웃었잖아."

그때 후미코가 한 얘기를 나는 도저히 믿을 수 없었다. 누구든 그럴 것이다. 어린 여동생이 느닷없이 자기는 과거 어떤 사람의 환생이라고 한다면.

"나, 아주 어렸을 때부터 이상한 꿈을 자주 꿨어. 넓은 바다

꽃밥

옆에서, 알지도 못하는 아저씨, 아줌마, 애들하고 노는 꿈."

그 아저씨란 사람은 복스럽게 살이 찌고 몸집도 듬직했다고
한다. 반대로 아줌마는 가냘픈 몸매에 늘 미소를 띠고 있었고,
중학생 정도의 남자애와 초등학교 사 학년 정도의 여자애가 자
기와 놀아 주었다는 것이다.

그 꿈 속에서는 모두가 후미코를 기요미라고 불렀고, 그 남자
애와 여자애의 동생인 것 같다고 했다.

"후미코, 너 그거 무슨 영화나 드라마 장면 아니니? 아주 어렸
을 때 본 게 꿈에 나타난 거 아냐?"

"나도 처음에는 그렇게 생각했었어."

역시 일곱 살이라고는 믿기지 않는 말투로 후미코가 대답했다.

"그런데 그 사람들 꿈을 몇 번이나 꿨는지 몰라. 똑같은 꿈을
반복해서 꾼 적도 있고, 경치만 다를 때도 있고. 하지만 사람은
늘 똑같았어. 아저씨는 아빠, 아줌마는 엄마야."

후미코에게서 그 말을 들었을 때 왠지 나는 굉장히 불쾌해졌다.

"그리고 오빠하고 언니도 있어. 오빠는 고이치, 언니는 후사에.
나를 기요, 기요라고 부르면서 귀여워해 줬어. 오빠는 공부를 아
주 잘해서 어른이 되면 박사가 될 거래. 언니는 그림을 좋아해서
화가가 된다고 했고."

"그러니까 영화라니까. 드라마일 수도 있고. ······ 너무 어렸을

때 본 거라서 봤다는 걸 잊어버린 거지."

"그렇지 않아. 꿈속에서도 오빠랑 언니가 자라는걸 뭐. 처음에는 오빠가 조그만 어린애였는데, 꿈을 꿀 때마다 나이를 먹었어."

"바보 같은 소리."

늘 그런 꿈을 꿨다니, 후미코 탓은 아니라는 것을 알면서도 화가 났다. 그렇다면 저를 위해 고생하고 있는 나와 엄마는 뭐란 말인가.

"꿈속에서 너는 몇 살이었는데?"

"나, 처음에는 아주 어렸는데 …… 점점 컸어. 지금의 오빠 정도가 됐다가 중학생이 되고, 큰 언니가 됐어. 고등학교를 졸업한 후에는 백화점의 엘리베이터 걸이 됐고, 예쁜 유니폼을 입고 위로 올라갑니다, 아래로 내려갑니다, 이렇게 안내를 했어."

후미코는 고타쓰에서 나와 손을 올리고 엘리베이터 걸 흉내를 냈다. 아직 어린애 체형인데, 서 있는 모습하며 손놀림이 신기할 정도로 어른스럽고 그럴싸했다.

그 무렵 나는 '환생'이란 말을 이미 알고 있었다. 아동용이기는 해도 세계 도처에서 일어나는 불가사의한 사건들을 모아 놓은 책에서 읽은 적이 있기 때문이다.

예를 들어 어린애가 갑자기 알 리 없는 외국어를 늘어놓기 시

꽃밥

작한다. 그 나라 말을 아는 사람이 들어 보니, 자신이 과거에 다른 나라에서 태어난 A라는 인간이란 뜻이었다. 살았던 동네와 집에 대해서도 자세하게 묘사하길래 조사해 보니 실제도 그런 동네와 집이 있었고, A란 사람도 존재했었다는 사실이 밝혀졌다. 사소한 것은 조금씩 달랐지만 대개 그런 패턴이었다.

어린애들 대부분이 그렇지만, 나 역시 무서운 이야기와 신기한 이야기를 무척 좋아했다. 영혼의 존재를 당연하게 믿었고, 네시(Nessie)와 UFO도 믿었다. 텔레비전에서 그런 종류의 프로그램을 방영하면 화면 속으로 빨려 들어갈 것처럼 열심히 봤다.

하지만 내 주변에서 그런 일이 생겼다면 얘기는 달라진다. 나는 후미코의 말을 도저히 믿을 수 없었다. 아니, 믿고 싶지 않았는지도 모르겠다.

"그럼 너 혹시, 지난번에 길 잃어버린 거?"

그 사람들을 찾아가기 위해서였느냐고 물으려다가 그만 입을 다물어 버렸다. 그렇게 물으면 후미코의 말을 인정하는 셈이 될 것 같아서였다.

"그래, 맞아."

어딘가 모르게 미안하다는 표정으로 후미코가 말했다.

"꿈속에서 넓은 바다와 성이 보였어. 하지만 아주 시골은 아니야. 오래된 듯한 집도 있지만, 그냥 보통 집도 있고 가게도 있고,

전철도 다니고. 그리고 근처에 큰 역이 있는데, 간판에 히코네라고 적혀 있었어."

나는 오래전에 후미코가 그 한자를 어떻게 읽느냐고 물었던 일이 생각났다. 그 순간 등줄기가 서늘해졌다.

"후미코, …… 만약 네 얘기가 사실이라면, 그 시게타 기요미란 사람은 벌써 죽었겠네?"

나는 조심스럽게 물었다.

"응. 나쁜 사람이 여기를 찔러서 죽었어."

그렇게 말하면서 후미코는 등을 돌리고 심장 바로 뒤편을 가리켰다.

"엘리베이터에 탔을 때부터 좀 이상한 사람이라고 생각했어. 눈이 흐리멍덩하고. 혹시 시너 냄새를 맡았나, 이상하네 하고 생각하면서도 다른 손님도 많으니까 괜찮겠지 하고 안심했어. 그런데 뒤에서 갑자기 찌른 거야. 아프다기보다 야구방망이만큼 크고 뜨거운 것을 팍팍 쑤셔넣는 그런 느낌이었어."

그 무렵에는 이미 후미코의 알몸을 보는 일이 없었지만, 어렸을 때 목욕을 하고 나온 후미코에게 파우더를 뿌려 주면서 엄마가 했던 말이 생각났다.

"이것 좀 봐, 도시키. 우리 후미코는 틀림없이 천사였을 거야. 등에 날개 자국이 있잖아."

그렇다. 후미코의 등에는 어깨뼈에서 조금 내려온 곳에 마치 물방울을 위아래로 길게 늘여 놓은 듯한 점이 있다.

"한쪽뿐인걸 뭐."

어린 나는 그 점이 왼쪽에만 있었기 때문에 그런 썰렁한 소리를 했을 것이다.

"한쪽에만 있어도 대단한 거지."

내 말에 그런 아리송한 대답을 한 것은 아빠였다.

5

그 후로 나는 후미코의 얘기에서 빈틈을 찾아내려고 갖가지 질문을 했다. 그리고 후미코는 아직 애매한 기억밖에 갖고 있지 않다는 것을 알았다.

가령 전에 살았던 집의 주소나 전화번호 같은 구체적인 것은 전혀 모르고 있었다. 다만 집 근처에 커다란 감나무가 있는 집이 있다거나 다녔던 초등학교 운동장에 폐타이어로 만든 놀이 기구가 있었다는 등, 사실인지 거짓말인지 금방 확인할 수 없는 것들에 대해서만 설명했다.

결국 나는 후미코의 말을 믿지 않기로 했다. 역시 어렸을 때 본

영화나 드라마의 장면을 자신의 기억처럼 착각하고 있는 것이라고 생각했다.

한편으로 혹시나 싶은 심정도 떨쳐 버릴 수는 없었다. 후미코가 정말 …… 엘리베이터 걸의 환생이라면?

당시 상황을 좀 더 자세하게 캐물어 사건이 생긴 날짜를 알 수 있다면, 후미코의 말을 확인할 수 있는 방법이 생길지도 몰랐다. 옆 동네에 있는 큰 도서관에 가면 초등학생도 신문의 축쇄판을 볼 수 있다.

하지만 나는 그렇게 하지 않았다.

어느 누구의 환생이든 뭐든 지금은 내 동생 가토 후미코다. 시게타 기요미란 사람과는 아무런 관계도 없다.

엄마에게는 절대 아무 말 하지 말라고 동생에게 단단히 일렀다.

엄마가 이 얘기를 알면 당장에 병원으로 데리고 갈 것이다. 병원에 가 봐야 좋은 소리는 듣지 못할 것이고, 경우에 따라서는 정신에 좀 이상이 있다는 진단이 내릴지도 모른다. 어느 쪽이든 엄마의 마음이 상할 것은 뻔한 일이었다.

솔직히 나도 잊어버리고 싶었다. 어린 후미코가 자기보다 나이가 많은 사람의 기억을 갖고 있다는 것도 어이가 없는데 다른 집 아이였다고 생각해야 하다니, 말도 안 되는 일이었다.

그런데 석 달쯤 지나 후미코가 아무래도 히코네에 다녀와야겠다는 말을 꺼냈다. 나는 오 학년, 후미코는 이 학년으로 올라갔을 때였다.

"오빠, 내 평생 단 한 번의 소원이니까, 들어줘."

겨우 여덟 살인데 평생의 소원이라니 성미도 급하다고 생각하면서 나는 후미코의 말을 듣고 있었다.

"한 번만이라도 좋으니까, 나 히코네에 좀 데리고 가 줘. 응?"

"왜 또, 갑자기?"

가능하면 그 얘기는 잊고 싶었던 나는 후미코의 말에 당황스러웠다.

"아무튼, 꼭 가야 돼. …… 하루라도 빨리, 그 동네에 가 봐야 될 것 같아."

나는 시큰둥해했지만 후미코는 전에 없이 진지했다.

우리가 사는 동네에서 히코네까지는 대충 두 시간 거리, 초등학생도 마음만 먹으면 갈 수 없는 곳은 아니다.

"전철비는 어쩌고? 엄마한테 말할 수도 없는데, 돈이 없잖아."

내가 이렇게 말하자 후미코는 책상 서랍에서 1천 엔짜리 몇 장을 꺼냈다.

"이만큼 있으면 둘이서 갈 수 있지?"

욕심이 없는 후미코는 엄마가 주는 세뱃돈이나 용돈을 꼬깃꼬

깃 모아 둔 모양이었다. 동전 하나 남기지 않고 써 버리는 나와
는 정말 달랐다.

  그렇게까지 부탁을 하는데 거절할 이유가 없었다. 물론 나 자
신도 후미코의 말이 어디까지 사실일지 현지에 가서 확인해 보
고 싶은 마음이 있었다.

  그런데, 과연 바람직한 일일까.

  지금의 후미코를 과거에 가족이었다는 사람들과 만나게 해도
좋은 것일까. 어쩌면 미친 사람 취급을 받을 가능성도 있는데.

  "알았어. 그렇게 부탁하는데. …… 하지만 딱 한 번이다. 그리
고 동네를 걸어 다니다가 그냥 오는 거야. 시게타 씨네 집은 멀
리서 보기만 하고 절대 안 가는 거다. 그래도 좋다면 데리고 가
주지."

  나는 그렇게 말하지 않을 수 없었다.

  실제로 우리가 히코네를 찾아 집을 나선 건 5월 연휴 때였다.

  엄마에게는 친구와 함께 덴노지 동물원에 간다고 거짓말을 했
다. 연휴인데도 일을 해야 하는 엄마는 우리를 아무 데도 데리고
가 주지 못하는 미안함 때문인지 용돈에 도시락까지 싸 주었다.

  히코네까지 가는 가장 손쉬운 방법은 순환선을 타고 오사카까
지 가서, 거기서 도카이도 본선을 갈아타는 것이었다. 연휴 중간

이라 그런지 갈아타는 역마다 사람들로 인산인해였다. 나는 후미코를 잃어버리지 않으려고 오랜만에 손을 잡았다.

"후미코, 저기 좀 봐."

순환선 창밖으로 오사카 성이 보였다.

"너 갓난아기였을 때, 아빠하고 저 꼭대기까지 올라간 적이 있는데. 기억 못 하지?"

슬픈 일이지만 그 일은 내 안에서도 이미 희미해진 기억이었다. 하지만 후미코에게 아빠는 죽은 우리 아빠뿐이라는 것을 알리고 싶어서 기억의 끈을 열심히 당겼다.

그런데 후미코는 그랬어 ……, 하고 관심없다는 듯 대꾸할 뿐이었다. 마음은 이미 히코네에 가 있는 것이 분명했다.

후미코에게는 어느 쪽이 아빠일까 하는 의문이 들었다. 아무 기억도 없는 교헤이와 시게타 기요미의 기억 속에 있는 히코네의 아빠와. 생각하면 생각할수록 뭐라 답하기 어려운 질문이었다.

"도시키 너, 오늘부터는 오빠야. 언제 어디서든 동생을 지켜 줘야 돼. 오빠란 그런 거니까."

내게 그렇게 말했던 아빠가 생각났다.

'후미코 너. 네 아빠는 그 아빠뿐이야. 네가 태어나던 날, 만세를 외쳤던 아빠가 너의 아빠라고.'

나는 나도 모르는 새 오직 그 생각만 하고 있었다.

6

　나와 후미코가 히코네에 도착한 것은 열한 시가 조금 넘어서
였다. 더 먼 줄 알았는데 쾌속열차를 탄 덕분인지 긴 여행이었다
는 느낌은 들지 않았다.

　"아, 역시. 나 이 동네 알아."

　역에 내리자 바로 옆이 버스 터미널이었다. 그 광경을 보고 후
미코는 반가운 듯 말했다.

　"오빠, 나 중학생 때, 저 가게에 자주 갔었어."

　후미코가 가리키는 곳에 조그만 전통 과자 가게가 있었다.

　"정말 오랜만이다."

　그 가게 앞까지 간 후미코는 쇼윈도에 얼굴을 대고 말했다.

　"저 앙미츠(삶은 완두콩에 앙금을 얹은 단 과자─옮긴이), 얼마나
맛있었다고. 같이 왔던 친구, 이름이 뭐였더라. 치이, 치에?"

　과거를 회상하는 후미코의 얼굴이 정말 어른스러워 보였다.
나는 뭐라 말할 수 없이 심정이 복잡했다. 그 표정을 봤을 때, 지
금까지 후미코가 한 말이 모두 사실일지도 모른다는 생각이 들
었기 때문이다.

　"그래서, 이제 어떻게 할 건데?"

　"집에 가 볼래."

　　　　　　　　　　　　　　　　　　　　꽃밥

조그만 배낭을 멘 후미코가 단호하게 말했다.

"집 근처까지 가는 버스가 있을 테지만, 걸어서도 금방이야."

처음 와 보는 동네인데 후미코는 마치 지금 사는 동네인 것처럼 잘 알고 있었다. 나는 잠자코 후미코를 뒤따르는 수밖에 없었다.

"후미코 너, …… 약속한 거 잊으면 안 돼."

걸으면서 다시 한 번 다짐시켰다.

"알아, …… 알고 있어."

후미코는 성가시다는 듯이 고개만 끄덕였다.

역에서 상점가를 따라 똑바로 걷다가 모퉁이를 몇 번 돌자, 과거로 돌아간 것처럼 고풍스러운 거리가 나왔다. 오래된 목조 가옥이 줄지어 있었다. 그런 점에서는 오사카의 변두리와 비슷한데 분위기가 사뭇 달랐다. 마치 역사 드라마에 등장하는 저택 같았다. 왼쪽으로 히코네 성까지 보여, 에도 시대로 돌아간 듯한 기분이 들었다.

"오빠, 잠깐만."

걸어가던 후미코가 갑자기 걸음을 멈추고는 옆에 있는 전신주 뒤로 몸을 숨겼다. 나는 벌써 시게타 씨 집에 왔나 하고 긴장했다.

"생각나. 저기 문방구 있지? 그 문방구 앞에 있는 사람, …… 아마 친구일 거야."

후미코의 시선 끝에 조그맣고 허름한 문방구가 있었다. 알루미늄 새시 문 앞에 노트를 진열한 회전 전시대가 있고, 처마 끝에는 형광 볼펜이 담겨 있는 비닐 주머니와 모형 비행기를 담은 길쭉한 종이봉투가 몇 개나 내걸려 있었다. 문구가 절반에 장난감이 절반인 가게였다. 지금으로부터 이십 년 전인 그 무렵에도 이미 예스러운 분위기를 풍기는 풍경이었다.

문방구 앞에서 서른 살 남짓한 뚱뚱한 여자가 걸레로 커다란 유리를 닦고 있었다. 유리 안에는 만화영화의 로봇과 모형 자동차와 게임기 상자가 진열돼 있었다. 직사광선을 많이 받았는지 상자 표면이 누렇게 바래 있었다.

"그래 맞아, 초등학교 때 반 친구야."

눈망울이 큰 후미코의 눈이 그리운 옛 친구를 바라보듯 가늘어졌다.

만약 시게타 기요미가 살아 있었다면 저 여자와 나이가 비슷할 것이다. 그래도 꽤 젊네, 하고 나는 생각했다.

후미코의 말에 따르면 시게타 기요미는 스물한 살에 살해되었다. 후미코는 지금 여덟 살이니까, 시게타 기요미가 죽은 후에 바로 환생했다는 얘기인가.

"앗!"

내가 멍하게 문방구의 처마 끝을 바라보고 있는데, 바로 옆에서 후미코가 짧게 외쳤다.

"왜?"

"저기, 저 사람."

전신주 뒤에서 후미코가 손가락으로 가리키는 쪽을 쳐다보니, 성냥개비처럼 비쩍 마른 백발의 노인이 느릿느릿 걸어오고 있었다. 하얀 반소매 셔츠를 입고 있는데, 소매 밖으로 드러난 팔이 그야말로 마른 장작처럼 가늘었다. 멀리서도 퍼석퍼석한 피부에 도드라진 혈관이 보였다. 그 손에 조그만 꽃다발이 들려 있었다.

"해골 같은 저 할아버지가 뭐?"

그 말을 한 후에, 내가 생각해도 딱 맞는 표현이라고 생각했다.

그 노인은 그야말로 해골 같았다. 뼈에 가죽이 간신히 들러붙어 인간의 형태를 유지하고 있었다. 전화번호부 정도의 두께밖에 안 되는 저 몸에 과연 내장이 들어 있을까 싶었다.

"저 사람이 아빠야."

내 뒤에 몸을 숨기고 후미코가 말했다.

"뭐?"

"틀림없어. 저 사람이 아빠야."

숨죽인 후미코의 목소리를 들으면서 나는 몇 번이나 그 노인을 쳐다보았다.

노인은 걸어가면서 문방구 여자와 뭐라고 얘기를 나눴다. 여자는 통통한 몸집만큼이나 목소리도 컸다. 그 노인을 시게타 아저씨라고 부르는 소리가 또렷하게 들렸다.

"얘기가 전혀 다르잖아. 꿈속에 나오는 아빠는 몸집이 듬직하다면서?"

"모르겠어. 모르겠지만, 저 사람이 꿈속에 나오는 아빠인 건 분명해."

노인은 문방구 앞을 그대로 지나갔다. 하도 야위어서 그런지 걸음걸이까지 휘청거리는 듯 보였다.

노인의 모습이 멀어지기를 기다렸다가 나는 후미코를 그 자리에 세워 놓고 문방구로 걸어갔다.

"아줌마."

처마 끝에 매달려 있는 물건들을 보면서 넌지시 물었다.

"지금 지나간 할아버지 되게 말랐네요. 해골 같아요."

내 말에 아줌마가 순간적으로 입을 다물더니 눈을 부릅떴다. 오사카 사람과는 다른 반응에 나는 약간 움찔했다.

"너, 이 동네에서 못 보던 아인데."

아줌마는 나를 머리끝에서 발끝까지 죽 훑어보았다. 한 동네에 사는 아이들의 얼굴은 전부 기억하고 있는 것이리라.

"친척 집에 놀러 왔어요. 황금 연휴라서요."

꽃밥

"그럼 그 친척이란 사람에게 시게타 할아버지가 해골 같다고 말해 보렴. …… 그 사람이 정상적인 사람이라면 네가 한 대 얻어맞을 테니까."

아줌마는 얼굴을 잔뜩 찡그리고 나를 노려보았다. 그 노인을 놀리면 안 되는 모양이었다.

"왜요? 제가 뭐 잘못했어요?"

"그 할아버지는 불쌍한 사람이야."

마치 답답함을 무마하려는 듯 아줌마는 가까이에 있는 빗자루를 들고 가게 앞을 쓸면서 말했다.

"벌써 십 년이 다 돼 가지, 아마. …… 그 할아버지에게는 나와 나이가 똑같은 딸이 있었단다. 몸매도 날씬하고 예쁜 애였는데, 불행한 사고를 당해 죽었지."

상대가 아이라고 조심하는지, 문방구 아줌마는 이상한 사람에게 찔려 죽었다는 말은 하지 않았다.

"대낮에 생긴 일이었어. 주위에 있던 사람들이 황급히 구급차를 부르기는 했지만, 병원에 도착하기도 전에 벌써 숨을 거뒀단다."

후미코도 어렴풋하게 그런 얘기를 했다. 엘리베이터 안에서 느닷없이 등을 찔렸다고.

"그 당시 할아버지는 회사에 다니고 있었는데, …… 딸이 사고를 당한 그때 볼일이 있어서 밖에 나갔다가 점심을 먹고 있었어. 그야 물론, 그런 일이 생겼다는 것을 알 리가 없으니 당연한 일이지."

맞는 말이었다. 나 역시 아빠가 사고를 당했을 때 아무것도 모르는 채 쿨쿨 자고 있었으니까.

"할아버지는 그런 자신을 용서할 수가 없었어. 딸이 고통스러워하면서 죽어 갈 때, 태평하게 튀김을 먹고 있었던 자신이 원망스러워 견딜 수가 없었던 거지. 그래서 ……."

문방구 아줌마는 긴 한숨을 쉬었다.

"그 후로 할아버지는 통 음식에 입을 안 대."

"넷?"

나는 할 말을 잃었다.

"우유나 주스 같은 것으로 죽지 않을 만큼의 영양만 섭취하고 있다고. 죽으면 딸의 무덤을 돌볼 수가 없으니까. 하지만 음식은 안 먹어. 가족이 어떻게든 먹이려고 하는 모양이지만, 쳐다보지도 않아. …… 너는 그런 할아버지를 해골 같다고 한 거야. 알겠니?"

나는 나도 모르게 주먹을 꽉 쥐었다.

"오늘이 이번 달의 기일이야. 할아버지는 매달 한 번도 빠지지 않고 딸의 무덤을 찾아간단다. 불쌍하다고 생각되면 너도 마음속으로 합장이라도 해 주렴."

아줌마는 그렇게만 말하고 이제 내게는 별 관심 없다는 듯 묵묵히 가게 앞을 쓸었다.

7

"가엾다."

근처 공원 벤치에 앉아 후미코는 말했다.

손바닥만 한 공원이었지만 그래도 5월이니만큼 철쭉꽃이 한창이었다. 빨간 꽃들은 타오르는 불길 같았고, 하얀 꽃들은 뒤늦게 내린 눈 같았다.

점심때가 되어 우리는 엄마가 싸 준 도시락을 먹었다. 나는 태연하게 먹고 있는데, 후미코는 통 먹으려 하지 않았다.

"밥을 안 먹는다고 해서, …… 그런다고 해서 살아 돌아오는 것도 아닌데."

"그야 물론 그렇지."

나는 후미코의 조그만 손에 억지로 젓가락을 쥐여 주면서 말했다.

"그래도 그 심정은 이해할 수 있을 것 같아. 나도 아빠가 사고로 돌아가셨을 때, 아무것도 모르고 쿨쿨 자고 있었거든, 꿈도 안 꾸고. 두 번 다시 자지 않겠다고 생각했는데. 아빠는 죽어 가고 있는데 나는 태평하게 자고 있었다고 생각하면 …… 역시 분해."

그때, 실제로 내가 어떤 생각을 했는지는 기억나지 않는다. 하지만 그 장작개비처럼 야윈 할아버지의 모습을 보자, 소중한 것을 잃은 슬픔과 고통이 마음속에 찡하게 되살아났다.

그 할아버지는 사랑하는 딸이 목숨을 빼앗겼을 때, 아무것도 모르는 채 튀김을 먹었던 자신을 용서할 수 없는 것이다.

"후미코, 그래도 엄마가 애써 싸 주신 건데 먹어야지."

나는 도시락을 손에 든 채 돌처럼 굳어 있는 후미코에게 말했다.

"그 할아버지를 걱정하는 네 마음 알아. 하지만 이 도시락은 엄마가 나와 너를 위해서 싸 주신 거야. 안 먹으면 벌 받아."

내가 그렇게 말하자 후미코는 마치 기계처럼 젓가락질을 시작했다.

역시 오는 게 아니었다고 나는 생각했다. 아직 다 믿는 것은 아니지만, 정말 후미코가 시게타 기요미의 환생이라 하더라도 전생과 연관이 있는 장소에는 오는 게 아니었다.

와 본다고 무슨 의미가 있을까. 시게타 기요미의 인생은 이미 끝났고, 가토 후미코의 인생은 이미 시작되었다. 과거의 기억 따위는 아무 의미도 없다.

후미코가 과거의 아버지를 생각하는 나머지 현재의 엄마가 싸 준 도시락을 함부로 대하는 것이 그 증거다. 오빠로서, 그것은 용서할 수 없는 일이다.

"다 먹고 비와 호 구경하고 돌아가자. 더 이상 뭘 어떻게 할 수도 없잖아. 괴롭기만 할 뿐이지."

내 말에 후미코가 고개를 들었다.

"오빠, 내가 그 할아버지 만나 보는 거, …… 좋지 않은 일일까?"

"그럼, 그건 안 돼."

나는 곧바로 그렇게 대답했다.

"그것만은 절대 안 돼. 너 고집부리면 오빠, 가만 안 있을 거야."

후미코 안에서 전생의 비중이 더 이상 커지는 것을 막고 싶었다. 이대로 가다가는 자신이 어디 사는 누구인지 후미코 자신도 알 수 없어질 것이다.

"그럼, 내 부탁 하나만 들어줘."

잠시 생각에 빠져 있던 후미코가 내 기분을 거스르지 않으려는 듯 말했다. 그 순간, 후미코의 얼굴에 스물한 살 여자의 얼굴이 언뜻 겹쳐 보였다.

　그로부터 한 시간쯤 지나 간선도로에서 약간 떨어진 주택가에 있는 그 집을 찾아갔다.

　아까 그 문방구에서 비와 호를 향해 십 분 정도 걸어간 곳이었다. 후미코의 말대로 한 집 건너에 커다란 감나무가 있는 집이 있었다.

　나무 울타리에 둘러싸인, 당시에는 드물었던 이 층짜리 멋들어진 이 세대 주택이었다. 하지만 내 눈에는 구닥다리 집을 억지로 서양식으로 개조한 사이보그 집처럼 보였다.

　'정말 괜찮겠지, 후미코.'

　나는 울타리를 따라 걸으면서 그 집의 대문을 찾았다. 너무 긴장해서 현기증이 일 것 같았다. 손에는 후미코가 부탁한 조그만 꾸러미를 들고 있었다.

　마침내 조그만 철제문을 발견하고는 안으로 들어갔다. 현관도 금방 찾았는데, 서양식과 예스러운 미닫이문, 이렇게 두 개가 있었다. 양쪽에 '시게타'란 문패가 걸려 있어 어느 쪽 문을 두드려야 할지 고민스러웠다.

　그러다 역시 옛문이 정답일 것 같아 나는 그 문에 달려 있는 벨을 누르려고 다가갔다. 때마침 누가 나오려고 했는지, 내가 문

앞에 가기 전에 유리문이 드르륵 소리를 내며 열렸다.

"그럼 아버지, 또 올게요."

그렇게 말하면서 나온 사람은 팥죽색 윗도리를 입은 중년 여자였다. 문방구 아줌마보다 약간 나이가 많아 보였는데, 삼십 대여자의 나이는 솔직히 가늠하기가 어렵다.

열린 문 안쪽에 아까 그 노인이 서 있었다. 벌써 성묘를 다녀온 모양이었다. 위패를 모신 절이 바로 근처에 있는 것이리라.

"어머, 넌 누구니?"

아줌마는 밝은 목소리로 내게 물었다. 나는 왠지 그 아줌마가 학교 선생님이 아닐까 싶었다. 평범한 아줌마들은 초등학교 오 학년짜리 남자애에게 이런 투로 말을 걸지 않으니까.

"저 ……."

나는 손에 든 꾸러미를 내 가슴 높이로 들어 올리면서 말했다.

"실은 저기에서 어떤 젊은 여자가 이걸 이 집에 좀 갖다 주라고 부탁을 해서요. 이 집의 히토시란 사람에게요."

나는 후미코가 하라는 대로 말했다.

"히토시는, 이 아저씬데."

그렇게 말하면서 아줌마는 현관 안쪽에 서 있는 노인을 돌아보았다. 노인은 내가 찾고 있는 사람이 자신이라는 것을 아는지 모르는지 그저 망연한 표정으로 나를 가만히 쳐다보았다.

"어디 좀 보여 줄래?"

내가 내밀기도 전에 아줌마가 꾸러미를 받아 들었다. 그때의 눈초리가 왠지 날카롭게 느껴져, 나는 불길한 예감이 들었다.

"굉장히 가볍네. 뭐가 들어 있는데?"

"나는 잘 몰라요."

사실은 알고 있었지만 말할 수는 없었다. 어디까지나 모르는 여자에게 부탁받은 일이라고 꾸미기로 했으니까.

"음, 머리가 어깨까지 이만큼 내려오고, 위에는 꽃무늬가 있는 분홍색 트레이너를 입고 있고, 아래는 청바지를 ……."

그것도 후미코가 물으면 그렇게 대답하라고 한 말이었다. 어쩌면 시게타 기요미가 살아 있을 때 즐겨 입었던 패션인지도 몰랐다.

"아니, 후사에. 아직 안 갔어?"

뒤쪽에서 불쑥 남자의 목소리가 들려왔다. 돌아보니 방금 전에 내가 들어온 조그만 문을 열고 건장한 중년 아저씨가 들어오고 있었다. 어째 점점 울고 싶은 기분이 들었다.

"아, 오빠. 이 아이가 아버지에게 이걸 전하라는 부탁을 받았대요."

"부탁이라고, …… 누구에게?"

"글쎄 웬 젊은 여자라는데."

아저씨는 나를 힐끗 쏘아보았다. 시게타 기요미의 오빠 고이치란 사람인 듯했다. 박사가 될 것이라고 들었는데, 이미지가 약간 달랐다.

그리고 이 아줌마는 언니인 후사에. …… 하필이면 지금 이렇게 다 모일 게 뭐람, 하고 나는 생각했다.

"얘야, 있지 이 아줌마, 이래 봬도 경찰이란다. 장난치면 잡아갈 수도 있어."

과연 그런가 싶었다. 듣고 보니 정말 그런 분위기였다. 아니, 알고 나니 경찰로밖에 보이지 않았다. 역시 화가는 되지 않은 모양이었다.

"오빠, 애한테 왜 겁을 주고 그래요. 어디, 안에 뭐가 들어 있는지 좀 풀어 볼까."

아줌마는 내 쪽을 슬쩍 보고는 꾸러미를 풀기 시작했다.

꾸러미는 후미코의 손수건으로 싸여 있었다. 후미코는 어렸을 때부터 만화 그림이 찍혀 있는 아동용 손수건은 좋아하지 않아 어른용 손수건을 사용했다. 그 손수건은 커다란 꽃무늬가 있어서 특히 좋아하는 것이었다.

손수건을 풀자, 안에서 반짝반짝 빛나는 도시락이 나왔다. 내가 방금 전에 먹었던, 알지도 못하는 미식축구 팀의 마크가 찍혀 있는 것이었다.

"뭐야, 도시락이잖아."

건장한 아저씨가 내 쪽을 또 힐끗 쳐다보았다.

나는 아까부터 도망칠 틈만 노리고 있었다. 사실은 꾸러미를 건네면 바로 공원에서 기다리고 있는 후미코에게 돌아가기로 했는데, 몸집이 우람한 아저씨가 문 앞에 서서 길을 가로막고 있는 탓에 그럴 수 없었다. 애당초 내가 무슨 장난을 치려는 줄 알았던 모양이었다.

아줌마의 손이 도시락 뚜껑을 열었다.

그리고 아저씨의 큼지막한 손이 내 목덜미를 움켜잡았다.

도시락 안에는 철쭉꽃이 소복하게 담겨 있었다.

밥은 하얀 철쭉꽃이고, 그 한가운데에는 돌돌 만 빨간 철쭉꽃이 꽂혀 있었다. 반찬은 공원에 피어 있는 갖가지 꽃과 잎사귀로 꾸며져 있었다. 소꿉놀이를 하면서 흔히 만드는 도시락이었다.

"너, 이게 뭐야?"

아저씨가 묻는 똑같은 질문을 나 역시 몇십 분 전에 후미코에게 했었다. 후미코가 내가 다 먹고 난 도시락을 깨끗하게 씻더니 거기에다 철쭉꽃을 담기 시작했기 때문이다.

"오빠. 이 도시락, 그 할아버지에게 갖다 줘. 내 평생의 소원이야."

또 평생의 소원이야? 하고 투덜대면서도 결국 나는 그 부탁을 들어주고 말았다. 그때 후미코의 표정이 너무도 진지해서 도저히 거절할 수 없었던 것이다.

"이런 장난 하면 훌륭한 어른이 못 돼."

아저씨가 성난 목소리로 말하면서 목덜미를 움켜쥔 손에 힘을 주었다. 나는 몸을 뒤로 빼면서 어깨를 움츠렸다.

"잠깐만요, 오빠."

아줌마가 비명 같은 소리를 질렀다.

"이건, …… 꽃밥이에요. 기요미가 어렸을 때, 곧잘 만들었잖아요. 틀림없어요. 빨간 철쭉꽃을 매실 장아찌처럼 밥 한가운데 콕 박는 거, 기요미의 특기였잖아요. 벚나무 잎을 잘게 뜯어서 멸치볶음처럼 만드는 것도 그 아이가 고안한 것이고."

문득 쳐다보니, 그 야윌 대로 야윈 노인이 두 손으로 도시락을 들고 우뚝 선 채 손을 부들부들 떨고 있었다.

"정말, …… 이것 좀 보거라. 수저통에 나뭇가지 두 개가 나란히 들어 있는 것도 그렇고, 쥐는 부분의 껍질을 군데군데 벗겨내서 무늬처럼 만든 것도, 기요미가 늘 이렇게 했잖느냐."

노인은 그렇게 말하면서 나뭇가지로 하얀 철쭉꽃을 집어 입에 넣는 시늉을 했다.

그러고 보니 후미코는 어렸을 때부터 꽃이나 잎사귀로 음식 만들기를 좋아했다. 시게타 기요미가 어렸을 때도 그랬으리라.

"냠냠, 냠냠. 아, 맛있구나."

노인은 턱을 움직이며 밥을 씹는 시늉을 하고는 더욱 큰 몸짓으로 꿀꺽 삼키는 시늉을 했다. 그 연기가 너무도 실감 나서 정말 먹고 있는 것처럼 보였다.

"아버지, 기요미도 걱정하고 있나 봐요. 아버지가 아무것도 안 드시니까, 드셔야 한다고 저세상에서 걱정하고 있는 거라고요. 그래서 이 아이에게 도시락을 줘 보낸 거예요."

"그래, 아 그래, …… 정말 그런가 보구나."

노인은 그렇게 말하면서 다시 한 입 꽃밥을 먹는 흉내를 냈다.

턱을 너무 세게 움직이는 바람에 해골처럼 움푹 파인 눈에서 눈물이 밀려 나와 꽃밥 위로 두세 방울 떨어졌다.

"오빠, 이 도시락을 부탁했다는 여자 말인데, …… 앗, 애야, 기다려."

노인의 행동을 울먹이며 쳐다보고 있던 아줌마가 고개를 돌리고 뭐라 물었다.

하지만 내게는 그 목소리의 절반밖에 들리지 않았다. 목덜미를 잡은 손에 힘이 풀리는 순간 재빨리 그 손을 뿌리치고 조그만 문 밖으로 쏜살같이 뛰어나갔기 때문이다.

8

"야 정말, 겁나서 죽는 줄 알았다."

나는 공원으로 달려가 후미코에게 사건의 전말을 설명했다.

"그랬어? …… 맛있게 먹는 흉내를 냈어?"

후미코 역시 그런 모습을 보고 싶었던 것이라고 나는 생각했다.

"그 할아버지가 앞으로 밥을 먹게 될지는 모르겠지만, 네가, …… 아니 네 안의 시게타 기요미가 걱정하는 마음은 전해졌을 거야."

그리고 우리는 비와 호 언저리까지 걸어가 신 나게 놀았다. 애 써 여기까지 왔는데 그대로 돌아갈 수는 없었기 때문이다.

그런 다음, 돌아가는 데 걸리는 시간을 가늠해서 조금 일찍 버 스를 타고 역으로 돌아갔다.

"자, 이제 오사카로 돌아가자."

둘이 전철 표를 사서 개찰구로 가려고 할 때였다.

개찰구 바로 옆에 그 해골 같은 노인과 건장한 아저씨, 그리고 팥죽색 윗도리를 입은 아줌마가 서 있는 것이 보였다.

과연 아줌마는 경찰이었다. 우리가 다른 고장에서 온 사람이라 는 것을 금방 꿰뚫어 봤는지, 역에서 지키고 있다 보면 반드시 나 타날 것이라고 여긴 듯했다. 아니면 그저 그렇게 짐작한 것일까.

나와 후미코가 몸을 숨기려는데, 한발 앞서 아줌마가 우리를 발견하고 말았다.

"얘, 너."

아저씨와 아줌마가 달려와 순식간에 우리를 에워쌌다.

"아까 그 도시락에 관해서 좀 물어보고 싶은 게 있어. 그걸 너에게 부탁한 여자가 젊고 머리가 길다고 했지? 혹시 이 여자 아니니?"

그렇게 말하면서 아줌마는 핸드백에서 사진 한 장을 꺼냈다. 아마도 시게타 기요미의 사진이었을 것이다. 하지만 나는 보고 싶지 않았다. 아니, 절대 봐서는 안 된다고 생각했다.

"기요미 ……."

그때 가까이에서 바람이 우는 듯한 목소리가 들렸다.

고개를 들자, 그 해골 같은 할아버지가 부들부들 떨리는 손으로 후미코의 어깨를 잡으려 하고 있었다. 부모 자식 간이란 모습이 바뀌어도 금방 통하는 무엇이 있는 것일까? 노인은 후미코가 자기 딸의 환생이라는 것을 한눈에 알아챈 듯했다.

"너, 기요미지? 내 딸 기요미 …… 맞지?"

후미코는 커다란 눈망울에 눈물을 글썽이며 노인을 올려다보았다. 그러더니 그 눈이 당혹스럽다는 듯 순간적으로 나를 쳐다보았다.

"손대지 마세요!"

나는 노인과 후미코 사이로 파고들었다. 거의 내 정신이 아니었다.

"얘 이름은 후미코라고요! 내 동생이에요. 당신네들과는 아무 상관도 없어요!"

나는 있는 힘껏 후미코를 껴안았다.

오빠란 이 세상에서 가장 손해가 큰 역할이다. 언제 어디서든 동생을 지켜 줘야 한다.

노인은 정말 슬픈 눈으로 나를 쳐다보았다. 하지만 후미코에게 손가락 하나라도 대게 해서는 안 됐다.

"죄송해요, 할아버지. 하지만 얘는 자기 엄마 아빠가 버젓이 있는 아이예요. 아빠는 돌아가셨지만, 엄마는 나와 얘를 위해서 열심히 일하고 있다고요. 그런 엄마와 아빠를 위해서, 할아버지가 이 아이를 만지게 둘 수는 없어요."

퀭한 노인의 눈에서 오열 같은 눈물이 흘러나왔다.

"아버지, 그만하세요. 이 아이들이 곤란해하잖아요."

마침내 옆에 있던 아저씨가 노인의 어깨를 톡톡 치면서 말했다. 그리고 내 쪽으로 고개를 돌리고는 이렇게 말했다.

"얘가 네 동생이니? 귀엽게 생겼구나."

"정말 귀엽다."

아줌마도 맞장구를 쳤다.

"이 아줌마에게도 얘처럼 귀여운 여동생이 있었단다. 엘리베이터 걸이었지."

두 사람은 눈이 부신 것처럼 가늘게 뜬 눈으로 후미코를 쳐다보았다.

"돌아가신 어머니에게도 보여 주고 싶네요."

아줌마는 그렇게 말하고는 눈물을 몇 방울 흘렸다.

그러고 나서 우리는 주소도 이름도 가르쳐 주지 않고 그대로 개찰구에서 헤어졌다. 그러니까 시게타 씨네 가족들이 그 후 어떻게 되었는지, 가엾은 할아버지가 밥을 먹게 되었는지 어쩐지는 알지 못한다.

"얘야, 피차 오빠가 돼서 괴로운 일이 많구나. 하지만 그 아이를 마음껏 예뻐해 주렴."

헤어질 때 건장한 아저씨는 그렇게 말했지만, 괜한 잔소리였다. 나는 그 후에도 후미코와 사이좋은 오누이로 지내고 있다.

다만 후미코가 스물한 살이 되기 전까지는 솔직히 불안한 마음이 가시지 않았던 것도 사실이다. 그때까지는 간간이 말이나 행동에 시게타 기요미의 그림자가 어려 있는 듯해서 대하기가 껄끄러웠던 적도 있었다.

꽃밥

그래서 녀석이 스물두 살이 되자 나는 마음이 푹 놓였다.

시게타 기요미는 스물두 살을 모른다. 그러니까 그 이후의 인생은 누가 뭐라고 해도 후미코 자신의 인생이다.

물론 그것은 나 혼자서만 마음 졸였던 일이지, 당사자인 후미코가 어떻게 생각하고 있었는지는 잘 모른다. 아무튼 히코네 사건 후로 후미코는 시게타 기요미 얘기를 한마디도 하지 않았다.

삼 년 전, 엄마가 갑자기 돌아가셨을 때는 우리 둘이 조촐하게 장례식을 치렀다. 우리를 키우기 위해서 인생의 모든 것을 희생한 어머니를 생각하며 나와 후미코는 울고 또 울었다.

그 후로 나와 후미코는 이 세상에 단둘뿐인 오누이가 되었다.

나는 앞으로도 후미코에게 무슨 일이 생기면 만사를 제쳐 놓고 달려갈 것이다. 그것은 어쩔 수 없는 일이다. 오빠란 세상에서 가장 손해가 막심한 역할이니까.

하지만, 당분간은 그런 일도 없으리라고 생각한다.

후미코는 내일, 같은 나이의 사랑하는 남자와 결혼을 한다. 학자풍에 성실함 자체인 남자다. 마음이 조금 약한 면도 있지만 성실하고 자상하다는 점은 나도 인정한다.

그러니까 당분간은 그 사나이에게 맡기려고 한다. *end.*

지금 생각하면, 꿈이었던 것 같기도 하다.
어른이 된 마음이 그런 일은 있을 수 없다고
기억을 부정하면서 상식과 아귀를 맞추려 하기 때문이다.

도까비의 밤

그날 밤, 도까비를 봤다.

그것은 빼곡하게 들어찬 지붕에서 지붕으로, 마치 신이 나서 깡충깡충 뛰듯이 가볍게 날아다녔다. 한 귀퉁이가 일그러진 달 아래, 휙 휙 하고 기묘하지만 흥겨운 소리를 내면서.

나는 이 층 방 창문에서 숨을 죽이고 그 모습을 바라보았다. 아래층에서 잠자는 아빠와 엄마에게도 보여 주고 싶었지만, 그 광경에서 눈을 뗄 수 없었다.

도까비는 건넛집 지붕에서 높이 날아오르더니 빙그르르 공중제비를 돌았다. 가을바람에 풍선처럼 부푸는 러닝셔츠를 보면서, 그 녀석은 정말 저기에 있는 것이라고 생각했다.

쏟아지는 잠을 억지로 참으면서 나는 그 흥겨운 광경을 바라보았다. 그리고 마음속으로 기도했다.

'이게 꿈이 아니기를.'

벌써 삼십 년도 더 지난 옛날, 오사카 만국박람회가 열리기 전의 일이다.

1

내가 오사카에서 지낸 기간은 긴 듯하면서도 짧다. 초등학교 이학년 봄에서 사 학년 여름까지, 삼 년이 채 안 되는 시간이었다.

원래는 도쿄의 호국사護國寺 근처에 살았는데 집안 사정으로 ― 이렇게 말하면 그럴싸하지만 실은 아빠가 사업에 실패하여 ― 운영하던 가구 판매 회사가 망하는 바람에 도망치듯 도쿄를 떠나 오사카 사는 친척 집에 신세를 지게 되었다. 하기야 아직 어렸던 나는 자세한 속사정은 알 수 없었다.

오사카에서 우리는 S라는 변두리에 있는 문화주택에서 살았다.

도쿄에서는 못 들었던 이름 때문에 어딘가 모르게 고급스러운 느낌도 들었지만, 쉽게 말하면 임대 연립주택이었다. 이 층짜리 집이 옆으로 나란히 세 채 정도 있는데, 각각의 집은 서로 벽을 공유하면서 죽 이어져 있었다. 그러니까 장사꾼이 지어서 파는 집을 옆으로 죽 붙여 놓은 것을 연상하면 될 것 같다.

나중에 들었는데, 엄마는 이 집에 좀처럼 적응하지 못했다고

꽃밥

한다. 판잣집이나 다름없어 여기저기가 덜거덕거리는 것은 그나마 참을 수 있는데, 옆집에서 재채기만 해도 다 들리는 벽의 두께에는 어이가 없었던 모양이다. 더구나 옆집에 사는 사람들이 T교의 열렬한 신자라서 아침저녁으로 툭탁툭탁 뭔가를 두드리면서 경을 외는 통에 정말 견딜 수 없었다고 한다. 그 소리는 나도 기억하고 있는데, 벽을 사이에 둔 옆방이 아니라 바로 같은 방 안에서 울리는 것처럼 또렷하게 들렸다.

우리 가족이 살았던 곳은 그런 문화주택이 여섯 동 정도 모여 있는 지구였다.

좁은 골목길이 막다른 골목으로 이어지는 구획으로, 각 집의 현관이 안쪽을 향해 ㄷ 자 모양으로 모여 있었다. 그 ㄷ 자 한가운데에는 교실 두 개 정도의 길쭉한 공간이 있었는데, 그곳은 우리들의 놀이터이자 엄마들의 수다방이었다. 요컨대 지붕 없는 로비 같은 곳.

그곳에 살았던 사람들 역시 꾸밈이 없이 소탈하고 화통해서, 그야말로 간사이 지방의 변두리 동네 분위기가 넘쳐 났다. 너 나 할 것 없이 다들 가난했기 때문에 괜한 허세를 부리거나 잘난 척할 필요도 없었다.

그러나 좁기는 해도 마당이 있는 단독주택에서 살았던 우리 부모는 이웃 사람들과의 거리가 거의 없다시피 한 환경을 못마땅해하는 듯했다. 어차피 잠깐 살다 떠날 것이란 의식이 있어서 였는지 골목 사람들과 적극적으로 사귀려 하지도 않았고, 끝내 오사카 사투리는 한 마디도 하지 않았다. 동네 사람들은 우리를 친절하게 대했지만, 그래도 마음속으로는 '도쿄 사람들은 잘난 척해서 탈이라니까' 하고 생각했을 것이다.

하지만 어린 내게 그 골목길에서 보낸 나날은 그야말로 황금 시절이었다.

그 일대에 사는 아이들은 나이나 성별에 관계없이 모두 형제 같아서, 아침부터 밤까지 누군가가 늘 곁에 있었다. 외동아들이 었던 나로서는 그 합숙 생활 같은 즐거움이 정말 고마웠다.

누가 딱지치기를 시작하면 가만히 있어도 참가자들이 모여들 었고, 여자애들이 고무줄놀이를 시작하면 남자애들까지 섞여서 신 나게 놀았다. 비가 오는 날에는 모두 근처에 있는 상점가로 몰려가 긴 아케이드 밑을 뛰어다녔고, 집 앞이 바로 놀이터라 저 녁을 먹고 난 후에도 마음껏 놀 수 있었다.

정말 옛날 일이라서 그 시절에 함께 놀았던 아이들의 이름이 나 얼굴은 다 기억하지 못한다. 나오유키라는 같은 학년 애하고 는 가장 많이 어울려 놀았는데, 안타깝게도 어떻게 생겼는지는 잘 생각나지 않는다. 『데나몬야 산도가사(1962년부터 칠 년에 걸 쳐 방영된 오사카 아사히 방송의 장수 코미디 프로그램-옮긴이)』에

꽃밥

나온 시라키 미노루란 배우하고 닮았었는데 ……. 이런 막연한 인상만 남아 있을 뿐이다.

반대로 오랜 세월이 흘렀는데도 머리에 또렷하게 각인돼 있는 얼굴이 있다.

골목길 제일 끝에 살았던, 준지와 정호란 이름을 가진 한국인 형제다. 성은 박(朴)이었던 것으로 기억하는데 어쩌면 백(白)이었는지도 모르겠다. 그리고 분단된 반도의 어느 쪽 사람이었는지도 모른다.

준지는 나보다 두 살이 많았는데 어깨가 딱 벌어진 우람한 체격의 소유자였다. 짧게 깎은 머리에 눈은 실처럼 가늘었다. 딱지치기의 명수였다. 나는 그가 딱지 네 장을 한 번에 뒤집는 것을 본 적도 있다. 생각을 그대로 행동에 옮기는 성격이라서 자기 나라나 가족을 모욕하는 사람은 가령 손위라도 가만 놔두지 않았다.

그렇게 호방한 형에 비하면 동생 정호는 키도 작고 몸집도 가냘팠다. 나이는 나보다 한 살이 어렸는데 유치원생 정도로밖에 보이지 않았다. 안색도 창백해서, 볕에 그을어 거뭇거뭇한 형과 나란히 있으면 너무 튀긴 돈가스 옆에 기대 있는 양배추 같았다.

그런데 그것은 어쩔 수 없는 일이었다. 자세한 것은 잘 모르지만, 정호는 몸에 중대한 장애가 있어서 다른 애들처럼 밖을 나다니며 노는 일이 없었으니까.

때문에 그는 학교에도 다니지 않았다. 민족학교에 적은 두고 있었지만 등교는 하지 못하고 늘 집 안에 틀어박혀 있었다. 그저 먹고 자기만 하는 생활을 했을 것이다. 골목 안 놀이터에 모습을 나타내는 일도 거의 없었고, 어쩌다 밖에 나와서도 모두가 노는 모습을 가만히 보고 있을 뿐이었다.

 물론 다른 이유도 있었다. 슬픈 일이지만, 그 친밀한 공간에서도 형제의 집은 겉돌았다.

 국적이 다른 사람에 대한 차별이나 편견은 지금도 있지만 삼십 년 전에는 한층 더했다. 전쟁 전이나 전쟁 중에 새겨진 잘못된 인식을 그대로 갖고 있는 사람도 많았고, 사회 여기저기에 자신과 다른 사람을 함부로 업신여기며 얄팍한 자존심을 채우는 정신이 궁핍한 자들이 넘쳐 나는 시대였다. 그런 궁핍함은 마음씨 좋은 골목 안 사람들과 우리 부모에게도 당연히 존재했다.

 그래서 준지네 가족은 늘 우리들과는 조금 떨어진 곳에 있었고, 어딘가 모르게 특별한 취급을 받았다. 당시 나는 여덟 살 난 소년이었지만 그런 분위기는 충분히 감지할 수 있었다.

 아이들은 어른의 행동을 본보기로 삼는 것이 보통이라, 우리 역시 준지와 정호를 우리와 구별했다. 대놓고 따돌리거나 차별을 하지는 않았지만 — 준지의 완력을 두려워한 탓도 있다 — 친구라고도 여기지 않았다. 우리는 이쪽, 그들은 저쪽이라고 마음속으로는 분명한 선을 긋고 있었다.

솔직히 국적을 운운하지 않더라도 나는 형 준지는 좋아하지 않았다. 커다란 몸집이 위압적이기도 했고, 생각지도 않은 일을 가지고 화를 내곤 해서 대하기가 껄끄러웠던 것이다.

하지만 동생 정호는 좋아했다. 얘기를 나누다 보면 그는 아주 순수하고 친절하며 머리가 좋은 소년이란 것을 알 수 있었다. 내게도 이런 동생이 있었으면 ……. 그 시절에는 그런 생각을 곧잘 했다.

그러나 사실 나는 도쿄에서 그 골목 안으로 이사를 한 지 두 달이 지나도록 정호란 존재를 알지 못했다. 사람들의 눈길을 끄는 준지는 금방 기억했지만 그에게 동생이 있다는 것은 전혀 몰랐다.

나와 정호를 이어 준 것은 당시 최고의 인기 상품이었던 '괴수'였다.

1960년대 후반에 소년기를 보낸 사람들은 잘 알 것이다. 당시 도호(영화사 이름)의 고지라, 다이에(영화사 이름)의 가메라, 텔레비전의 울트라 시리즈는 소년들의 마음을 사로잡는 하나의 현상이었다. 나 역시 그 멋들어진 괴수들에게 푹 빠져 있었다.

우리 부모는 하나밖에 없는 아들에게 약해서, 아주 비싸지 않는 한 사 달라는 대로 다 사 주었다. 망하기는 했지만 자식이 원하는 것을 못 사 줄 형편은 아니라고 생각하고 싶었는지도 모르겠다.

그래서 나는 동네 아이들보다 장난감과 책을 많이 갖고 있었다. 괴수나 영웅의 비닐 인형, 선더버드 메카닉, 괴수 도감, 드라마가 담겨 있는 소노시트(보통의 레코드판보다 얇고 부드러운 비닐로 된 음반-옮긴이) 등 그 양이 엄청나서, 지금까지 갖고 있었다면 마니아 숍에 내다 팔아 한 재산 챙겼을 것이다. 도쿄에서 온 내가 골목 안 아이들 세계에 금방 끼어들 수 있었던 것 역시 그것들 덕분이었다.

장맛비가 내리는 어느 날이었다고 생각한다. 그날 나는 모처럼 집에 있었다. 왜 밖에 나가 아이들과 어울리지 않았는지는 기억나지 않지만, 아마 별다른 사정은 없었을 것이다. 엄마가 장을 보러 나가 집에는 나 혼자였다.

일 층에서 텔레비전을 보고 있는데, 누가 현관문을 두드렸다. 나가 보니 긴 머리를 자로 잰 것처럼 반듯하게 가운데 가르마를 타서 뒤에다 동그랗게 말아 올린 여자가 서 있었다. 준지의 엄마였다.

"학생, 미안하지만 부탁이 있는데."

준지의 엄마는 악센트가 묘한 일본어로 말했다.

"우리 집에 아픈 애가 있는 거 아니? 형보다 조그만 애. 준지 동생, 정호라고 하는데, 초등학교 일 학년이야."

모른다고 대답하자 그녀는 약간 슬픈 표정을 지었다. 하지만 나는 정말 그때 처음으로 정호란 이름과 그 존재를 알았다.

"준지가 그러던데, 학생이 괴수 책을 많이 갖고 있다면서? 조금만 빌려 줄 수 있을까? 정호가 괴수가 보고 싶다고 해서. 깨끗하게 보고 꼭 돌려줄 테니까."

나는 도저히 싫다고 할 수가 없었다.

비디오가 없었던 시절, 텔레비전이나 책이 아니면 울트라맨과 괴수를 볼 수 없었다. 꼭 돌려주겠다고 했지만 열렬한 괴수 팬인 내가 그것들을 남에게 빌려 주는 건 쉬운 일이 아니었다.

"그래도 걱정스러우면 학생이 우리 집에 놀러 오면 되는데. 정호가 반가워할 거야."

뭐라 대답하지 못하고 고개를 숙인 내게 그녀는 상냥한 목소리로 말했다.

나는 그러겠다고 대답하지 않을 수 없었다. 내게 보이지 않는 곳으로 책을 보내느니 차라리 그쪽이 나았다. 내 대답을 들은 그녀의 얼굴이 환해졌다.

준지네는 세 채가 연결된 집이 아니라 약간 덩치가 큰 단독주택이었다. 일 층은 즈크화(당시 서민들이 주로 신던 운동화-옮긴이)를 만드는 공장이었다. 이른 아침부터 늦은 밤까지 미싱 소리와 끈 구멍에 쇠를 박는 소리가 들렸다. 그 때문인지 늘 창문을 꼭 닫아 놓는 탓에 폐쇄적인 분위기가 한층 짙었다.

나는 괴수 도감 책을 몇 권 들고 처음으로 그 집에 들어갔다. 현관을 열자 바로 공장이었다. 기계에 치는 기름과 고무 냄새가 뒤섞인 독특한 냄새가 났다. 한구석에 놓여 있는 커다란 쓰레기통에는 신발 밑창 모양으로 잘라 내고 남은 두꺼운 천이 산더미처럼 쌓여 있었다.

미싱을 밟고 있던 준지의 아버지가 한국말로 뭐라고 말하자 엄마가 역시 한국말로 대답했다. 의미는 알 수 없었지만 무척 기뻐하는 말투였다. 즈크화에 끈을 매고 있던 할머니가 주름이 자글자글한 얼굴로 환하게 웃어 줘서 내가 환영받고 있다는 것을 알았다.

"이렇게 놀러 와 주다니, 고맙다 고마워."

아버지가 큰 손으로 내 머리를 쓰다듬으면서 역시 악센트가 묘한 일본어로 말했다. 그는 프로 레슬러처럼 체격이 컸지만 빙그레 웃는 얼굴에 친절해 보이는 사람이었다.

그리고 안내된 이 층 방에서 드디어 정호를 만났다. 그는 얇은 이불 속에 누워 부끄러워하는 눈빛으로 나를 보았다.

"형이, 같이 괴수 보재."

꽃밥

엄마의 말에 정호의 하얀 두 볼이 점점 빨개졌다. 그러더니 마치 보이지 않는 끈이 잡아당기는 것처럼 몸을 일으키고는 신이 나서 이부자리에서 빠져나왔다. 당시의 아이들에게 괴수는 그만큼의 힘을 갖고 있었다.

형 준지가 밖에 나가고 없다는 것을 안 나는 간신히 어깨에서 힘을 뺐다. 정호가 하자는 대로 나란히 앉아, 들고 온 책을 펼쳐 놓고 함께 보았다.

"이거, 이번에 상영되는 영화 책이네. 괴수들이 많이 나오는 거."

정호는 두 눈을 반짝거리면서 고지라가 나오는 《괴수 총진격》이란 책을 보았다. 우리는 손가락으로 괴수를 하나하나 가리키면서 시합이라도 하듯 이름을 맞혔다.

"고지라, 모스라, 킹기드라, 안기라스, 라돈 ……."

괴수들의 이름은 무슨 주문처럼 그때까지 말 한 마디 나눠 본 적 없는 우리 둘을 친구가 되게 해 주었다. 다시 말하지만, 당시 괴수는 그런 힘을 갖고 있었다.

"얘들아, 케이크 먹어."

한참 책을 보다가 괴수 그림을 보고 있는데 정호의 엄마가 이 층으로 올라왔다. 손에는 막 사 온 듯한 조그만 상자를 들고 있었다.

"와, 파르나스다."

하얀 바탕에 큰 모자를 쓴 어린애 그림이 그려져 있는 포장지를 보고 정호가 외쳤다.

파르나스는 간사이 지방에만 있었던, 러시아 맛을 내세운 대형 케이크 가게였다. 비가 내리는데도, 처음 놀러 온 나를 위해 일부러 사 왔던 것이리라. 뜻하지 않은 행운에 내 마음까지 들썩거렸다.

"단 과자의 나라에서 온 편지, 동화의 나라 러시아의, 꿈의 썰매가 날라다 준 파르나스, 파르나스."

흥이 난 나는 텔레비전에 나오는 파르나스의 CM송을 흥얼거렸다. 일요일 아침에 만화영화를 보면 반드시 흘러나오는 노래였다. 케이크 가게의 CM송답지 않게 음울한 것이 오히려 재미있어 오사카에 오자마자 금방 배웠다.

내가 노래를 끝내자 정호는 가슴을 쓰다듬으면서 말했다.

"형, 나 그 노래 굉장히 좋아하는데. 그 노래, 좀 쓸쓸한 느낌이 들잖아. 듣다 보면 여기가 찡해져."

그 기분은 나도 알 수 있었다. 파르나스의 멜로디는 정말 그랬으니까.

그날, 우리는 종일을 즐겁게 놀았다. 저녁때 집으로 돌아가 정호네 집에서 놀다 왔다고 하니까 엄마가 잠깐 못마땅하다는 표정을 지었지만 별다른 말은 없었다.

　그날 이후 나는 기분이 내키면 정호의 집을 찾아가게 되었다. 그래 봐야 한 달에 한 번꼴이었으니까, 그리 자주 간 것은 아니다. 역시 형인 준지와 얼굴을 마주치기가 어색하기도 했고, 그 집에는 가지 않는 게 좋다고 충고하는 어른도 있었기 때문이다.

　물론 지금은 정호와 더 많이 놀아 줄걸 하고 후회하고 있다.

　정호는 이듬해 8월, 인생을 너무도 짧게 마감했기 때문이다.

2

　몇 년이 지나도 그날의 일은 잊히지 않는다.

　오사카에서 맞은 두 번째 여름방학이 절반쯤 지났을 때였다. 그때 나는 나오유키와 함께 집 앞에 커다란 대야를 꺼내 놓고, 금방 조립한 프라모델 배의 진수식을 하고 있었다.

　골목 입구에 낡은 삼륜차가 멈춰 섰다. 거기까지 차가 들어오기는 흔치 않은 일이라서 눈길이 저절로 돌려졌다.

　짐칸에는 준지와 그의 부모가 타고 있고, 운전석에는 낯선 남자와 할머니가 앉아 있었다. 모두 고통에 일그러진 표정이었다. 그 표정을 보는 순간 나 역시 명치 언저리가 쫙 오그라드는 것을 느꼈다.

"아이고, 아이고."

굴러떨어지듯 운전석에서 내려온 할머니는 골목 입구에 그대로 주저앉아 새 발처럼 야윈 손으로 땅을 치면서 울었다. 아버지는 짐칸에서 뛰어내리더니, 하얀 시트로 싼 것을 끌어안았다. 길쭉한 그것은 마치 거대한 누에고치처럼 보였다.

아버지는 그것을 조심조심 껴안고서 우리 집 앞을 지나갔다. 벌어진 시트 사이로 조그만 어린애의 발이 보였다. 그 발톱과 뒤꿈치가 소름이 끼치도록 하얬다.

뒤이어 걷고 있던 준지가 나를 보고는 걸음을 멈췄다.

"유키오, 정호가 오늘 아침에 죽었어."

눈물에 짓무른 빨간 눈을 껌벅거리면서 준지가 말했다. 그 말을 들었을 때, 내 머릿속에서 하얀 연기가 피어오른 듯한 기분이 들었다. 나는 그때까지 정호가 그냥 집에 있는 줄로만 생각했기 때문이다.

"갑자기 병이 악화돼서 사흘 전에 입원했는데."

나는 그의 아버지의 뒷모습을 바라보았다. 아버지는 하얀 시트에 싸인 대머리처럼 민들민들한 자식의 머리에 몇 번이나 볼을 비볐다.

"내 동생하고 놀아 준 애는 너뿐이었어. 고마웠어. 나중에 장례

꽃밥

식 할 때도 꼭 와."

말을 잃은 나는 대야에 떠 있는 배를 보았다. 접착제를 제대로 바르지 않았는지 동체 안으로 물이 스며들어 절반은 가라앉은 상태였다.

할머니는 슬픔을 이기지 못하고 그대로 죽어 버리는 것은 아닐까 싶을 정도로 울부짖었다. 형제의 엄마가 부축해 주지 않으면 일어나서 걷지도 못할 것 같았다. 두 사람은 소리 내어 울면서 비틀비틀 골목길을 걸어갔다.

"왜 관에 넣지 않고서. 불길하게 말야."

웅성거리는 소리에 밖으로 나온 건넛집 아줌마가 내뱉듯 한 말이 아직도 귓가에 선연하게 남아 있다.

그날 밤, 나는 우리 부모님과 함께 정호의 빈소를 찾아갔다.

빈소에 가 보기는 그때가 처음이었는데, 훗날 내가 경험한 빈소와는 상당히 달랐던 것으로 기억하고 있다.

작업장을 치운 자리에 단출한 제단이 마련돼 있었다. 정호는 그 앞에 깔린 이부자리에 누워 있었다. 얼굴에는 하얀 천이 덮여 있고, 머리맡에는 장난감이 몇 개 놓여 있었다. 하나같이 과자에 덤으로 붙어 있는 허접한 장난감처럼 싸구려였다. 제단은 다리를 접을 수 있는 네모난 상이었다. 그 위에 향과 초, 그리고 접시에 담긴 한국 음식 몇 가지와 과일이 놓여 있었다.

집 안으로 들어서자 목이 따가울 정도로 향내가 짙었다. 8월도 중순이 지났지만 여전히 기온이 높아 주검이 썩어 들어가는 속도도 빨랐을 것이다. 그 냄새를 지우기 위해 ― 향은 원래 그런 목적으로 피우겠지만 ― 그렇게 향을 피워 대지 않았을까 하고 생각한다.

한 번도 본 적 없는 사람들이 빈소에 모여 있었다. 정호의 다리 쪽에 친척이라는 여자들이 옆으로 죽 앉아 밤을 새워 울었다. 그 울음소리에는 가락이 있어 마치 슬픈 노래를 부르는 듯이 들렸다.

준지와 정호 형제는 일본에서 태어났다. 한국말을 하는 것도 아니고, 겉으로는 일본 아이와 전혀 다르지 않았다. 더욱이 정호는 한국 음식은 매워서 못 먹겠다고 했을 정도다.

그런 정호가 바다 건너 먼 한국의 하늘로 돌아갈 수 있을까. 갔다고 해도 말도 모르는 곳에서 즐겁게 지낼 수 있을까. 아니면 일본의 신이 일본의 하늘로 데리고 갈 것인가. 아니, 어쩌면 하늘나라에는 일본도 한국도 없을지 모른다. 죽은 사람은 모두 같은 곳에서 사이좋게 지낸다면 …… 만약 그렇다면 얼마나 좋을까.

그런 생각을 하고 있는데 갑자기 머리가 어질어질해졌다. 점점 속이 울렁거려 집으로 돌아가자마자 나는 토하고 말았다. 천장이 빙글빙글 돌아 서 있는 것조차 힘들었다.

"어머 유키오, 큰일 났네."

체온계로 열을 잰 엄마가 소리를 질렀다. 나도 모르게 40도에 가깝게 열이 올라 있었다.

동네에 있는 큰 병원으로 실려 가 이틀 정도 입원하는 신세가 되었다. 지금 생각하면, 아는 사람의 죽음을 처음 접하고서 몸과 마음이 충격을 받았던 것 같다.

나중에 들은 얘긴데, 나는 의식이 몽롱한 상태에서 헛소리를 하듯 "정호, 리모컨 탱크 ……"라는 말을 몇 번이나 중얼거렸다고 한다.

리모컨 탱크는 그 한 달쯤 전이었던 내 생일날에 선물로 받은 최신 장난감이었다. 엄마는 그 탱크를 내 머리맡에 놓고서, 정호가 나를 데리고 가려 하는 것은 아닐까 하고 정말 걱정했다고 한다.

고열 때문에 의식이 어렴풋했던 동안, 내가 정호 꿈을 꾸었는지 어땠는지는 전혀 기억에 없다. 하지만 가위에 눌렸던 이유는 분명하게 알고 있다.

그 몇 주 전에 나는 죄를 저질렀다. 동네 아이들과 함께 정호를 놀리고 따돌렸다.

내 생일 다음 날이었다. 그날은 아침부터 비가 내려서 나는 이 층에서 동네 아이들 서너 명과 놀고 있었다.

아까도 말했지만, 그 무렵 나는 동네 아이들에게는 선망의 대상이었다. 외동아들인 나는 이 층에 있는 두 개의 방 중 하나를 혼자서 썼고, 그 방에는 장난감과 책이 넘쳐 났다. 골목 안 아이들 가운데서 아마 내가 가장 부자였을 것이다. 그래서 나오유키와 다른 아이들은 심심하면 우리 집에 오고 싶어 했다.

한참을 놀고 있는데 정호가 불쑥 나타났다. 그가 우리 집에 오기는 처음이어서 나는 약간 당황했다.

그때 러닝셔츠 차림이었던 정호는 안색도 좋아 다른 아이들과 조금도 다르지 않아 보였다. 지금 생각하면, 꺼지기 전에 마지막으로 타오르는 촛불 같았지 않았나 싶다.

"놀러 왔어, 형."

정호는 다감하게 웃는 얼굴로 말했다. 나는 친구들의 얼굴을 슬쩍 훑어보았다.

나오유키를 비롯한 친구들은 어딘가 모르게 난감해하는 눈치였다. 대부분의 부모들이 아이들에게 저 끝에 있는 신발 집 아이들과는 놀지 말라고 훈계를 했기 때문이다. 하지만 형인 준지가 무서워 노골적으로 돌려보낼 수도 없었다.

그때 그 자리의 화제는 생일날 받은 리모컨 탱크였다. 실물과 똑같은 모양의 플라스틱 제품으로, 케이블로 연결된 컨트롤 박스의 스위치를 위아래로 움직이면 앞으로 갔다가 뒤로 가기도 하고 포탑이 돌기도 하는 것이었다. 물론 좌우로도 마음대로 움직일 수 있었다. 크기도 주간지만 해서 어린애에게는 꽤 박력 있는 장난감이었다.

모두 앞을 다투어 갖고 놀고 싶어 해서 순서대로 놀기로 했다. 가위바위보를 해서 이긴 순서대로 이십 초씩이었다. 그런데 시계가 없어서 다 같이 하나에서 스물까지 세었다.

그러자 차별 의식이 노골적으로 드러났다. 나오유키나 다른 아이가 갖고 놀 때는 목욕물에 어깨까지 잠겨 있을 때처럼 천천히 세었다. 그런데 정호 차례가 되면 오 초도 걸리지 않을 정도로 재빨리 세는 것이었다.

지금은 왜 그때 좀 더 내 주장을 내세우지 못했을까 하고 생각한다. 내 방에 내 장난감이었다. 놀고 싶으면 정호도 함께 끼워 주자고, 그렇게 말할 수도 있었다.

그런데 그러지 못했다. 나오유키의 눈치를 살피고, 그 자리의 분위기에 휩쓸려 정호를 지켜 주지 못했다.

끝내 정호는 자신이 불청객이라는 것을 깨달았다. 정호는 나를 향해 늘 그러듯 싱긋 웃으면서 말했다.

"오늘은 그만 갈게. 다음에 또 놀자, 형."

목소리는 밝았지만 그 눈이 살짝 젖어 있는 것을 나는 놓치지 않았다. 가슴이 욱신욱신 아팠지만 어리석은 나는 소갈머리 없이 고개만 끄덕거렸다.

그것이 정호와의 마지막이었다.

기억에 전혀 없지만, 고열에 시달리면서 내 마음은 그때로 돌아가 있지 않았을까. 그리고 꿈속에서 자신이 지은 죄를 깊이 뉘우치고 있지 않았을까.

그 일이 생긴 것은 정호가 죽은 지 일주일쯤 지나서였다. 폐렴 직전까지 갔다가 간신히 열이 내리면서 몸이 회복되기 시작한 무렵이기도 했다.

"뭐야, 이 소리."

밤에 잠을 자고 있는데 갑자기 요란한 소리가 들려 벌떡 일어났다. 마치 바로 옆에서 오토바이 엔진을 가동시키고 있는 것처럼 부릉부릉, 하는 연속음이었다. 그 소리에 절규하는 듯한 목소리가 겹쳤다.

이 층에서 자고 있었던 나는 허둥지둥 아래층으로 내려갔다. 아빠와 엄마도 일어나 있었고, 방에는 불이 켜져 있었다.

"대체 무슨 일이야?"

"옆집이야. 옆집에서 경을 외고 있는 거다."

과연 그것은 옆집에서 뭔가를 두드리면서 경을 외는 소리였다. 그런데 매일 아침 듣는 소리와 달리 몹시 절박했다. 그야말로 미친 듯이 두드려 대고 읊조리는 소리였다. 시계를 보니 새벽한 시가 넘어 있었다.

부엌의 조그만 창문을 열고 밖을 내다보았다. 골목 안에 있는 집에 불이 하나둘 켜졌다.

"대체 지금이 몇 신 줄 알고 이 난리야!"

"그만 좀 하라구!"

모두들 창문으로 고개를 내밀고 옆집을 향해 외쳤다. 하지만 그런 욕지거리가 전혀 들리지 않는다는 듯 그 요란한 소리는 그칠 줄 몰랐다.

"대체 무슨 일입니까? 이런 시간에."

견디다 못한 아빠가 잠옷 차림으로 옆집을 찾아갔다. 들어가서 자라는 엄마의 말을 듣지 않고 나도 아빠의 뒤를 따랐다. 다른 집 사람들도 험악한 표정으로 모여들었다.

문을 열고 나온 옆집 사람 — 마흔 살 정도의 미장이였다 — 은 종잇장처럼 하얗게 질린 얼굴에 땀범벅이었다.

"화장실에 가려고 일어났는데, 이 층 창문 밖에 아이가 있었습니다."

옆집 사람은 떨리는 목소리로 그렇게 말했다. 그 자리에 있었던 사람들은 무슨 소린지 모르겠다는 듯 이상한 표정을 지으며 서로를 쳐다보았다.

"정말입니다. …… 어린애가 창문에서 집 안을 들여다보면서 싱긋 웃었어요. 그러고는 원숭이처럼 공중에서 빙 돌더니 어디론가 가 버렸습니다."

"나이는 먹을 대로 먹어서 무슨 헛소리야."

"헛소리가 아닙니다. 틀림없어요. 얼마 전에 죽은 신발 집 아들이."

정호란 이름이 나오는 순간, 주위가 조용해졌다.

"달처럼 얼굴이 파르스름했어요."

달이란 말에 나도 모르게 하늘을 올려다보았다. 다른 어른들도 나처럼 위를 올려다보았다.

그때였다.

눈길이 모이기를 기다렸다는 듯이 무언가가, 눈에 보이지 않는 무언가가 옆집 지붕 위를 휙 지나갔다. 쌩 하니 달려가는 고양이처럼 재빠른 움직임이었지만 고양이보다는 움직임이 훨씬 컸다.

하지만 그곳에는 아무것도 없었다.

아무것도 없는데, 손가락을 뉘어 피아노 건반을 주르륵 훑어 내리듯 기왓장 소리가 바로 앞에서 저쪽으로 움직였다.

"귀신이다!"

순간적인 정적이 있고, 누군가가 절박한 목소리로 외쳤다. 그리고 그 소리가 신호였던 것처럼 모두들 비명을 지르면서 각자자기 집으로 우르르 뛰어 돌아갔다.

3

그 후로 묘한 일들이 하루가 멀다 하고 생겼다.

밤중에 놀이터에서 깡충거리는 어린애 발소리가 났다느니, 아무도 없는 부엌에서 물 흐르듯 소리가 났다느니. 벌써 여름도 끝나 가는데 골목 안에서는 괴담이 끊이지 않았다.

그리고 그런 일은 우리 집에서도 벌어졌다. 여름방학 마지막날이었다.

그때 우리 가족은 일 층에서 텔레비전을 보면서 저녁을 먹고 있었다. 나는 아직 끝내지 못한 방학 숙제 때문에 마음이 영 편치 않았다.

그날까지 해서 거의 끝나기는 했는데, 하필이면 귀찮은 미술숙제가 남아 있었다. 여름방학에 있었던 인상적인 일을 무엇이든 한 가지 그림으로 그리는 숙제였다.

가장 인상적이었던 것은 두말할 필요도 없이 정호의 죽음이었다. 하지만 초등학생인 나도 숙제로 그리기에 부적절한 소재라는 것은 알 수 있었다.

결국 7월에 갔던 해수욕장 그림을 그리기로 했다. 도화지 한가운데를 둘로 나눠 오른쪽에는 모래사장을 그리고 왼쪽에는 바다를 그리는 흔하디흔한 구도에 사람을 몇몇 그려 넣었다. 나와 우리 부모, 그리고 함께 간 친척이었다.

저녁때부터 그리기 시작했는데 밥 먹을 시간이 돼서도 60퍼센트 정도밖에 그리지 못했다. 엄마가 부르는 소리에 나는 도구를 그대로 놔둔 채 일층으로 내려갔다.

텔레비전을 보면서 밥을 먹고 있는데 이 층에서 무슨 소리가 났다. 통 통 통……. 규칙적으로 바닥을 두드리는 듯한 소리였다.

"뭐야, 지금 이 소리."

우리 가족은 동시에 얼굴을 마주 보았다. 물론 이 층에 누가 있을 리가 없었다.

"누가…… 걸어 다니는 거 아냐?"

소리가 점점 또렷하게, 오래 계속되었다. 그것은 그야말로 사람이 걸어 다니는 발소리였다. 게다가 소리의 간격으로 봐서 어린애인 듯했다.

"엄마야, 소름 끼쳐!"

꽃밥

엄마가 젓가락을 내던지고 귀를 막았다.

"무슨 소리야, 이제 겨우 일곱 신데."

"시간이 무슨 관계야. 기타하라 씨네 부인은 이른 아침에 책가방 멘 아이를 봤다고 하던데."

그 얘기는 나도 들었다.

아침 일곱 시쯤, 아침 준비를 하고 있던 이웃집 아줌마가 부엌 창문으로 책가방을 메고 있는 아이의 모습을 봤다고 했다. 아직 여름방학인데 그 아이는 걷는다기보다 미끄러지는 듯한 움직임으로 창밖을 지나갔다고 한다. 물론 서둘러 밖에 나가 봤지만 아무도 없었다고 한다.

마침내 아빠가 마음을 굳힌 듯 일어나 도둑처럼 발소리를 죽이고 계단을 올라갔다. 몸무게 때문에 계단이 삐걱거리는 순간, 이 층에서 나던 소리가 뚝 그쳤다.

"아무도 없는데 뭘."

이 층에서 들리는 아빠의 목소리에 나와 엄마도 살금살금 계단을 올랐다.

"옆집에서 나는 소리가 울린 거 아냐?"

집 사이의 벽이 그렇게 얇으니 그럴 가능성은 충분했다. 그렇다면 아빠가 올라가는 순간에 소리가 뚝 그쳤다는 것이 오히려 이상했다.

나는 달라진 것이 없나 하고 방 안을 돌아보았다. 그리고 내가 그리다 만 그림을 보고는 나도 모르게 숨을 삼켰다.

바다에 있는 사람, 그 가운데 나라고 그린 사람 뒤에 내 솜씨가 아닌 터치로 하얀 안개 같은 것이 그려져 있었다.

세로로 길쭉하게, 언뜻 보면 갑작스럽게 튀어 오른 물방울 같았다. 하지만 가만히 들여다보자 그것은 틀림없는 사람의 모양이었다.

그것을 본 나의 뇌리에 가장 먼저 떠오른 것은 시트에 싸인 정호의 모습이었다.

그다음 날, 나는 나오유키와 함께 새 학기에 쓸 학용품을 사러 문방구에 갔다. 가는 길, 입에 오른 화제는 말할 것도 없이 정호의 귀신 얘기였다.

"그거 귀신 짓이야, 틀림없어."

나오유키는 자기 집에서 생겼다는 이상한 일을 얘기했다.

이틀 전에 이 층에서 여동생이 친구들과 인형 놀이를 하고 있었다고 한다. 그 친구들이 돌아간 후, 어떻게 된 일인지 인형 하나가 보이지 않았다. 이상해서 이리저리 찾아보았더니, 일 층 현관에 떨어져 있더라는 것이다.

하지만 나는 그의 얘기가 시답지 않게 들렸다. 친구 중 한 명이 인형을 훔치려고 했다고 생각하는 편이 자연스러울 것 같았다. 갖고 싶은 마음에 들고 나가기는 했는데, 역시 겁이 나서 현관에 떨어뜨리고 간 것이 아닐까.

"아니, 나도 아는 앤데 절대 그런 짓을 할 애가 아니라고."

내 추리에 나오유키는 고개를 저었다. 그렇다고 정호는 그런 짓을 할 수 있다는 얘기인가.

"나, 다음에는 또 무슨 일이 생길까 하고 생각하면 무서워서 죽겠어."

나오유키는 가는 눈썹을 찡그리고 말했다.

"걱정 마. 정말 정호가 귀신이 됐다고 해도, 남을 해코지할 애는 아니야."

"그래도, 우리 …… 지난번에 정호에게 심술 부렸잖아."

물론 리모컨 탱크 건을 말하는 것이다. 그때의 정호 표정을 생각하자 또 가슴이 찡해졌다.

"우리를 원망하고 있을 거야."

아, 그렇구나. 나오유키의 말에 나는 비로소 깨달았다.

골목 안 사람들은 모두, 어른이나 아이나 복수를 두려워하고 있는 것이다. 그만큼 정호와 그 가족들을 매정하게 대했다는 자각이 있는 것이다. 물론 나 역시 같은 죄를 지었지만.

"뭐 좋은 거 없을까. 그 녀석이 싫어하는 거나, 무서워하는 거."

문득 떠올라, 나는 심술궂은 거짓말을 했다.

"아, 그러고 보니까 정호 그 녀석, 파르나스 노래 싫어한다고 했는데."

"정말? 그럼 파르나스 노래 부르면 도망갈지도 모르겠네."

물론, 그 반대였다. 그 노래를 부르면 오히려 신이 나서 찾아올지도 몰랐다. 살아 있는 동안에는 피하기만 했다. 그러니까……죽은 후에나마 신 나게 해 주고 싶었다.

나오유키가 파르나스 노래가 잘 기억나지 않는다고 해서, 상점가 아케이드 밑을 걸으면서 가르쳐 주었다. 그 쓸쓸한 멜로디를 흥얼거리자 또 가슴 언저리가 찡해졌다. 파르나스 노래는 정말 그런 노래였다.

"어, 유키오잖아."

동생 대신 노래를 따라온 것은 아닐 텐데, 학교에서 돌아오는 준지와 약국 앞에서 딱 마주쳤다.

그는 한동네에 있는 초등학교가 아니라 전철로 두 정거장 떨어진 곳에 있는 민족학교에 걸어서 다녔다. 정호도 학교가 같았으니까 만약 살아서 건강한 몸으로 학교를 다녔다면, 아침 일곱 시쯤에는 집을 나섰을 것이다. 이웃집 아줌마가 책가방 멘 소년을 봤다는 시간과 일치한다.

준지는 나오유키를 무시하고 내게만 말을 걸었다.

"유키오, 나 얼마나 화나는 줄 알아?"

준지는 약국 옆에 설치돼 있는, 10엔짜리 동전을 넣으면 움직이는 코끼리 놀이 기구에 기대어 말했다.

"동네 사람들, 정호가 귀신이 됐다고 다들 멋대로 지껄인다면서? 정말 어이가 없다."

그렇게 말하면서 준지는 나오유키 쪽을 힐금 쳐다보았다. 마치 지금까지 우리가 나눈 얘기를 어디선가 다 듣고 있었다는 듯이. 나오유키는 아무 말도 못 하고 고개를 숙였다.

"생각해 보라고. 만약에 정호가 귀신이 됐다면 제일 먼저 자기 집으로 왔을 거 아냐. 그런데 우리 집에는 아무 일도 없단 말이야. 발소리 한 번 안 들렸다고. 만약 들렸으면 아버지와 어머니가 정말 반가워했을 텐데."

준지는 굵은 팔뚝으로 팔짱을 끼면서 말했다. 나는 뭐라 대꾸를 하면 좋을지, 그것조차 알 수 없었다.

"할머니가 동네 사람들 얘기를 듣고, 정호가 도까비가 됐다면서 매일 울고 있어. 태워 버린 게 잘못이었다고."

"도까비가 뭐야?"

들어 보지 못한 단어라서 나는 준지에게 물었다.

"나도 잘 모르겠지만, 한국의 귀신 같은 건가 봐. 장난이 심한 조그만 귀신이래."

훗날 내가 읽은 책에는 대부분 도깨비라고 발음하는 것으로 쓰여 있었다. 하지만 그때 준지는 분명 도까비라고 말했다. 일본에서 나고 자란 그에게 원어의 발음이 어려웠는지도 모르겠다.

"한국에서는 아이가 죽으면 도까비가 된대?"

"이런 바보. 그런 게 아니고 할머니는 정호를 태우고 싶어 하지 않았단 말이야. 할머니가 살던 곳에서는 사람이 죽으면 그대로 땅에 묻는대. 태우는 것은 그 사람을 두 번 죽이는 일이라고 꺼리는 모양이야. 그런데 태워 버려서 그렇다고 이상한 소리를 하는 거지."

준지는 정말 질렸다는 표정으로 말했다.

"정호가 그런 뭔지도 모를 게 됐다면 참을 수 있겠어? 유키오, 안 그래?"

나는 잠자코 고개만 끄덕이면서, 어제 그린 바다 그림을 준지에게 보여 주면 …… 뭐라고 할까 하고 생각했다.

준지는 형으로서, 복이 없었던 동생이 하늘나라에서 편히 지내고 있다고 믿고 싶었을 것이다. 그 마음은 충분히 이해한다. 나도 같은 생각을 하고 있었으니까.

그래서 고추를 나눠 주기 위해 돌아다녔던 그의 심정이 얼마나 괴로웠을지, 그것도 잘 안다.

꽃밥

준지가 그의 어머니와 함께 우리 집에 온 것은 그로부터 며칠이 지난 저녁때였다. 준지는 몹시 언짢은 표정을 하고서 커다란 종이봉투를 들고 있었다.

"부인, 정말 미안합니다."

그녀는 현관 앞에 서서 허리까지 구부리고 말했다. 빈소에서 본 후로 한 번도 그녀를 보지 못했는데, 초췌한 몰골에 안색도 좋지 않아 어린 내 눈에도 처참하게 보였다.

"우리 애가 죽고 난 후에 이상한 일만 생긴다는 말을 들었습니다. 장례는 번듯하게 치렀는데, 부족했는지도 모르겠군요."

묘한 발음으로 그렇게 말하면서 준지의 어머니는 아들이 들고 있는 종이봉투에서 고추를 한 줌 꺼내 엄마 손에 건넸다.

"우리 어머님이 그러시는데, 정호가 도깨비가 됐다고 합니다. 그러니까 죄송하지만, 이 고추를 문하고 창문에 조금씩 매달아 놓으세요. 그러면 이상한 일이 안 생길 겁니다."

그렇게 말하는 준지 어머니의 눈에 눈물이 글썽글썽 맺혀 있었다. 그 뒤에서 분하다는 듯 입술을 꽉 깨문 준지는 그만 흘러내린 눈물을 손등으로 쓱쓱 닦고 있었다.

"도깨비는 불을 싫어합니다. 빨간 고추를 매달아 두면, 불이 난 줄 알고 가까이 오지 않을 겁니다."

그렇게만 말하고 어머니와 준지는 다시 한 번 고개를 깊이 숙이고 우리 집 앞을 떠났다. 그리고 바로 옆집 현관을 두드리는 소리가 들렸다. 그렇게 골목 안에 있는 집을 일일이 찾아다닌 듯했다.

우리 엄마는 손안에 있는 고추를 한참이나 쳐다보았다. 그러고는 현관 앞에 쭈그리고 앉아 소리 죽여 울기 시작했다. 그 어머니의 마음을 생각하니 불쌍해서 못 견디겠다고 조그만 소리로 중얼거렸다.

"그 마음을 생각해서라도 매달아 줘야겠지."

아빠가 엄마의 손에서 고추를 집어 들고 한숨을 쉬면서 말했다.

다음 날, 골목 안의 모든 집 현관에는 빨간 고추가 매달렸다. 입춘 전날에 대문에 꽂아 놓는 정어리처럼 두세 개를 한데 묶어 내다 건 집도 있었고, 마치 새끼줄 발처럼 줄줄이 매단 집도 있었다. 우리 집에서는 고추 두 개를 버찌 모양으로 실로 묶어 현관문 옆에 압핀으로 꽂아 놓았다.

엄마는 내키지 않는 투였지만 아빠가 하라는 대로 창문에도 고추를 매달았다. 뒷문, 이 층 창문, 화장실의 작은 창문, 모든 출입구에 조그만 가짜 불이 났다. 골목 안에 있는 집들은 준지 형네 끝 집만 제외하고 모두 같은 풍경이었다.

정호네 가족에게는 정말 잔인한 풍경이었을 것이다. 모두가 정호를 꺼리고 쫓아 보내려 했으니까 말이다. 그리고 정호가 정말 그 풍경을 봤다면 얼마나 서글펐을까. 모두가 자신을 거부하고 있는 셈이니까.

내가 도까비를 본 것은 그날에서 사흘쯤 지난 후였다.

지금 생각하면, 꿈이었던 것 같기도 하다. 어른이 된 마음이 그런 일은 있을 수 없다고 기억을 부정하면서 상식과 아귀를 맞추려 하기 때문이다. 하지만 그 도까비의, 아니 정호의 웃는 얼굴이 떠오를 때마다, 역시 꿈이 아니었다고, 꿈이 아니었으면 좋겠다고 생각한다.

그날 밤, 나는 잠을 자다가 갑자기 눈을 떴다. 화장실에 가고 싶은 것도, 기묘한 꿈을 꾼 것도 아니었다. 몸에 있는 스위치를 잘못 누른 것처럼, 번뜩 잠에서 깼다.

양옆에는 아빠와 엄마가 자고 있었다. 그 전에는 이 층 방에서 혼자 잤는데 바다 그림 사건이 있은 후로 아래층에서 아빠 엄마와 함께 자게 되었다.

방 안에는 두 사람의 편안한 숨소리와 태엽 감는 벽시계 소리만 울렸다. 이부자리에서 빠져나온 나는 시계를 보려 했지만, 잠이 덜 깬 탓에 글자판이 선명하게 보이지 않았다.

나는 이 층 방이 마음에 걸렸다. 어째서인지 그 방에 가 봐야만 할 것 같았다.

무섭지는 않았다. 나는 천천히 계단을 올라갔다. 늘 그렇듯 몸무게 때문에 널마루가 삐걱거리는 소리가 났다. 그 소리에 나는 자신이 깨어 있다는 것을 실감했다.

이 층 방에 별다른 변화는 없었다. 잠들기 전 그대로였다. 굳이 다른 점을 들자면, 커튼을 닫지 않은 창문으로 달빛이 비쳐 방 안이 유난히 밝다는 것뿐이었다.

나는 살며시 창문을 열고 밖을 내다보았다.

무수한 지붕이 줄지어 있을 뿐, 밖에도 특별한 변화는 없었다. 오사카의 변두리가 다 그렇듯, 집과 집 사이가 너무 가까운 탓에 빼곡하게 모여 있는 것처럼 보이는 지붕들, 마치 바다를 그려 놓은 연극 무대의 배경처럼.

'정호야, …… 이 근처에 있는 거니?'

나는 마음속으로 정호를 불렀다. 물론 대답은 없었다. 문득 눈에 띄어 창문 위 틀에 매달아 놓은 고추를 떼어 밖으로 내던졌다.

그 순간, 바람이 획 불어왔다.

유독 싸늘하고 어딘가 모르게 달짝지근한 냄새가 나는 바람이 내 머리 위를 스치고 방 안으로 흘러들었다.

돌아보니 방 한가운데에 러닝셔츠 차림의 정호가 서 있었다. 살아 있을 때 모습 그대로, 다감한 미소를 띠고 서 있었다.

하지만 그 몸은 마치 온 살에 서리가 내린 것처럼 희미하게 빛

꽃밥

나고 있었다. 진주를 닮은 빛이었다.

"정호!"

놀랍고 무서워서 그 이름을 외친 것이 아니었다. 다시 만난 기쁨에 나도 모르게 이름이 튀어나온 것이었다.

정호는 수줍은 미소를 띤 채 눈을 치켜뜨고 힐금힐금 내 쪽을 쳐다보았다. 나는 조금도 무섭지 않았다.

"보고 싶었어."

그렇게 말하면서 손을 내밀자 그는 놀란 듯 뒷걸음을 쳤다. 그리고 고개를 내저으며 쓸쓸한 표정을 지었다. 살아 있는 인간이 그의 몸에 손을 대어서는 안 되기 때문인지도 몰랐다.

"왜 아무 말도 안 하는 거야?"

여러 가지로 말을 걸어 보았지만 정호는 서글픈 표정으로 고개만 저을 뿐 아무 대답도 하지 않았다. 말을 할 수 없는 것인지, 해서는 안 되는 것인지, 아무튼 그 그리운 목소리를 들을 수 없을 듯했다.

잠시 후, 불을 켜려고 전등의 줄을 잡아당겼지만 불은 켜지지 않았다. 창문으로 비치는 달빛이 밝아 나는 더 이상 불을 켜려 하지 않았다. 어둠 속에서도 정호의 모습은 분명하게 보였다.

"참, 그 탱크 줄까?"

내가 그렇게 말하자 순간적으로 정호의 표정이 환해졌다. 나는 벽장을 열고 예의 리모컨 탱크를 꺼냈다.

"얼마 전에 건전지 갈아 끼웠으니까 쌩쌩 잘 움직일 거야. 아, 그리고 괴수 책도 보고 싶으면 마음껏 봐. 인형도 많이 있고. 그리고 선더버드는? 울트라 호크도 멋진데."

벽장에 넣어 두었던 장난감을 전부 꺼내 달빛 속에 늘어놓았다.

"마음껏 갖고 놀아. 오늘은 전부 빌려 줄게. 아침까지 놀아도 괜찮아."

나는 필사적이었다. 오늘이 정말 마지막이고, 두 번 다시 정호를 만날 수 없다는 것을 알고 있었다.

"그리고 마음껏 신 나게 놀고 난 다음에 한 번만이라도 집에 가 봐. 엄마하고 형도 너를 보고 싶어 해."

정호는 까딱하고 고개를 숙였다.

다음 날 아침 눈을 떴을 때 나는 장난감에 에워싸여 있었다. 엄마와 아빠가 불안한 표정으로 나를 내려다보고 있었다.

"왜 여기서 잤어?"

엄마의 얼굴에 공포의 빛이 역력했다. 나는 일부러 입을 쩍 벌리고 하품을 하고는 태연한 목소리로 대답했다.

"밤중에 갑자기 놀고 싶어져서. 아무도 방해하는 사람이 없어서 얼마나 재밌었다고."

"이런."

아빠의 주먹이 머리를 콩 때린 아픔에 잠이 다 달아났다.

"빨리 치우고 학교 갈 준비나 해."

아빠와 엄마는 웃으면서 얼굴을 마주 보고는 아래층으로 내려갔다. 나는 장난스럽게 대답하면서 이리저리 흩어져 있는 장난감을 벽장에 집어넣었다.

나 자신이 생각해도 어젯밤 일이 꿈만 같았다. 그런데 탱크의 건전지가 다 닳은 것을 확인하고는 역시 사실이었다고 생각했다.

생각해 보면 탱크가 움직이는 요란한 모터 소리에 엄마 아빠와 이웃집 사람들이 깨지 않은 것도 이상한 일이었다. 어쩌면 무슨 신비로운 힘이 작용했는지도 모르겠다.

환하게 밝은 바깥을 내다보면서 나는 어젯밤 즐거워하던 정호의 모습을 되새겼다.

정호는 꽤 오랜 시간 내 방에서 놀다 갔다.

나는 가끔 쏟아지는 잠을 못 이기고 꾸벅꾸벅 졸다가 퍼뜩 깨곤 했다. 그러기를 몇 번, 갑자기 눈을 떴을 때 정호의 모습이 없었다.

당황해서 밖을 내다보자, 정호가 바다 같은 지붕 위를 즐겁게 뛰어다니고 있었다. 휙 휙 피리 소리 같은 소리를 내면서 이 지붕에서 저 지붕으로 날아다녔다. 그 움직임이 슬로모션처럼 아주 느긋해 보였다.

나를 본 정호는 신이 난 듯 공중제비를 돌았다. 입고 있는 러닝셔츠가 바람에 부풀어, 나는 그가 거기에 있다고 실감할 수 있었다.

'아, 그랬구나.'

그 모습을 보면서 나는 깨달았다.

정호는 누구를 원망하는 것이 아니었다. 몸이 자유로워진 것이 기뻐서 신 나게 놀고 있었던 것이다. 자기 집에 돌아가는 것도 잊은 채 정신없이 놀러 다닌 것이었다. 지겹도록 내리는 비에 갇혀 있던 아이가 오랜만에 맑게 갠 하늘 아래로 뛰쳐나가는 것처럼.

내 그림에 덧칠을 한 것도 자신을 그려 넣어 같이 놀러 간 것이라고 생각하고 싶어서였는지도 모른다. 책가방을 멘 모습으로 나타나 이웃집 아줌마를 놀라게 한 것도 학교에 다니는 기분을 느끼고 싶어서였을 것이다.

그리고 마침내 정호는 내게 손을 흔드는가 싶더니 지붕에서 지붕으로 날아 점점 멀어져 갔다. 그 모습이 도까비라기보다 러닝셔츠를 입은 피터 팬 같았다.

멀어지면서 그 몸은 사방에 녹아들듯 뿌예지더니 끝내 사라져 버렸다. 남은 것은 끝없이 이어지는 지붕의 물결과 그 위로 하얗게 부서지는 달빛뿐이었다.

그 후, 정호가 가족에게도 모습을 보여 주었는지는 알 수 없다. 준지에게 물어보기도 새삼스러워 확인하지 않았다.

하지만 그날 이후로 골목 안에서 묘한 사건이 벌어지지 않은 것만은 확실하다. 고추를 달아 놓은 덕이라고 믿는 사람도 있겠지만, 나는 정호가 만족했기 때문이라고 생각한다.

그리고 삼십여 년의 세월이 흘렀다.

지금 그 골목 일대에는 고층 아파트가 들어섰다고 한다. 당대를 풍미했던 파르나스도 문을 닫았고, 그 애잔한 CM송 역시 간사이 사람의 기억에서 멀어졌을 것이다.

모든 것이 지나간 일이 된 셈이다.

하지만 나는 지금도 달빛이 아름다운 밤이면 정호가 어디선가 지붕 위를 신 나게 뛰어다닐 것만 같은 기분이 든다.

어른이 된 내게는 이미 그 모습이 보이지 않을 테지만. *end.*

꺼림칙하다고 생각하면서도
왠지 나는 그 생물의 감촉이 그리워 견딜 수가 없다.
어린 날 느꼈던 감미로움이 몸서리가 쳐지도록 그립다.

요정 생물

1

그 기묘한 생물 얘기를 해 봐야 아무도 믿어 주지 않았다.

어렸을 때는 흔히 공상과 현실을 혼동하는 법이라며 웃어넘기든지, 지어낸 얘기라고 단정하고는 못마땅하다는 눈빛으로 쳐다보든지 둘 중에 하나였다. 하지만 나는 어느 쪽이든 별 상관하지 않는다. 심지어 거짓말이라고 해도, 나로서는 곤란한 일이 전혀 없으니까.

나 자신도 사실을 잊어버리고 싶은지도 모른다. 사실 잊어버려도 아무 상관 없는 일이다. 기억을 흩어 놓은 시간의 흐름에 그냥 맡겨 버리면 아마 마음도 편할 것이다.

하지만 나는 잊을 수가 없다.

그 생물을 손바닥에 얹어 놓았을 때의 온기, 피부에 스며들 듯한 그 점액질의 눅눅함, 어째서인지 그런 감촉들이 그리워 견딜수 없는 때가 있기 때문이다. 잠을 이루지 못하고 바로 옆에서 잠자는 아이의 숨소리를 들으면서 어둠을 바라보는 오늘처럼 긴 밤이 그렇다.

그날, 국철의 고가 밑에 있던 남자는 그 생물을 '요정 생물'이라고 불렀다. 정말 그 기묘한 생물에게 잘 어울리는 이름이라고 생각되었다.

그렇다고 외국의 그림 동화책에 등장하는 날개 달린 아주 조그만 사람을 상상해서는 안 된다. 내가 키운 것은 그런 귀여운 생물과는 전혀 다른 해파리 같은 생물이었다. 열 살짜리 소녀였던 내 손바닥에 딱 맞는 크기에, 물이 담긴 그 병 속을 그저 둥실둥실 떠다닐 뿐인 생물.

내게 그것을 판 남자는, 오랜 옛날에 마술사가 만든 것이라고 말했다. 물론 그때는 믿지 않았지만, 어쩌면 정말 그런지도 모르겠다.

내가 태어나고 자란 곳은 오사카의 어느 변두리였다.

품위와는 거리가 멀고, 넥타이를 맨 남자도 구경하기 힘든 동네였다. 역 주변에는 노무자를 상대하는 싸구려 여인숙과 대중식당이 줄지어 있고, 대낮부터 술 냄새를 풍기는 사내들이 거리

꽃밥

를 어슬렁거리는 그런 곳이었다.

번화가에서 떨어진 주택가는 그나마 좀 나았지만, 그래도 살기 좋은 환경은 절대 아니었다. 널빤지와 양철로 지은 조그만 집들이 아우성을 치듯 모여 있고, 그 사이 사이로 도랑이 흘렀다. 동네 전체에서 늘 독특한 냄새가 났고, 썩은 물에서 태어난 커다란 파리가 일 년 내내 날아다녔다.

소규모 가내공장이 곳곳에 있어 금속을 깎는 소리, 뭔가를 압축하는 기계 소리가 끊이지 않았다. 하기야 나는 그런 소리를 들으면서 나고 자랐으니까 시끄럽다고 느끼지는 않았다. 지금도 너무 조용한 장소를 꺼리는 까닭은 아마 그런 성장 배경 때문일 것이다.

그런 동네에서도 아이들은 기운찼다. 몸 안에서 넘쳐흐르는 힘을 감당할 수 없어 가만히 있기가 고통스러운 것처럼, 별 의미도 없이 늘 돌아다녔다. 물론 나 역시 그런 아이들 중의 한 명이었고, 달리기 시합과 고무줄놀이를 좋아하는 소녀였다.

그 무렵의 나날을 떠올리면 정말 즐거웠다는 생각이 든다. 삶의 외로움과 괴로움과는 전혀 무관했고, 하루하루가 시끌시끌한 놀이 공원처럼 행복했다. 몸도 건강해서 갓난애처럼 보드랍고 윤기 나는 피부와 머리카락이 자랑이었고, 가난도 고통이 아니었다.

그 생물을 갖게 된 것은 지금으로부터 삼십 년 전, 그러니까 내가 초등학교 사학년 때의 7월이라고 기억한다.

당시의 나는 한 소녀 잡지를 무척 좋아했다. 종이 가방과 귀여운 스티커, 스타의 사진이 찍혀 있는 책받침, 귀여운 부록이 잔뜩 달려 있는 정말 재미난 잡지였다. 부록에 있는 편지지에 편지를 쓰는 것이 유행할 정도로 당시의 소녀들에게는 필독서였다. 나는 하루에 10엔인 용돈을 꼬깃꼬깃 모아 매달 잡지를 샀다. 우리 집 근처에는 서점이 없어서 월초에 나오는 잡지를 사려면 역 앞까지 가야 했다. 바로 그 길 도중에 있는 국철의 고가 밑에서 남자를 만났던 것이다.

그 길은 포장이 안 된 흙길이었다. 햇볕도 잘 안 드는 데다 울퉁불퉁한 곳이 많아 늘 어딘가에 물이 고여 있고 강가에 온 듯한 냄새가 났던 것으로 기억한다.

상점가로 통하는 편한 길이 따로 있었기 때문에 그 길을 지나는 사람은 많지 않았다. 나도 평소에는 편한 길로 다녔는데, 그날은 왠지 고가 밑 길로 가고 싶었다. 이유는 모른다. 우연인지 아니면 운명인지.

고가 밑을 지나다가 낮에도 어두컴컴한 그 길에 소리 없이 서 있는 한 남자를 보았다. 그는 여름의 강렬한 햇살을 피하려는 듯 가장 어두운 곳에 서 있었다.

꽃밥

남자는 상자 하나를 뒤집어 놓고 그 위에다 유리병 같은 것을 몇 개 늘어놓고 있었다.

금방 장사꾼이라는 것을 알 수 있었다.

요즘 같은 때에도 있을까, 옛날에는 주로 학교 앞이나 공원 근처에 수상쩍은 장사치가 판을 벌여 놓곤 했다. 갖가지 색으로 물들인 병아리, 자석으로 움직이는 수수깡 인형, 종이에 썼다가 손가락으로 지우면 싹 지워지는 마법의 잉크. 정체를 알 수 없는 남자가 어린애 마음을 부채질하는 신기한 것들을 팔았다.

"어이, 해바라기 아가씨, 구경 좀 하고 가."

다가가는 나를 본 남자는 미소를 띠고서 말했다. 나는 내가 좋아하는 머리핀을 보아 준 것이 기뻐서 그만 걸음을 멈추고 말았다.

그 무렵 나는 어깨에 닿을 정도로 머리를 기르고 있었다. 미용사 자격증이 있는 엄마는 내 머리를 이리저리 만지작거리는 것을 좋아해서, 종이 인형의 옷을 마음대로 갈아입히듯 날마다 내 머리 스타일을 바꿔 주었다. 친구들은 그런 나를 무척이나 부러워했다.

그날은 두 갈래로 땋은 머리를 다시 하나로 묶고 시원한 해바라기 모양 핀을 꽂고 있었다.

"어때, 요런 건 본 적 없지?"

남자는 놓여 있는 유리병 몇 개 가운데서 하나를 내 눈높이로 들어 올렸다.

시간이 한참 흐른 지금, 그 남자의 얼굴은 잘 기억나지 않는다. 젊었던 것 같기도 하고, 중년 정도였던 것 같기도 하다. 비옷 같은 비닐 윗도리를 입고 있었던 것 같은데, 한여름에 그런 차림이었다면 좀 이상하니까, 어쩌면 다른 기억과 뒤섞였을 가능성도 있다.

남자가 내민 병은 직경이 8센티미터, 높이가 13센티미터 정도로 물이 가득 차 있었다. 금속제 하얀 뚜껑에는 공기가 드나들라고 한 것인지, 못으로 뚫은 듯한 구멍이 열 개 정도 나 있었다. 그리고 물속에 하나, 아니 반투명한 비닐 덩어리 같은 것이 한 마리 떠 있었다.

"아저씨, 이게 뭐예요? 조그만 계란 프라이 같네요."

나는 느낀 대로 말했다.

그것은 정말 조그만 계란 프라이와 비슷했다. 딱딱할 정도로 오래 구운 것 말고 흰자위의 색깔이 변하기 시작하는 순간 프라이팬에서 꺼내 물속에 떨어뜨린 듯한, 그런 형상이라고 하면 그 모습이 조금은 상상될까.

한가운데는 뽀얀 황금빛 별 모양이 있고, 그 모양을 따라 분홍색 핏줄 같은 줄이 반투명한 몸 여기저기로 뻗어 있었다. 그 무렵의 내게는 나름대로 크게 보였는데 아마 직경이 5, 6센티미터 정도에 불과했을 것이다.

"이거, 해파리예요?"

"아니, 해파리는 무슨 해파리. 오랜 옛날에 마술사가 만든 요정 생물이야."

그렇게 말하고서 남자는 이 사이로 숨이 새어 나오는 듯한 소리를 내며 웃었다. 그의 말투에는 간사이 지방 사투리가 전혀 섞여 있지 않았다.

"거짓말. …… 마술사가 어디 있다고요."

나는 비록 열 살이었지만 남자의 말을 그대로 믿을 만큼 어린 애는 아니었다. 다만 '요정 생물'이라는 낯선 말의 신비로움에 끌린 것은 사실이었다.

"에이, 이거 해파리 맞죠? 전에 이런 거, 수족관에서 봤단 말이에요."

내가 그렇게 말하자, 남자는 실망스럽다는 말투로 대답했다.

"거짓말이 아니야. 정말 마술사가 만든 거라고. 얼굴을 바짝 갖다 대고 잘 봐, 그럼 알 수 있을 거야."

나는 그의 말대로 코끝이 닿을 정도로 얼굴을 병에 바짝 갖다 댔다.

과연 그것은 아름다운 생물이었다. 물속에서 움직일 때마다

계란 프라이 끝이 치맛자락처럼 살랑살랑 흔들리면서 진주처럼 빛나는 뒷면이 언뜻언뜻 보였다.

한참을 보고 있는데, 그 생물이 물속에서 갑자기 몸을 뒤집었다. 뽀얀 별 모양의 뒤가 보였을 때 나는 그만 소리를 지르고 말았다.

"앗, 얼굴이 있네."

물론 그것은 얼굴이 아니었을 것이다. 아마도 무슨 기관이 얼굴 모양으로 보였을 테지만 내 눈에는 정말 얼굴 같아 보였다.

물론 그 얼굴이 실제 얼굴 모양을 닮았다는 뜻은 아니다. 만화 같은 환상적인 얼굴이다. 그 시절 유행했던 스마일 마크 — 나는 니코짱(생글생글 정답게 웃는 모양을 가리키는 일본어 '니코니코(に こ-にこ)'와 이름 뒤에 붙이는 애칭인 '짱(ちゃん)'의 결합어 - 옮긴 이) 마크라고 불렀지만 — 처럼 노란 원 안에 조그맣고 검은 점이 두 개 나란히 찍혀 있고, 그 밑에는 초승달 모양의 웃는 입 같은 줄이 나 있었다.

그 얼굴 모양을 보는 순간 내 마음은 그 기묘한 생물에게 사로잡히고 말았다. 이런 생물은 지금껏 본 적이 없으니까, 귀찮지만 않으면 꼭 키워 보고 싶었다.

"어때, 마음에 드니?"

내 속마음을 꿰뚫은 듯 남자가 말했다.

꽃밥

"생글생글 웃고 있지? …… 이건 키우는 집에 행운을 가져다 주는 생물이야."

남자는 마치 연말에 복조리를 팔러 다니는 사람 같은 말을 했다. 하지만 그 생물의 모습을 보고 있자니 그 말이 거짓말처럼 들리지 않았다.

"그리고 말이지, 요건 귀여운 목소리로 울기도 한단다."

이제 거의 다 넘어왔다고 생각했는지, 망설이고 있는 내게 남자가 말했다.

남자는 병뚜껑을 열더니 물속에서 떠다니는 그 생물을 손가락으로 살며시 건져 올렸다. 그리고 그것을, 내민 내 손바닥에 올려놓았다.

미끄덩한 감촉이 느껴졌다.

차가울 줄 알았는데 뜻밖에도 그 생물은 고양이의 배 같은 온기를 지니고 있었다.

잠시 후, 찌찌찌 찌찌찌, 하고 작은 새가 지저귀는 듯한 소리가 들렸다. 황매화빛 별 모양 끝에 조그만 구멍이 뚫려 있고, 그 안에 있는 분홍색 조직이 소리에 맞춰 보이다 말다 했다.

지금은 물론 새가 지저귀는 귀여운 소리가 아니라 그 생물이 물을 원하며 발신한 긴급 신호 같은 것이 아니었을까 하고 생각한다.

"어때? 참새 소리 같지?"

남자는 친절하게 말했지만, 나는 남자의 말을 귀담아들을 상황이 아니었다. 그 생물을 올려놓은 손바닥이 간지러워 견딜 수가 없었기 때문이다.

동생이 키우는 풍뎅이를 손바닥에 올려놓았던 적이 있는데, 그때도 잔털이 돋은 다리가 간지러워 참을 수가 없었다. 하지만 그 생물을 올려놓았을 때의 감각은 또 달랐다.

뭐라 표현하면 좋을까, 마치 축축한 혓바닥으로 손바닥을 핥고 빠는 듯한 기분이었다.

나는 내 팔에 돋은 소름을 보았다. 하지만 내던질 수는 없어 그 생물을 손바닥에 올려놓은 채 그냥 가만히 그 감각을 견뎌 냈다.

마침내 남자가 내 손바닥에서 그 생물을 들어내 다시 병 속에 집어넣었다. 나는 간지러움에서 벗어나 안도했지만, 왠지 기분은 허전했다. 가슴이 두근거리고 겨드랑이에는 땀이 배어나왔다.

"마음에 드니?"

남자가 어딘가 모르게 외설적인 웃음을 띠고 물었다.

"마음에 들면 아가씨가 지금 갖고 있는 돈의 절반에 팔 수도 있는데."

"갖고 있는 돈의 절반이오?"

"음, 절반이면 돼."

꽃밥

가격을 그렇게 매기다니, 신기하게 여기면서 만약 10엔밖에 없다고 하면 5엔에 팔까 하고 생각했다. 그 시절 아이가 10엔이나 20엔 이상의 돈을 갖고 다니는 일은 좀처럼 없었다.

나는 결국 솔직하게 갖고 있는 돈의 절반을 지불했다. 소녀 잡지는 260엔이었으니까, 130엔이다.

"거짓말을 하지 않는 착한 아가씨로군. 요것도 기뻐할 거야."

돈을 받아 든 남자는 상냥하게 말했다. 나는 그가 내 주머니 속을 들여다본 듯한 느낌에 조금은 겁이 났다.

2

집으로 돌아가 보니 아빠는 거실에서 인부 아저씨 네 명과 술을 마시면서 경마 중계를 보고 있었다. 일요일의 우리 집에서 흔히 볼 수 있는 광경이었다.

아빠는 인부를 몇 명 부리면서 소규모 건축사무소를 운영하고 있었다. 건축사무소라고 하면 거창하게 들리겠지만, 실은 개인이 경영하는 하청 목수 일 같은 것이었다.

좋은 의미에서든 나쁜 의미에서든 대장 기질이 있는 아빠는 쉬는 날에도 이렇게 사람들을 집으로 불러 모아 놓고 술을 마시곤 했다. 대장이라 불리는 것을 무엇보다 좋아했다.

아빠는 배짱이 두둑한 사람처럼 행세했지만 실은 사소한 일에
도 잔소리가 많았다. 예를 들어, 술김에 내게 50엔이나 100엔을
용돈으로 줘 놓고는 나중에 반드시 어디에다 썼느냐고 시시콜
콜 물어 댔다. 아빠의 뜻에 거슬리는 것을 샀을 때는, 세쓰코는
돈이 고마운 줄 모르니까 그런 것을 산다고 꾸지람을 했다.

그러니까 내가 정체 모를 생물을 사 왔다는 것을 알면 또 투덜
투덜 잔소리를 해 댈 것이 뻔했다. 나는 요정 생물 병을 옷 속에
숨기고, 술 냄새를 풍기면서 왁자지껄하게 떠들고 있는 사람들
옆을 지나갔다.

당시 우리 집은 낡은 목조 일 층에, 방은 텔레비전이 주인처럼
떡 버티고 있는 거실과 아빠의 침실, 그리고 좁다란 마당을 향하
고 있는 작은 방, 그렇게 세 개밖에 없었다. 작은 방에 나와 세
살 아래 남동생의 책상이 있었는데, 우리 남매만 그 방을 쓰는
것은 아니었다. 방 한구석에는 늘, 내가 초등학교에 들어가기 전
뇌졸증으로 쓰러진 할머니가 누워 있었다.

조용히 방에 들어가자 할머니는 자고 있었다. 한창 놀 때인 동
생이 일요일 낮에 집에 있을 리 없었다. 나는 할머니가 깨지 않
도록 살금살금 걸어서 책상에 앉았다. 그 집 안에서 유일한 나만
의 장소였다.

내 책상은 텔레비전에서 종종 선전하는 다양한 옵션이 붙어 있는 학습용 책상이 아니라 아빠가 쓰다 남은 나무로 만들어 준 것이었다. 역시 방구석에 놓여 있어 햇빛이 잘 들지 않았다. 스탠드를 켜려다가 할머니의 잠을 방해하면 안 될 것 같아 그만두었다.

나는 책상 위에 요정 생물 병을 살며시 올려놓았다. 계란 프라이의 미니어처 같은 그 생물은 여전히 물속을 떠다니고 있었다.

한참을 바라본 후에 나는 서랍에서 연습장을 꺼냈다. 그것도 산 것이 아니라 뒷면에 아무것도 없는 광고지를 모아 절반 크기로 잘라 묶은 것이다. 옛날부터 그림 그리기를 좋아한 내게 조금이라도 종이를 절약하라고 엄마가 만들어 준 것이다.

나는 혀끝으로 연필심을 핥고서 '요정 생물 키우는 법'이라고 썼다.

"아주 중요하니까."

요정 생물을 내게 건네면서 남자는 몇 가지 주의점을 말해 주었다. 같은 내용을 세 번이나 설명하고는 내게 따라 해 보라고 하고, 마지막에는 집에 돌아가면 반드시 종이에 적어 놓으라는 말까지 했다.

"우선은 물을 사흘에 한 번 꼭 갈아 줄 것. 물이 늘 깨끗해야지, 안 그러면 안 돼. 그리고 물에다 티스푼 절반 정도의 설탕을 풀어 줄 것. 그 설탕이 얘의 먹이니까, 절대 잊어버리면 안 된다."

"설탕이 밥이에요?"

"그래. 그렇다고 사탕이나 초콜릿을 주면 안 돼. 반드시 설탕이야. 그것도 …… 그래뉴당이나 올리고당 말고, 그냥 하얀 설탕."

남자는 마치 유치원생에게 당부하는 듯한 말투였다.

"그리고 너무 강한 햇볕을 쬐게 해서는 안 되고 또 너무 더운 곳에 병을 놓아두어서도 안 돼. 난로 옆 같은 데 말이야."

남자는 몇 가지 주의점을 열거했다. 그러나 그 모두가 상식적인 것들이어서, 그냥 집에 놔두어도 별문제는 없을 듯했다.

"가장 중요한 것은, 병의 크기를 늘리지 말라는 것이야. 이 정도 크기의 병이 가장 좋아. 만약 병을 바꿀 때에는 반드시 이 정도 크기의 병으로 바꿔."

"왜요?"

"덩치가 커 버리니까."

그렇게 대답한 남자의 얼굴이 무척 심각했다.

"얘는 말이지. 사는 장소에 따라 몸집의 크기가 달라져. 너무 커 버리면 감당하기 힘들잖아?"

맞는 말이라고 생각했지만, 어느 정도까지 크는지 궁금하기도 했다.

"얼마나 크는지 시험해 보려고 하지 않는 게 좋아. 너무 커 버리면 키울 장소도 마땅치 않고 설탕도 많이 먹게 되니까 ……
좋은 일이 하나도 없잖아."

다시 웃으면서 남자가 말했다.

"그런 주의점을 지키면서 키우면 얘는 절대 죽지 않아. 네가
어른이 돼서 엄마가 되고 할머니가 될 때도 살아 있을 거야."

나는 그 말만은 믿을 수 없었다. 이렇게 작은 생물이 그렇게 오
래 살 수 있으리라고는 도저히 생각되지 않았기 때문이다.

나는 남자의 말을 되새기면서 정성스럽게 연습장에 메모를 했
다. 왠지 자신이 까다로운 실험을 하고 있는 과학자 같은 기분이
었다.

그때 느닷없이 꺼억꺼억 우는 듯한 소리가 울렸다. 나는 깜짝
놀라 돌아보았다. 자고 있던 할머니가 깨어난 것이다.

"우어어어엉, 어어엉."

할머니의 신음 소리는 마치 방바닥 아래에서 울려 나오는 듯
했다.

가만히 들여다보니 할머니는 눈을 감은 채 입만 딱 벌리고 웅
얼거리고 있었다. 그렇다고 괴로워하는 것 같지는 않아, 예의 그
것인가 보다 하고 나는 부엌으로 엄마를 부르러 갔다. 할머니는
거동은커녕 말도, 제 손으로 음식을 먹지도 못했다.

엄마는 일찌감치 저녁 준비를 하고 있었다. 인부들 몫까지 만들

어야 하니 좁고 복작복작한 부엌에서 바지런히 일하고 있었다.

"엄마, 할머니가 불러."

나는 부엌 입구에 서서 엄마의 등에 대고 말했다.

"기저귀가 젖었나."

돌아보는 엄마의 얼굴이 미소를 띠고 있었다.

엄마는 늘 그랬다. 아무리 힘든 때도 나와 동생 앞에서는 절대 힘들다는 표정을 짓지 않았다.

화장은 학교에 수업을 참관하러 가는 날에나 하는 정도였지만, 그래도 늘 머리와 매무새를 단정하고 깔끔하게 하고 있었다. 우리 친구들은 엄마를 예쁜 아줌마라고 했고, 나도 그런 엄마를 자랑스럽게 여겼다.

"그런 거 아니겠어."

"그럼, 세쓰코가 이 냄비 좀 봐 줘야겠다."

"응, 알았어."

엄마가 부엌에서 나간 후 나는 음식이 눋지 않도록 옆에서 냄비를 지켜보았다.

지금은 자리보전을 하는 노인을 위한 좋은 상품이 다양하게 나와 있는 듯하지만 삼십 년 전에는 그렇게 편리한 물건이 없었다. 기저귀는 천이었고, 도와주는 사람도 없었기 때문에 모든 것이 엄마의 짐이었다.

더구나 우리 집에는 뒷바라지를 해야 하는 사람이 한 명 더 있었다. 바로 아빠다.

아빠는 몇 년 전, 일을 하다가 지붕에서 떨어져 골반이 부러졌다. 그 후 오른쪽 다리가 잘 움직이지 않아 거의 구부리지도 못하는 상태였다.

의사는 지팡이를 사용하라고 권했지만 당사자가 거부했다. 그래서 아빠는 깡통 로봇 같은 걸음걸이로 뒤뚱뒤뚱 걸었다. 못을 박는 정도의 일은 할 수 있었지만 힘을 줘야 하는 톱질이나 발판에 올라야 하는 일은 할 수 없게 되었다. 그래서 더욱 인부들에게 밥을 먹여 가면서까지 대장의 면목을 유지하려 했는지도 모른다.

문득 나는 요정 생물을 책상 위에 올려놓은 채로 나왔다는 생각이 났다.

엄마는 아빠만큼 까다롭지는 않지만 그래도 허락 없이 생물을 키우는 것은 찬성하지 않을 것이다. 그 병이 엄마의 눈에 띄지 않으면 좋을 텐데 하고 나는 바랐다.

그리고 불현듯 그 생물을 손바닥에 올려놓았을 때의 감각이 되살아났다.

그 감각을 과연 뭐라 표현하면 좋을까. 그것은 그때껏 한 번도 경험해 보지 못한 신기한 느낌이었다.

간지럽다기보다 더 깊은 감각, 그 생물에게서 몸이 저리는 듯한 무언가가 전해지면서 그것이 뼛속까지 파고든다. 그 저림을 견디다 보면 마침내 아랫도리에서 미끈한 물이 배어나는 듯하고, 왠지 모르게 달큰한 느낌까지 든다. 그 신비로운 감각.

"어, 아주머니는?"

그때 갑자기 지로 아저씨가 부엌으로 들어왔다.

"할머니 방에."

내가 대답하자 아저씨는 알겠다는 듯 고개를 끄덕였다.

"아주머니도 참 고생이 많군. 하나에서 열까지 다 챙겨야 하니. 그런데도 그런 내색 하나 하지 않으니, 참 대단한 사람이야."

지로 아저씨는 아빠 밑에서 일하는 젊은 인부였다. 중학교를 졸업하자마자 일을 시작했기 때문에 나이는 스물예닐곱밖에 안 됐지만, 인부들 중에서는 가장 베테랑이었다. 진짜 이름은 도시아키였는데, 그 무렵 인기가 많았던 개그 콤비 '콩트 55호'의 사카가미 지로를 닮았다고 해서 다들 지로라고 불렀다.

조금 철이 들 무렵부터 나는 그가 별로 마음에 들지 않았다. 때로는 몹시 까다롭게 굴었다가 때로는 귀찮을 정도로 명랑하게 굴어, 어딘가 모르게 다루기 힘든 사람이었기 때문이다.

"대장이 채소 절임이라도 좀 가져오라고 해서."

"내가 가져갈 테니까, 아저씨는 가 있어요."

꽃밥

"미안한데, 세쓰코."

그렇게 말하면서 지로 아저씨는 민소매 원피스 밖으로 나와 있는 내 두 팔을 슬며시 만졌다. 목수 일을 하느라 까칠한 손끝에 살이 따끔거렸고 더 이상 만지는 것도 불쾌했다. 아저씨는 애정 표현이라고 여기겠지만 나는 그런 접촉에 혐오감을 느끼는 나이였다.

나는 냉장고에 있는 오이김치를 적당한 크기로 썰어 아빠에게 들고 갔다. 술기운이 적당히 돈 아빠는 전에 없이 기분이 좋아 보였다.

"그 김치, 세쓰코가 썬 거냐? 맛있겠는데."

아빠는 들쭉날쭉 썬 오이김치를 젓가락으로 집어 입에 넣었다. 아키다 출신의 늙은 아저씨도 오이김치를 집으면서 말했다.

"세쓰코는 참한 색시가 될 거야."

"암, 우리들하고는 다르지."

아빠는 그렇게 말하고 마냥 켜 둔 텔레비전을 턱으로 가리켰다. 화면에서는 뉴스가 흐르고 있었다. 또 어느 역의 코인로커에서 아기의 시체가 발견됐다는 보도였다.

"아무것도 모르는 아기를 죽여서 버리다니, 인간쓰레기로군."

그 무렵, 코인로커에 아기를 버리는 사건이 빈발해서 나 같은 초등학생도 코인로커 베이비란 말을 알고 있었다. 죽인 후에 로커에 버리는 모양인데, 산 채로 버린 경우도 가끔 있었던 것으로 기억하고 있다.

쟁반을 들고 부엌으로 돌아와 보니 엄마가 손을 씻고 있었다. 물을 너무 세게 틀어 놓아, 타일 싱크대에서 파친코 알이 쏟아지는 듯한 소리가 났다.

"세쓰코가 오이김치 갖다 드렸어? 착하네."

엄마는 비누로 손을 박박 씻으면서 생긋 웃었다. 내 책상 위에 있는 병에 대해서는 아무 말도 하지 않았다.

3

나는 그 생물을 늘 책상 밑 어두운 곳에 숨겨 두었다.

물은 아무도 없을 때 재빨리 갈아 주었고, 사람이 있을 때는 최대한 눈에 띄지 않도록 별일이 없어도 책상에 앉아 있었다.

하지만 그렇게 좁은 집에서 언제까지 비밀이 지켜질 리 없었다. 일주일쯤 지난 어느 날, 밖에서 놀고 들어왔더니 부엌 식탁 위에 요정 생물 병이 놓여 있었다.

내가 없는 사이에 동생이 발견하고, 엄마에게 보고한 것이었다.

"세쓰코, 이게 뭐야?"

꽃밥

나는 엄마의 물음에 뭐라고 대답하면 좋을지 몰랐다. 요정 생물이라고 말하기가 왠지 부끄러웠다.

"어, 그거. 신기한 해파리야. 전에 노리코가 줬어."

나는 순간적으로 거짓말을 했다. 돈을 주고 샀다는 말도 하기가 곤란해서였다.

"해파리? 쏘이지 않니?"

그때 병을 들여다보는 엄마의 눈에 호기심이 어려 있는 것을 나는 놓치지 않았다. 동생이 잡아 오는 이름 모를 곤충이나 도마뱀에 비해 병에서 나올 수 없는 요정 생물은 그나마 봐줄 만했던 것이리라. 나는 조심조심 그 점을 강조했다.

"괜찮아, 독 같은 거 없으니까. 그리고 요 녀석 얼굴이 얼마나예쁜데. 엄마, 잘 봐 봐."

"어머나, 정말이네! 생글 마크 같은 얼굴이 있네."

엄마는 스마일 마크를 생글 마크라고 했다.

"걔, 설탕 먹고 살아. 사흘에 한 번 물 갈아 주면서 설탕을 조금 넣어 주기만 하면 돼. 그러니까 엄마, 키워도 되지?"

그것을 키우는 집에 행운이 온다는 남자의 말이 생각났다. 그말을 덧붙일까 하다가, 너무 어린애 짓 같아 그만두었다. 엄마는그냥 해파리의 일종이라고 생각하는 편이 좋을 듯했다.

"그래, 위험한 게 아니면. 그리고 이거 꽤 귀엽다."

엄마는 흥미롭다는 듯이 병 속의 생물을 바라보았다. 그 얼굴이 어딘가 모르게 생기발랄해서, 엄마 역시 이 생물을 마음에 들어 하고 있다는 것을 알 수 있었다.

이렇게 나는 요정 생물을 키워도 된다는 허락을 받았는데, 병을 들여다보는 엄마에게서 왠지 모르게 어색하고 기묘한 느낌을 받은 것도 사실이었다.

갖게 된 지 며칠 지나지 않았는데 나는 그 생물의 포로가 돼버렸기 때문이다.

나는 가끔씩 동생이 없는 틈을 타서 누워 있는 할머니가 보지 못하도록 등을 돌리고 요정 생물을 손바닥에 올려놓곤 했다. 그러고는 잠시 그 감미로운 감각을 즐겼다.

당시의 내게 그 감각은 전혀 미지의 것이었다.

손바닥에 눅눅한 온기가 전해지면서 그 느낌이 팔을 타고 목덜미까지 죽 올라간다. 그 간지럽고 찌릿찌릿한 감각을 견디다 보면 다리가 저리면서 머릿속이 멍해졌다. 온몸에서 뭔가가 스며 나오는 듯한 감미로움과 물 위를 떠다니는 듯한 부유감이 머릿속에서 뒤섞였다.

요정 생물을 손바닥에 올려놓은 시간이 길어질수록 그 감각은 강해졌다. 처음에는 금방 병 속에 집어넣었는데, 조금씩 참을 수 있는 시간이 길어졌다.

그 감각이 계속되면 몸속에서 뭔가가 폭발한다. 늘 그런 느낌이 들 때까지 참다가 아슬아슬한 순간이 되면 병에 다시 집어넣었다. 그리고 나를 돌아보면 온몸에는 땀이 나 있고 숨을 헐떡이고 있었다.

나는 그 놀이에 푹 빠졌다. 내 몸에 그런 감각을 느끼는 기능이 있다는 것이 정말 신비롭고 멋지게 생각되었다.

하지만 동시에 그런 놀이를 하는 것이 아무에게도 알려져서는 안 된다고 생각했다. 그 감각은 감춰야 하는 것이고 타인에게 발각되어서는 절대 안 된다는 것을 본능적으로 알고 있었기 때문이다.

그 남모르는 기쁨이 드러날 것 같아 요정 생물의 존재가 알려지는 것을 꺼렸다. 하물며 왠지 모르게 즐거운 눈빛으로 그 생물을 바라보고 있는 엄마를 보면 몹시 꺼림칙한 기분이 들었다.

다이스케 씨가 온 것은 그로부터 얼마 후였다.

그날은 1학기 마지막 날이라서 나는 성적표를 넣은 보조 가방을 들고 좁고 구불구불한 골목길을 뛰어서 돌아왔다.

그 무렵 나는 공부를 잘해서 성적표에는 늘 '수'가 많았다. 간혹 산수와 과학에서 '우'를 받아서 엄마가 서운해하곤 했다.

그날 나는 처음으로 전 과목 '수'를 받았다. 말하자면 백 퍼센트 수였다. 나는 엄마에게 그 성적표를 빨리 보여 주고 싶어서 안달이 났다. 엄마가 성적이 오르면 여름방학에 마린 센터에 데리고 간다고 약속을 했기 때문이다.

마린 센터는 텔레비전과 잡지에서 대대적으로 선전하는, 그해 6월에 갓 개장한 물놀이 시설이었다. 유수풀과 30미터짜리 미끄럼틀이 있고, 때로 연예인도 온다고 친구들 사이에서 입소문이 자자했다.

'마린 센터에 가려면 새 수영복도 사야겠지.'

옆 동네에 있는 구립 수영장에 갈 때는 학교 체육 시간에 쓰는 수영복을 그대로 갖고 갔다. 수영을 하는 데는 별 불편이 없었지만 그래도 촌스러워서 싫었다. 가능하면 친구들이 입은, 허리에 프릴이 달린 수영복을 갖고 싶었다. 어떻게 하면 엄마가 사 줄지를 생각하면서 나는 현관문을 열었다.

"다녀왔습니다."

그 순간, 현관에 서 있던 낯선 사람이 돌아서서 나를 보았다. 키가 훤칠하게 크고 여름인데도 말쑥하게 양복을 차려입은 젊은 남자였다. 구불거리는 긴 머리가 당시 큰 인기를 모았던 영화배우 사이조 히데키와 노구치 고로 같았다.

"아까 얘기했던 우리 딸, 세쓰코네."

역시 현관에 서 있던 아빠가 억지로 위엄을 부린 말투로 말했

꽃밥

다. 엄마는 그 뒤에서 아빠의 팔을 살며시 부축하고 있었다.

"세쓰코, 이 오빠는 내 친척 아들이야. 이름은 다이스케고. 내일부터 아버지 밑에서 일할 거니까 잘 부탁한다."

그 남자와 나란히 서 있던 나리타 아저씨가 머쓱하게 웃으며 말했다. 둘이서 인사하러 왔다가 돌아가려는 참이었던 것 같았다.

"잘 부탁한다."

그 남자는 사투리가 섞이지 않은 말로 그렇게 말하고는 싱긋 웃었다. 나는 어떻게 하면 좋을지 몰라 그냥 고개만 까딱 숙였다.

"와, 탤런트 같다."

현관에서 나리타 아저씨와 다이스케 씨를 배웅하고서 문을 닫은 나는 작은 소리로 중얼거렸다.

"까불기는, 저런 날라리를 어디다 써먹어."

아빠는 입술을 이죽이며 말했다. 아빠는 늘 당사자가 없는 곳에서는 이렇게 함부로 말한다.

"요즘 젊은 사람들은 다 저래요. 다케다 씨가 그만둬서 일손이 모자라니까 어쩔 수 없이 쓰는 거죠 뭐."

엄마가 아빠를 부축하면서 말했다.

바로 얼마 전에 인부가 한 명 갑자기 그만둬서 일에 차질이 생겼다고 하는 얘기를 나도 들었다. 그 사람 대신 아빠 밑에서 일하게 된 모양이었다.

나는 가슴이 두근거리는 것을 느끼면서 내 방으로 들어갔다. 방금 본 남자는 적어도 내가 지금까지 접해 본 어떤 어른과도 다른 종족인 듯 여겨졌다.

"할머니, 다녀왔어요."

방으로 들어서면서 나는 이부자리에 누워 있는 할머니에게 인사했다. 의사가 최대한 말을 많이 걸라고 해서 나도 그렇게 하고 있다. 하지만 할머니는 겨우 뜬 눈으로 멀뚱멀뚱 천장만 쳐다보고 있었다.

할머니가 식사를 하는 중에 다이스케 씨와 나리타 아저씨가 왔는지, 머리맡에 절반 정도 남은 죽 그릇이 놓여 있었다. 그 주위로 파리가 몇 마리 날아다니고, 한 마리는 할머니 머리 위를 걸어 다녔다.

나는 가방을 내려놓자마자 책상 위에 있는 요정 생물 병을 들었다.

'이런 걸, 행운이라고 하나.'

나는 지금 막 본 다이스케 씨의 얼굴이 떠올랐다.

요정 생물은 행운을 가져다준다. 구체적으로 무슨 일이 생길 듯한 느낌은 없었지만 — 전 과목에서 모두 수를 받은 것은 순전히 내 힘이었다고 생각하고 싶다 — 그렇게 멋진 남자가 우리 집에서 일하게 됐다는 것은 역시 행운일 수도 있었다.

꽃밥

"세쓰코, 성적표 보여 줘야지."

마침내 엄마가 은근한 미소를 품고 내 방으로 들어왔다. 나는 가방에서 성적표를 꺼내 자랑스럽게 내밀었다.

"어머나 대단한데, 우리 세쓰코!"

성적표를 펴 본 엄마는 눈을 동그랗게 뜨고 외쳤다. 하기야 모든 과목이 수이니 한눈에 알 수 있다.

"약속했지? 마린 센터에 데리고 간다고."

나는 우쭐해서 말했다. 그런데 엄마는 얼굴을 약간 찡그리며 할머니 쪽을 보았다.

"엄마도 데리고 가 주고 싶은데, 할머니 돌봐 줄 사람이 없잖아."

충분히 예상했던 대답이었다. 엄마는 할머니 곁을 한시도 떠날 수 없는 것이다. 함께 어디로 가자는 약속 따위는 지난 몇 년 동안 지켜진 일이 없었다.

"하지만 걱정 마. 지로 아저씨에게 데리고 가 달라고 부탁할 테니까."

엄마는 웃으면서 말했지만, 나는 고개를 힘껏 저었다. 그것만은 피하고 싶었다.

4

다이스케 씨는 그 동네에는 어울리지 않는 사람이었다.

그는 다음 날 청바지에 티셔츠 차림으로 일하러 왔다. 긴 머리를 수건으로 묶고 있었다. 요즘에야 특별할 것 없는 차림이지만 다른 인부들은 모두 작업복 차림이라서 유난히 세련되게 보였다.

앞에서도 말했지만 아빠는 영세한 하청 업자였다. 그러니까 건축을 공부했거나 어느 대장 밑에서 정식으로 수업을 받은 사람은 없었다. 갈 곳이 없어 떠돌다가 이 동네에 와서 어쩌다 아빠 밑에서 일하게 된 사람들뿐이었다. 일당 토목 작업보다 조금 안정감이 있다는 이유로 모여들었을 것이다.

그래서 대부분 독신이었다. 그 동네에는 어떤 피치 못할 사연이 있어 고향을 떠났거나 가족과 함께 살 수 없는 사정이 있는 사람들만 모여들었다. 성품이 가장 좋아 보이는 나리타 아저씨조차 딸의 결혼식에 얼굴을 내밀 수 없는 처지라고 할 정도니, 다른 사람은 말해 무엇하랴.

그 탓일까, 인부들 사이에는 어딘가 모르게 가족 같은 분위기가 있었다.

모두들 내가 학교에 갈 때쯤 우리 집에 모여 일을 하러 갔다가 저녁 여섯 시쯤 돌아왔다. 그리고 저녁을 먹고서 각자 자기 집으로 돌아가는데, 저녁을 먹은 후에도 느긋하게 텔레비전을 보거나 아빠의 술친구가 되어 주는 일이 적지 않았다. 말하자면 '단란한 가족' 비슷한 분위기를 즐기는 것이다.

다이스케 씨는 처음에는 먼저 가 버리는 일이 많았지만 인간관계를 고려해서인지 저녁을 먹고 나서도 우리 집에서 시간을 보내는 일이 점차 많아졌다.

나는 은근히 기뻤지만 나 이상으로 동생이 좋아했다. 다이스케 씨는 아주 재미있는 사람이고, 아이들과 노는 것도 싫어하지 않았기 때문이다. 아이들은 그런 사람을 본능적으로 알아차리는 힘이 있다.

동생은 툭하면 다이스케 씨에게 매달려 억지로 만화를 읽어 달라고 하질 않나 같이 게임을 하자고 졸랐다. 다이스케 씨는 동생의 요구에 기꺼이 응했고 같이 놀아 주었다.

동생과 다이스케 씨가 즐겨 했던 놀이는 야구판이다. 파친코 알 크기의 공을 발사 장치로 쏜 후에 판에 고정된 배트로 받아 치는 게임이었다.

우리 집에 있었던 야구판은 공이 굴러가는 길의 일부를 레버로 조작해서 공이 사라지게 하는 마구 장치가 있었다. 공이 사라지면 아무리 배트를 휘둘러도 칠 수가 없을 텐데, 다이스케 씨는 무슨 재주를 부리는지 마구까지 쳐 냈다.

"어떻게 그런 걸 다 쳐."

혼을 실어 던진다는 마구를 쳐 낼 때마다 동생은 방바닥을 치면서 분해했다.

"노부오가 공을 쏠 때 너무 힘을 주잖아. 그래서 공이 마구 구멍에 떨어지기 직전에 한 번 튀거든. 그때를 노리는 거지."

다이스케 씨는 자세하게 가르쳐 주었지만 겨우 초등학교 일학년인 동생은 무슨 말인지 이해하지 못하는 것 같았다.

다이스케 씨와는 다른 게임도 많이 했다. 요즘 같은 컴퓨터 게임이 있는 시절이 아니었기 때문에 주로 보드 게임이나 카드를 했지만, 그렇게 아이들과 잘 놀아 주는 어른이 흔치 않아서 — 우리 집이 유독 그랬는지도 모르겠지만 — 동생은 다이스케 씨만 오면 대환영이었다.

물론 나도 다이스케 씨가 좋았다. 하지만 동생과는 조금 다른 감정이었다. 다이스케 씨의 웃는 얼굴을 보면 귀가 뜨끈해지는 기분이었고, 똑바로 쳐다보면 부끄러워서 그만 눈길을 돌리고 말았다. 밤에 이불 속에서 다이스케 씨를 생각하면 몽우리 진 가슴 아래에서 따스한 불길이 타오르는 듯한 느낌이 들었다. 아마도 그것이 나의 첫사랑이었을 것이다.

"세쓰코, 여기 있었네."

어느 날, 저녁을 먹은 후 부엌에서 설거지를 하고 있는 내게 다이스케 씨가 말을 걸었다. 엄마는 거실에서 아빠와 인부 아저씨들과 얘기를 나누느라 부엌에는 나밖에 없었다.

"노부오에게 들었는데, 아주 재미있는 거 갖고 있다면서?"

금방 요정 생물을 말한다는 것을 알았다. 아이들이란 친한 사람에게는 어떤 비밀도 숨기지 못하는 법이다.

"내게도 보여 주지 않을래?"

솔직히 나도 요정 생물을 다이스케 씨에게 보여 주고 싶다는 생각을 몇 번이나 했었다. 하지만 왠지 거부감이 있어 그러지 않았다.

그 존재가 엄마와 동생에게 알려진 후에도 나는 그 놀이를 계속했다.

여름방학이 되어 한가로운 시간이 늘어난 탓에 거의 매일처럼 그 미끄덩한 생물을 손바닥에 올려놓았다. 때로는 팔에 올려놓기도 하고, 치맛자락을 걷어 올리고 허벅지에 올려놓은 적도 있었다.

나는 그 감각이 당당하게 내놓을 수 있는 게 아니라는 것을 알고 있었다. 그래서 그런 감각에 사용하는 것을 다이스케 씨에게 보이기가 몹시 부끄러웠던 것이다.

하지만 직접 부탁을 하는데 거절할 수는 없었다. 나는 방에서 병을 들고 나와 다이스케 씨에게 보여 주었다.

"와, 정말 신기한 해파리다."

요정 생물을 본 다이스케 씨는 어린애처럼 눈을 반짝이며 병을 뒤집기도 하고 흔들어 보기도 했다.

"그거, 사실은 해파리 아니에요."

나는 그 생물을 사게 된 경위를 다이스케 씨에게 얘기했다. 엄마는 틀림없이 웃을 것이라고 생각했지만, 왠지 다이스케 씨는 당연한 일인 것처럼 믿어 줄 것 같았다.

"요정 생물이라 ……. 진짜인지 아닌지는 모르겠지만, 아무튼 이런 생물은 지금까지 본 적이 없군."

생각했던 대로 다이스케 씨는 웃지 않았다.

"설탕물 속에서 산다는 것도 좀 이상하고, 이 뒤쪽에 있는 모양도 정말 얼굴처럼 보이고 말이야. 어쩌면 진짜 마술사가 만든 것인지도 모르겠는데."

다이스케 씨는 그렇게 말하면서 웃었다. 나도 믿지 않았던 것을 믿는 척해 주는 친절함이 기뻤다.

"그런데 왜 이렇게 작은 병에다 키우는 거지? 답답해 보인다."

병을 뒤집으면서 다이스케 씨가 말했다.

"큰 병에 담으면 그만큼 커진대요."

"그래? 그런 말을 들으니까 오히려 그렇게 해 보고 싶어지는데."

꽃밥

그렇게 말하는 다이스케 씨의 표정이 우리 반 남자애들과 하나도 다르지 않아 보였다.

"가령 말이야, 목욕탕 욕조에 넣으면 얼마나 커질까? 25미터 풀에 넣으면 물고기만큼 커질까? 그리고 바다에 던져 넣으면 고래만큼 커질까?"

나는 코끼리만큼 자란 요정 생물을 타고 노는 내 모습을 상상했다. 그런 일이 가능하다면 얼마나 신 날까.

하지만 그렇게 커지면 일대 소동이 벌어질 테고 그 놀이도 할 수 없어진다. 고가 밑에서 남자가 그토록 다짐했을 정도니까 하지 않는 게 좋을 것이라고 나는 생각했다.

그런데 다이스케 씨는 그렇지 않았다. 지금 생각하면 어린애에게 술과 담배를 슬쩍 권하는 심술궂은 어른의 장난기였는지도 모르겠다.

"만약 너무 커진다 싶으면 다시 이 병에 넣으면 되잖아."

그 말에 나는 과연 그렇겠다 싶었다. 병의 크기에 따라 몸의 크기도 결정된다면 조그만 병에 넣으면 줄어들 것이 아닌가, 왜 지금까지 몰랐을까.

나는 얼른 엄마에게 쓸 일이 없어진 큰 인스턴트 커피 병을 달라고 해서 깨끗하게 씻은 다음 요정 생물을 옮겨 담았다. 단번에 병이 두 배로 커진 셈이었다. 물론 다이스케 씨에게는 뚜껑에 공기 구멍을 뚫어 달라고 했다.

집이 넓어져 기뻐하듯 요정 생물은 활발하게 움직였다. 지금까지 그런 모습을 보인 적이 없을 정도로 재빨리 움직이면서 아름다운 진주빛 뒷면과 뽀얀 별 모양 뒤에 있는 얼굴을 몇 번이나 보여 주었다.

"역시 넓으니까 좋은가 보다."

다이스케 씨와 나는 그야말로 볼이 닿을 정도로 얼굴을 바짝 들이밀고 함께 병을 들여다보았다. 얼굴을 조금만 옆으로 돌려도 입술이 닿을 것 같아서 숨이 막혀 견딜 수가 없었다.

5

다이스케 씨와 함께 마린 센터에 간 것은 바람이 약간 서늘해진 8월 중순이었다.

나와의 약속을 지키지 못해 애태우던 엄마가 다이스케 씨에게 부탁한 것이다. 다이스케 씨도 마린 센터에 가고 싶었는지 두말하지 않고 엄마의 부탁에 응해 주었다. 동생까지 데리고 가야 하는 것이 성가셨지만 어쩔 수 없는 일이었다.

그리고 고맙게도 엄마가 새 수영복을 사 주었다. 선명한 빨간 바탕에 허리 둘레에 하얀 프릴이 달려 있고 어깨 줄에 하얀 장식 단추가 붙어 있는 깜찍한 디자인이었다. 시즌이 거의 끝날 무렵이라서 싸게 샀는데, 마치 나를 위해 남아 있었던 게 아닐까 싶을 정도로 나는 그 수영복이 마음에 들었다.

"와우, 귀여운데. 세쓰코, 탤런트 같다."

수영복을 입은 나의 모습을 본 다이스케 씨는 허풍스러울 만큼 칭찬해 주었다. 나는 부끄럽고 자랑스럽기도 해서 가슴이 벅찼다.

마린 센터는 텔레비전에서 선전하는 것보다 훨씬 크고 재미난 곳이었다. 나는 처음 타 보는 '유수풀'이 정말 재밌었다.

친구들에게 들은 얘기가 있어 나는 튜브를 준비해 갔다. 튜브를 몸에 끼고 유수풀에 들어가면 가만히 있어도 둥실둥실 앞으로 떠가기 때문에 정말 신 났다. 동생도 튜브를 타고 둥실둥실 떠가면서 깔깔거리고 웃었다.

다이스케 씨는 나와 동생의 튜브를 번갈아 잡고서 함께 흘러 갔다. 어린이용 튜브라서 부력이 좋지 않아 다이스케 씨가 잡으면 그쪽부터 가라앉았다. 몇 번 하다 보니까 거의 껴안을 정도로 몸을 붙이고 있으면 다이스케 씨가 잡아도 가라앉지 않는다는 것을 알게 되었다.

하지만 다이스케 씨는 신경이 쓰이는지 동생은 거리낌 없이 안으면서 나는 안아 주지 않았다. 어쩔 수 없는 일이라고 생각했지만 그래도 아쉬웠다.

"나 혼자서 갔다 와 볼래."

한참을 놀다가 동생이 그렇게 말했다. 어리광쟁이 동생은 무슨 일이든 자기 멋대로 하고 싶어 했다.

"안 돼, 혼자서 가면."

엄마의 부탁 때문에 우리를 지켜야 하는 다이스케 씨는 처음에는 머뭇거리더니 유수풀이 동생의 키보다 훨씬 얕고 주위에 안전 요원도 몇 명이나 있어 별일은 없겠다고 판단한 것 같았다. 다이스케 씨는 동생에게 혹시라도 만나지 못하면 풀에서 나와 기다린다는 다짐을 받고서 단독 행동을 허락했다.

우리 둘만 남자 다이스케 씨는 아주 자연스럽게 나를 안아 주었다. 튜브를 사이에 끼고 그 듬직한 팔을 내 어깨에 두르고 감싸듯 안아 주었다. 나는 맥박이 빨라지는 것을 느끼면서 다이스케 씨와 살을 맞대고 있었다.

정말 행복했다. 왠지 그러고만 있어도 눈물이 날 것 같고 가슴이 벅차올랐다.

"세쓰코, 요정 생물 어떻게 됐어?"

흘러가면서 다이스케 씨가 물었다.

"아주 아주 커졌어요."

커피 병 속에 담긴 생물의 모습을 떠올리면서 나는 대답했다.

커다란 집으로 이사한 요정 생물은 순식간에 성장했다. 그때까지 겨우 5, 6센티미터 정도였던 것이 이틀도 지나지 않아 두 배로 자란 것이다.

그렇게 단숨에 큰다는 것을 알았을 때 나는 왠지 겁이 났다. 고가 밑에서 감당할 수 없게 된다고 했던 남자의 경고가 생각나, 당황해서 그 전까지 사용하던 병으로 옮겨 놓으려고 했다.

하지만 불가능했다. 너무 갑자기 커 버려 지난번 병에는 다 들어가지 않았다. 억지로 넣어도 보았지만 결국 끝까지 들어가지 않아 뚜껑을 닫을 수 없었다.

나는 방에서 혼자, 조심조심 예의 놀이를 시도해 보았다. 전에는 손바닥에 딱 맞는 크기였는데, 이제는 손가락 밖으로 조금 삐져나올 정도였다.

여느 때의 감각이 한결 빨리 찾아왔다. 몸이 커지니까 빨아들이는 힘도 세진 것이리라. 나는 목덜미에 소름이 돋는 것을 느끼면서 그 눅진한 생물을 병 속에 집어넣으려고 했다. 그런데 몸이 커져서 병에 넣는 것도 쉽지 않았다.

그동안에도 그 감각은 계속되었다. 점차 화장실에 가고 싶은 느낌이 들면서 나도 모르게 양 허벅지를 딱 붙이고 이를 악물었다.

그리고 갑자기 몸이 떠오르는 듯한 감각이 찾아왔다. 요정 생물에서 흘러나오는 전류 같은 감각이 내 몸에서 마음을 밀어내려는 것만 같았다.

　그때, 그 생물을 내던졌으면 좋았을 것을. 하지만 나는 그러지 못했다. 그 대신 거북처럼 몸을 웅크리고 눈을 딱 감았다.

　폭발. 마침내 찾아온 감각을 그렇게 표현하자니 다소 거친 듯하다. 하지만 그 표현이 가장 정확할 것 같다. 내 마음은 점점 높은 곳으로 끌려 올라갔고, 그 꼭대기에서 폭죽처럼 작열했다.

　나는 간신히 요정 생물을 병에 집어넣기는 했지만 곧바로 뚜껑을 닫을 여유는 없었다. 한참을 그 자리에 웅크리고 앉아 격렬한 감각의 여운 속에 있었다. 마음은 그저 오직, 지금 자신의 모습을 누구에게도 보여서는 안 된다는 생각으로 가득했다. 온몸이 땀으로 범벅이 되어, 나는 한참이나 꼼짝할 수조차 없었다.

　"다음에 또 보여 줄 거지?"

　나와 함께 물 위를 흐르면서 다이스케 씨가 말했다.

　"안 돼요. 안 보여 줄 거야."

　나는 그의 품 안에서 대답했다.

　"왜?"

　"그냥요."

　그렇게 대답했을 때 내 눈앞으로 잠자리 한 쌍이 지나갔다.

　나와 다이스케 씨처럼, 큰 잠자리가 작은 잠자리를 꼭 안고 있었다.

 우리는 저녁때가 되도록 마린 센터에서 놀았다.

 바람이 서늘해지면서 물속에 있는 것이 더 따뜻하다 싶을 정
도로 한기가 들 때야 겨우 풀에서 나왔다. 염소 때문에 눈이 따
끔거리고 태양을 올려다보자 그 주위에 무지개가 보였다.

 돌아오는 길에 다이스케 씨는 역 근처에 있는 조그만 가게에
서 오코노미야키를 사 주었다. 오사카의 길가에는 조그만 오코
노미야키를 즉석에서 구워 파는 가게가 많았는데, 아이들은 요
즘으로 하면 패스트푸드를 먹는 감각으로 즐겨 먹었다.

 "아, 오늘 정말 재밌었다."

 나와 동생은 가게 앞에 놓여 있는 평상에 나란히 앉아 오코노
미야키를 먹었다. 실컷 노느라 몸에서 염분이 빠져나갔는지 짭
짤한 소스가 아주 맛있었다.

 "내년에도 데리고 와 줘야 돼."

 동생이 내가 하고 싶은 말을 대신 해 줬다.

 "내년? …… 글쎄 내년은 잘 모르겠는데."

 다이스케 씨가 콜라를 마시면서 대답했다.

 "어, 왜?"

 "내년까지 대장 밑에서 일을 할지 어떨지 모르니까."

듣고 싶지 않은 말을 다이스케 씨는 아무렇지도 않게 했다. 정말 몰인정하게 들렸다.

"그런 말, 싫어."

나는 애교스럽게 미소를 지으면서 말했다.

"아니 나야, 대장이 좋다고 하면 얼마든지 일하고 싶지. 그런데 도시아키 아저씨가 나를 싫어하는 눈치라서."

다이스케 씨는 조금 음울한 표정으로 대답했다. 도시아키 아저씨란 예의 지로 아저씨를 말하는 것이다.

고참인 지로 아저씨가 툭하면 다이스케 씨를 걸고넘어진다는 얘기는 엄마에게 들었다.

다이스케 씨가 일을 대충 한다는 둥 어떻다는 둥 구실을 찾아서는 몇 번이나 다시 시키거나, 앞날이 훤히 보인다느니 거치적거린다느니 하고 아빠에게 험담까지 했다고 한다. 다이스케 씨는 그런 지로 아저씨가 넌더리가 났을 것이다.

나는 지로 아저씨가 미웠다. 아빠 역시 다이스케 씨를 못마땅해하는 눈치니까 좋지 않은 소리를 들으면 잘라 버릴 수도 있었다.

나는 다이스케 씨와 떨어지고 싶지 않았다. 내가 어른이 될 때까지 다이스케 씨가 우리 집에서 살다가 언젠가 나를 신부로 맞아 주면 얼마나 행복할까, 하고 생각했다.

"지로 아저씨, 아마 다이스케 오빠에게 샘이 나서 그럴거야."

"하하하, 왜 도시아키 아저씨가 나 같은 사람에게 샘을 내지?"

내 말에 다이스케 씨는 쾌활하게 웃었다.

"다이스케 오빠는 온 지 얼마 되지도 않았는데, 우리가 다 좋아하니까."

사실은 내가, 라고 말하고 싶었다.

"그래 맞아. 엄마도 다이스케 형이 멋있다고 했어."

동생이 내 말에 맞장구를 쳤다.

"나 다 봤는걸 뭐. 엄마가 다이스케 형 셔츠를 꼭 껴안고 냄새 맡는 거."

그 말을 듣는 순간, 한 대 얻어맞은 것처럼 머릿속이 하얘졌다.

그 시절에는 빨래방이 없었기 때문에 아빠 밑에서 일하는 인부들은 모두 우리 집에서 빨래를 했다. 대개 세탁기에 빨아서 집으로 갖고 돌아가는데, 때로는 엄마가 그들의 빨래까지 세탁기에 넣는 일도 있었다.

나는 다이스케 씨의 셔츠에 얼굴을 묻고 있는 엄마의 모습이 눈앞에 선하게 보인 듯한 기분이었다.

"멍청이!"

나도 모르게 동생의 뺨을 때렸다.

"왜 그래?"

왜 때리는지 모르는 동생이 눈을 희번덕거렸다.

마침 그때 우리 바로 앞으로 경찰차 한 대가 요란한 사이렌 소리를 울리며 지나갔다. 그리고 그 뒤를 따르듯 두 대가 더 지나갔다.

"무슨 사고가 생겼나."

다행히 동생의 말이 사이렌 소리에 섞여 다이스케 씨의 귀에는 들리지 않는 듯했다. 나는 안도의 한숨을 내쉬었다.

예기치 않게 경찰차는 가까운 곳에서 멈췄다. 우리가 있었던 오코노미야키 가게에서 100미터쯤 떨어진 Y역 앞이었다.

"가 보자."

동생이 내게 뺨을 맞은 것 따위는 까맣게 잊었는지 눈을 반짝이며 말했다. 예나 지금이나 어린애들이란 호기심 덩어리다.

"왠지 기분 나쁘다. 투신자살이나 뭐 그런 거면 어떻게 해."

내가 말을 채 끝내기도 전에 동생은 일어나 역 쪽으로 뛰고 있었다. 나와 다이스케 씨도 어쩔 수 없이 뒤따라 걸었다.

"여자가 붙잡혔대."

지금은 호화로운 역 빌딩이 서 있는 탓에 당시의 흔적을 찾아볼 수 없지만, 그 무렵의 Y역은 개찰구가 두 군데밖에 없는 조그만 역이었다. 역 앞 네거리에 경찰차 세 대가 서 있고, 동생처럼 사이렌 소리에 모여든 구경꾼들이 웅성거리고 있었다.

"젊은 여자가 로커에다 아기를 버렸다는군."

대체 어디서 얘기가 전해 오는 것인지, 구경꾼들 사이에 있기만 해도 사정을 알 수 있었다.

"아기는 죽은 것 같다는데."

"저런 몹쓸 것."

몸이 작은 덕에 동생은 구경꾼들 사이를 마구 헤치고 들어갔다. 나는 무심결에 다이스케 씨의 우람한 팔을 잡았다.

사람들 머리 사이로 파출소 앞에 서 있는 경찰차가 보였다. 그너머로 머리에 남자용 윗도리를 뒤집어쓴 여자의 모습이 보였다. 경찰은 여자를 차에 태워 경찰서에 끌고 가려는 것 같았다.

구경꾼들이 젊은 여자라고 하는데 얼굴은 전혀 보이지 않았다. 다만 빨간 원피스를 입은 그 여자의 짧은 치맛자락 밑으로 드러난 하얀 다리가 눈에 띄었다.

자기 아이를 죽여 로커에 버린 여자. 하지만 내 눈에는 유독 그다리의 하얀색마저 요염하게 비쳤다.

"정말 심하다, 자기 아기를 죽여서 로커에 버리다니."

다이스케 씨는 기가 막히다는 말투였다.

"…… 나, 무서워."

문득 내가 다이스케 씨의 손을 꼭 잡고 있다는 것을 알았다. 그손에 힘을 주자 다이스케 씨도 힘주어 내 손을 잡아 주었다.

6

다이스케 씨는 9월 중순에 우리 집을 떠났다.

지로 아저씨가 다이스케가 계속 있겠다면 자신이 일을 그만두
겠노라고 했기 때문이었다. 요는 자기보다 애지중지 사랑받는
사람과 같이 일하고 싶지 않다는 얘기였다.

나는 지로 아저씨의 너그럽지 못한 마음을 경멸했다. 하지만
아빠 입장에서는 절대 놓칠 수 없는 사람이었다. 다리가 불편해
진 후로 아빠는 일에 관해서는 지로 아저씨에게 전적으로 의지
하고 있었기 때문이다.

"짧은 기간이었지만, 즐거웠어."

마지막 저녁을 먹고서 다이스케 씨는 내 방을 찾아왔다. 운동
회 전날이었다.

"운동회 보러 안 올 거예요?"

"응, 가고 싶은 마음은 굴뚝같지만, 이제 더는 대장이나 지로
아저씨하고 얼굴 마주하기가 힘들어서."

몇 시간만 할머니를 혼자 두고서 엄마도 아빠와 함께 운동회
를 보러 오기로 했다. 시간이 남아 돌아가는 인부들 몇 명도 온
다고 했다.

"보러 온다고 했잖아요?"

"미안. 미안해, 세쓰코."

다이스케 씨는 몇 번이나 고개를 숙이면서 그렇게 말했다. 릴레이 선수인 나는 내가 뛰는 모습을 다이스케 씨에게 꼭 보여 주고 싶었다.

그러니까 결국 다이스케 씨가 나와 놀아 준 것은 우리 집에서 일을 했기 때문이었다. 일을 그만두고 나면 원래대로 남이 될 사이였다. 나는 그 사실이 서글퍼서 견딜 수가 없었다.

다음 날, 나는 꾀병을 부려 운동회에 가지 않았다. 체온계를 이불에다 막 비벼서 열이 38도나 되는 것으로 꾸몄다.

"그러고 보니까 얼굴이 좀 빨갛다."

내 이마를 손으로 짚어 보고 엄마는 눈썹을 찌푸리고 말했다. 인간의 감각이란 참 어설픈 것이라고 생각했다.

나는 운동회에 가지 않겠다는 말은 하지 않았다. 오히려 릴레이 선수이기 때문에 꼭 가야 한다고 고집을 부렸다. 엄마는 나의 계략에 보기 좋게 말려들어 그냥 집에서 쉬라고 했다.

지금 생각하면, 그것은 다이스케 씨를 해고한 데 대한 내 나름의 항의였던 것 같다. 반 아이들에게는 안된 일이지만 도저히 달리고 춤출 기분이 아니었다. 다이스케 씨와의 작별이 나를 그토록 허무하게 만든 것이다.

동생이 먼저 학교에 가고 뒤이어 엄마와 아빠도 집을 나섰다.

엄마는 내 몫의 도시락을 내놓고 가면서 동생 차례가 끝나면 곧 돌아오겠다고 말했다.

나는 할머니 자리 옆에 깔아 놓은 이부자리에 누워 다이스케 씨를 생각하며 울었다. 소리 내어 울어 봐야 할머니는 알지 못할 텐데도 이불을 덮어쓰고 울었다. 그러다 잠이 오면 잠시 잠이 들기도 했다.

몇 시나 됐을까. 퍼뜩 눈을 떴는데, 갑자기 요정 생물이 생각났다.

벌써 이틀 전에 물도 갈아 주고 설탕도 넣었어야 하는데 다이스케 씨 생각만 하느라 요정 생물을 잊고 있었다. 열은커녕 멀쩡한 나는 벌떡 일어나 병을 들고 부엌으로 갔다.

요정 생물을 맨손으로 병에서 꺼내 별생각 없이 여느 때처럼 손바닥에 올려놓았다. 찔리는 게 있어서인지 힘이 없어 보였다.

"미안해, 안 돌봐 줘서."

그렇게 말했을 때였다.

손바닥 위에서 요정 생물이 경련하듯 움직였다. 그 순간 내 등으로 열기 같은 감각이 확 번졌다.

나도 모르게 손을 흔들어 그 생물이 부엌 바닥에 떨어지고 말았다. 물에 젖은 손수건을 내던지는 듯한 소리가 나더니 그 생물은 아픔을 느끼는 것처럼 움찔움찔 몸을 뒤틀었다.

나는 내 손바닥에 남아 있는 감각이 두려웠다.

그것은 이미 익숙한 감각이기는 한데, 평소보다 몇십 배나 강했다.

그 생물이 굶주려 있었던 탓인가, 손바닥에 올려놓는 순간 거의 한계점에 도달할 만큼 강렬한 감각이 내 전신을 관통했다. 그것은 열 살짜리 소녀가 감당하기에는 지나친 감미로움이었다.

마침내 바닥에서 요정 생물이 찌찌찌 찌찌찌, 하고 작은 새 같은 소리를 냈다. 그 소리 역시 전보다 크고 조금은 낮아진 듯했다.

나는 허둥지둥 커피 병을 씻어 물을 담고 설탕을 풀었다. 요정 생물을 얼른 병에 넣으려고 집어 올렸다. 직접 손에 닿지 않도록 젓가락을 사용했다.

그때였다.

내 안에서 묘한 생각이 떠올랐다. 장난기 많은 어린애 마음인지, 다이스케 씨가 없는 허전함을 달래고픈 마음인지, 왜 그런 생각을 했는지 지금도 알 수 없다.

하지만 나는 그 생각을 실행해 보고 싶었다. 조금 위험할지도 모르지만 조심하면 괜찮을 것이라는 근거 없는 자신감도 있었다. 나는 요정 생물을 병에 넣고 재빨리 방으로 돌아갔다.

방에는 할머니가 있었다. 주름이 자글자글한 얼굴을 들여다보니, 살짝 뜬 눈 속에 도자기처럼 빛나는 검은 눈이 있었다. 깨어 있는 것이다.

입술이 천천히 벌어졌다 닫혔다 하면서 마른 혀가 보였다. 물을 달라는 신호였다.

주전자를 입에 대 주자 할머니는 갓난아기처럼 입을 오므리고 물을 마셨다. 주전자를 너무 기울이면 또 컥컥거리니까 목의 움직임을 주의 깊게 살펴봐야 했다.

다 마시고 나자 할머니는 만족스러운 듯 깊은 숨을 내쉬었다.

"할머니, 이거 아주 재밌다."

나는 그렇게 말하면서 이불을 들추고 할머니의 메마른 오른손을 밖으로 꺼냈다. 그 손은 그야말로 마른 나뭇가지처럼 가늘었다. 나는 뚜껑을 열고 요정 생물을 꺼내 그 손바닥에 살며시 올려놓았다.

그 순간, 할머니가 눈을 번쩍 떴다.

불과 몇 초 사이에 누렇던 볼이 발그스름하게 변해 갔다. 할머니는 소리 없이 외치듯 입을 벌리고 칙칙한 색깔을 하고 있는 혀를 내밀었다.

할머니는 스프링으로 움직이는 인형처럼 머리를 푸들푸들 좌우로 흔들기 시작했다. 그리고 볼뿐만 아니라 눈가와 인중 언저리도 붉은색을 띠어 갔다.

"우어어어어어엉, 우오오오오오오."

꽃밥

마침내 할머니는 입을 크게 벌리고 고통스럽게 신음했다.

기저귀를 갈아 달라고 할 때와는 다른 목소리에 기묘한 억양까지 있었다. 나는 아까 내가 느낀 것과 똑같은 감각을 지금 할머니도 느끼고 있다는 것을 알았다.

"허억, 허억, 허억."

할머니가 내지르는 소리는 그렇게 표현할 수밖에 없었다. 다리는 쭉 뻗은 채 몸 전체를 바들바들 떨면서 엄지발가락 두 개를 정신없이 마주 비벼 대고 있었다.

나는 그만 요정 생물을 할머니의 손에서 들어 올렸다. 동시에 할머니의 몸이 힘이 완전히 빠져나간 것처럼 좍 풀렸다.

나는 요정 생물을 다시 병에 담고 할머니를 관찰했다. 살이 메말라 붙은 가슴은 위아래로 오르내리고, 단춧구멍처럼 조그만 눈에서는 눈물이 흘러나왔다. 방금 전에 물을 마셨는데 또 목이 마른지 비릿한 입 냄새가 풍겼다.

나는 이대로 할머니가 죽어 버리는 것은 아닌가 싶어 조금 불안했다. 하지만 시간이 흐르면서 조금씩 진정되는 듯해서 후 하고 가슴을 쓸어내렸다.

안도하는 순간, 혼자서는 아무것도 할 수 없는 할머니 안에 그 감각을 느낄 수 있는 기능이 아직도 남아 있다는 것이 왠지 천박하게 느껴졌다.

　대지진이 일어날 때면 개나 새들이 허둥댄다는 얘기는 어렸을 때부터 알고 있었다. 동물에게 인간에게는 없는 예지 능력이 있는 모양이라고 생각했는데, 며칠 전 어떤 텔레비전 프로그램에서 그 비밀에 대해 언급하는 것을 보았다.

　땅속에서 거대한 암반이 부딪치거나 밀쳐 내면서 지구 자기가 교란된다. 인간의 몸은 아무것도 못 느끼지만 민감한 동물들은 그 변화를 재빨리 감지하고 평소와는 다른 행동을 취한다는 것이었다.

　그 가설이 옳다면, 불이 날 집에서는 쥐가 도망친다는 얘기도 과연 옳을까. 역시 불행한 일이 생길 집은 사전에 질서가 허물어지는 것일까.

　지금 생각하면 쥐처럼 나 역시 마침내 찾아올 불행을 암암리에 알고 있었던 것 같다. 일이 그렇게 됐기 때문에 하는 소리가 아니라, 그 무렵 집 안이 전과 다르다는 느낌이 절실했다. 뭐가 어떻게 다르다고는 할 수 없어도, 아무튼 집 안의 공기가 조금씩 조금씩 변해 가고 있었다.

　당시 나는, 다이스케 씨가 없어진 후부터인 듯하다고 생각했다.

　함께 지낸 시간은 두 달도 채 안 됐지만 나는 정말 다이스케 씨에게 푹 빠져 있었다. 같이 게임을 하며 놀았던 일과 마린 센터에서 놀았던 하루를 생각하면서 마음속으로 슬퍼했다. 그런 날들이 과거가 된다는 것도 견딜 수 없었다.

그런 식으로 집착한 탓일까, 학교에서 돌아오면 때로 집 안에서 다이스케 씨의 기척이 느껴졌다. 그럴 리가 없는데, 일터에서 돌아온 다이스케 씨가 우리 집에서 쉬고 있는 듯한 착각이 들었다.

그런데 그것이 나의 착각만은 아니었다.

그날의 일은 아무리 세월이 흘러도 잊히지 않는다. 앞으로도 절대 기억에서 사라지지 않을 것이다. 내가 어렴풋이 느끼고 있었던 불행이 소리 없이 찾아온 그 가을날.

그날 아침에 눈을 떴을 때부터 몸이 좀 이상했다. 너무 나른해서 일어나기가 귀찮을 정도였다. 그 전날 하루 종일 비가 내려 기온이 내려간 탓에 감기에 걸렸나 보다고 생각했다.

그렇다는 말을 하자 엄마의 표정이 약간 어두워졌다. 열을 재보았더니 정상 체온보다 조금 높았지만 감기 기운이라고 할 정도는 아니었다. 엄마는 상비약인 감기약을 먹이고는 학교에 가면 나을 것이라고 했다.

나도 별일은 아니라고 생각했다. 비가 그치고 하늘은 맑고 높게 갰고 바람도 상쾌했다. 엄마의 말대로 학교에 가서 지내다 보면 몸이 조금 안 좋은 것 정도는 잊어버릴 것 같았다.

아빠는 현장이 약간 멀어 평소보다 삼십 분 정도 일찍 나갔다. 그 후에 나와 동생이 함께 학교로 갔다.

그런데 역시 마찬가지였다.

1교시는 간신히 버텼는데 시간이 지나면서 점점 더 몸이 나른해졌다. 허리께가 묵직하고 아랫배에 열기를 띤 무슨 덩어리가 뭉쳐 있는 기분이었다.

2교시가 끝나고 쉬는 시간에 화장실에 갔다가 내 몸에서 나온 선혈을 보고 나는 겁에 질렸다.

'아아, 이제 ……'

여자애들만 모여서 그런 수업을 받은 일이 있기 때문에 지식은 있었지만, 내 몸에 이렇게 일찍 그런 일이 찾아오리라고는 생각지도 않았다. 나는 내 멋대로 화장지로 살짝 닦아 내면 되는 정도겠지 하고 상상하고 있었던 탓에 그 엄청난 양에 겁을 먹은 것이다. 혹시 내 몸속에서 뭐가 망가진 것은 아닐까 하는 생각까지 들었다.

나는 보건실에 가서 대처 방법을 배웠다. 팬티에 피가 묻어, 보건실에 비치돼 있는 것을 빌렸다.

"병은 아니지만 …… 어떻게 할래? 힘들면 오늘은 일찍 집에 가도 돼."

엄마와 비슷한 나이의 보건 선생님이 친절하게 물었다. 처음 당하는 일이라 조금은 당황스러웠다. 그냥 집에 가서 누워 쉬면서 엄마의 보살핌을 받고 싶었다.

"앞으로는 다달이 이런 일이 있을 테니까, 빨리 적응해야지."

담임 선생님에게 건넬 조퇴 신청서를 써 주면서 선생님이 다감하게 말했다. 이렇게 성가신 일을 매달 치러야 하다니 여자는 손해라고 생각했다.

조퇴를 하고 혼자 학교를 나섰다. 열한 시도 안 된 시간에 책가방을 메고 걸어가자니 왠지 창피했다. 자신의 몸에 생긴 일을 아무도 눈치채지 못하게 하려고 나는 괜히 헛기침을 하면서 걸었다.

걸음걸이도 어쩔 수 없이 느릿해졌다. 다리 사이에 낀 생리대가 신경 쓰여 제 속도로 걸을 수 없었기 때문이다. 어긋나거나 떨어지면 어쩌나 걱정스러워 그야말로 아빠처럼 부자연스럽게 걸었을 것이다.

버스가 다니는 큰길에 도착했다. 그 앞에 있는 다리의 바로 앞모퉁이를 돌면 집이 있는 골목길이다. 이제 금방 집이다, 하고 안도하는 때였다.

그 골목길에서 튀어나온 여자가 내 앞을 종종걸음으로 지나갔다. 빨간 바탕에 노랑과 보라색 꽃무늬가 있는 원피스 차림이었다. 소맷자락이 초롱처럼 넓게 퍼져 있었다. 짧은 치맛자락 밖으로 드러난 맨다리가 가을 햇살 아래 눈이 부시도록 하얬다.

그리고 가장 인상적인 것은 그녀의 미소 띤 얼굴이었다. 하얀 이가 드러나 보이고 예쁘게 손질한 눈썹으로 치장한 눈은 촉촉하게 젖어 반짝거렸다. 즐겁고 신 나는 일이 그녀를 기다리고 있는 것이리라.

'아, 엄마…….'

그 여자는 엄마였다.

평소와는 다른 분위기에 금방 못 알아봤지만, 일단 엄마라는 것을 알자 어느 모로 보나 틀림없는 우리 엄마였다.

엄마는 커다란 빨간색 가방을 들고 있었다. 그 가방도 본 적이 있었다. 아빠가 지붕에서 떨어져 며칠 동안 입원했었는데, 그때 병원에서 필요한 물건들을 챙겨 갔던 가방이었다. 가방이 그때보다 훨씬 빵빵했다.

왠지 봐서는 안 될 것을 본 듯한 기분에 나도 모르게 전신주 뒤에 몸을 숨겼다.

불과 몇 미터 떨어진 곳에 내가 있다는 것도 모르는 채 엄마는 점점 멀어져 갔다. 치맛자락이 바람에 나부껴 마치 요정 생물의 주름 같았다. 그 아래 있는 하얀 다리가 정말 예뻐서 딸인 나조차 잠시 넋을 잃을 정도였다. 엄마의 다리가 그렇게 예쁘다는 것

꽃밥

을 처음 알았다.

엄마는 큰길에서 택시를 잡고서는 뒤쫓는 사람을 따돌리듯 얼른 올라탔다. 그 황망한 동작이 전염된 것처럼 택시는 문이 닫히자마자 빠른 속도로 내달렸다.

나는 그 자리에 선 채로 멀어져 가는 택시를 멍하게 바라보았다. 그렇게 떠난 것을 끝으로 엄마는 돌아오지 않았다. 며칠 후, 엄마가 다이스케 씨와 함께 어디론가 도망쳤다고 아빠가 가르쳐 주었다.

학교에서 돌아오면 때때로 다이스케 씨의 기척이 느껴졌는데, 나의 착각이 아니었다. 다이스케 씨는 일을 그만둔 후에도 우리 집에 몰래 찾아와 엄마와 은밀한 관계를 맺었던 것이다.

그리고 엄마는 모든 것을 버렸다. 아빠와 할머니, 그리고 나와 동생 모두를 버리고 새로운 세계로 가 버렸다.

나는 버림을 받았다. 집이라는 커다란 코인로커 속에.

벌써 삼십 년이란 세월이 흘렀지만, 나는 그날 이후로 엄마를 단 한 번도 만난 적이 없다. 어디서 뭘 하고 있는지 소식조차 들은 적이 없다.

가능하면, 불행에 허덕이고 있으면 좋겠다고 생각한다.

8

엄마가 집을 나간 지 열흘쯤 지나 세찬 비가 쏟아지는 일요일이었다.

태풍이 몰아치는 듯한 날씨인데 아빠와 동생은 아침부터 밖에 나갔다. 집에 있고 싶지 않았던 것이리라. 나도 어디든 가고 싶었지만 할머니를 혼자 내버려 둘 수는 없었다.

할머니의 기저귀를 갈아 준 후 누런 변을 화장실에 버리면서 생각했다. 요정 생물을 버리자고.

"이건 키우는 집에 행운을 가져다주는 생물이야."

그날, 고가 밑에서 남자는 그런 말을 했다. 나는 그 말을 곧이곧대로 믿지는 않았지만 마음속으로는 정말 그랬으면 좋겠다고 생각했다.

그 말대로 요정 생물은 행운을 가져다주었다. 다만 엄마에게만이다. 그리고 엄마의 행운은 나를 포함한 우리 식구에게는 불행이었다.

세상이란 그런 것인지도 모른다.

이 세상에 모든 사람이 고루 행복해질 수 있는 일은 존재하지 않는다. 누군가의 행복 뒤에는 반드시 누군가의 불행이 있다. 행복이란 대개가 어딘가 뒤틀려 있다.

꽃밥

그렇게 생각하면 그 생물을 원망하는 것이 사리에 맞지 않는지도 모른다. 하지만 그때는 그렇게라도 하지 않으면 내 마음을 다독일 수 없었다. 갑작스럽게 찾아온 불행의 책임을 누군가에게 전가하고 싶었다.

나는 병을 부엌으로 가져가 요정 생물을 꺼냈다. 손바닥에 올려놓으면 또 그 감각에 혼을 빼앗길 것 같아 일부러 도마 위에 내던졌다. 요정 생물은 예의 만화처럼 웃는 얼굴을 보이면서 도마 위에서 꿈틀거렸다.

나는 싱크대 밑에서 부엌칼을 꺼내 주저 없이 그 웃는 얼굴의 한가운데를 찔렀다. 그런데 뜻하지 않게 고무공 같은 탄력이 칼을 밀어냈다.

그래도 스마일 마크 한가운데 한 줄기 칼집이 생겼다. 그 부분이 양쪽으로 뒤집어지면서 누런색 액체가 배어 나왔다. 그리고 꽃향기 같은 냄새가 사방으로 퍼졌다.

다시 한 번 찌르려고 칼을 들었다. 그 순간이었다.

벌어진 부분의 껍질은 탄력성이 더 강한지 얇은 양 갈래가 좌우로 당겨지면서 셔터처럼 스르륵 말려 올라갔다.

눈앞에서 벌어진 그 광경을 보면서 내가 고함을 질렀는지 어땠는지는 전혀 기억에 없다. 다만 손에 든 부엌칼을 내던진 것만은 분명하다.

스마일 마크 아래 다른 얼굴이 더 있었기 때문이다.

얼굴처럼 보인 정도가 아니었다. 틀림없는 사람의 얼굴, 그것
도 주름투성이에 성별도 명확하지 않은 노인의 그것이었다.

리카짱 인형 크기의 그 얼굴은 벌겋게 달아올라 있었고 입가
는 내게 버럭 화를 내듯 흉하게 일그러져 있었다. 희멀건 눈을
떴다 감았다 하면서 마치 주문을 읊조리는 것처럼 보이기도 했
다. 덧니가 삐죽삐죽 박혀 있는 입에서는 숨이 새어 나오는 듯한
소리가 끊임없이 울려 나왔다.

극심한 공포가 내 온몸을 휘감았다. 보고 싶지 않은데도 눈길
이 그 노인의 조그만 눈동자로 빨려 들어갔다.

나는 정신없이 칼을 집어 들고 그 조그만 얼굴을 몇 번이나 찔
렀다.

조그만 노인의 얼굴에서 소스라칠 만큼 많은 누런색 액체가
솟구쳤다. 나는 더 이상 참을 수가 없어 두세 걸음 뒷걸음질을
쳤다.

"하하하하하하하하."

갑자기 요정 생물이 웃었다. 낮고 음침한 노인의 목소리로.

"하하하하하, 하하하하하."

그 생물은 도마 위에서 몸을 꿈틀거리면서 계속 웃었다. 나도
모르게 귀를 막았지만, 그래도 분명하게 들릴 만큼 큰 소리였다.

"아악!"

나도 그 소리에 지지 않을 만큼 소리를 지르면서 그 생물을 움켜잡았다. 뜨거운 풀처럼 미끄덩한 감촉이 손가락 사이에 배어들었다.

그대로 신발도 신지 않고 부엌문을 열고 밖으로 뛰어나갔다. 단박에 세찬 빗발이 내 몸을 적셨지만 나는 흙탕길을 뛰어 골목을 벗어났다.

오른손 약지에 찡한 통증이 느껴졌다. 조그만 노인의 얼굴이 더러운 이빨을 드러내고 손가락 사이의 피부를 물어뜯고 있었다. 그것을 보는 순간 나는 그만 정신이 아득해졌지만 이를 악물고 있는 힘을 다해 뛰었다.

마침내 도착한 곳은 온 동네 도랑물이 흘러드는 강이었다. 평소에는 기름 막에 덮여 있는 수면이 그때는 쏟아지는 비에 뿌연 유리 같았다. 나는 다리 중간쯤에 멈춰 서서 눈 아래 있는 강을 향해 그 정체를 알 수 없는 생물을 내던졌다.

"꺼져 버렷!"

풍덩, 하고 묵직한 소리를 내면서 요정 생물은 짙은 녹색 물속으로 사라졌다. 거품이 약간 일었지만 세찬 빗발에 금방 꺼지면서 수면은 다시 뿌연 유리로 돌아갔다.

그 생물은 두 번 다시 떠오르지 않았다. 나는 숨을 헐떡거리면서 한참이나 강을 내려다보았다. 간신히 정신을 차리고 보니 두 손이 누런 액체로 범벅이 돼 있었다.

나는 손을 들어 얼굴을 대고 냄새를 맡아 보았다. 속이 메슥거리는 비릿한 냄새가 났다.

그것이 남자가 쏟아내는 체액 냄새와 똑같았다는 것을 아주 훗날에야 알았다.

그다음 얘기는 해 봐야 별 의미가 없을 것이다.

할머니는 내가 스무 살이 넘을 때까지 장수했다. 나는 할머니의 간병과 집안일에 쫓겨서 중학교를 졸업하고 고등학교에 진학하지 못했다.

엄마가 집을 나간 후 아빠는 한심할 정도로 나약해졌다. 하루가 다르게 고압적으로 변해 가는 지로 아저씨를 제압하지 못해 회사의 실권도 빼앗긴 것이나 다름없었다. 그런데도 일이 자신의 모든 것이라고 생각하는지 여전히 간판을 내걸고 있었다.

지로 아저씨의 입김은 점점 세졌다. 할머니가 돌아가시기 직전에 나는 그에게 몸을 빼앗겼다. 아빠는 화를 낼 기개조차 없었다. 그 처음 한 번에 다른 생명이 내 몸속에 자리를 잡고 말았으니까.

그 후로는 어두운 늪을 하염없이 헤매는 듯한 나날이었다. 어린 아이와 늙고 힘없는 아빠, 그리고 애정이라고는 손톱만큼도 없는 남편 때문에 숨조차 마음대로 쉴 수 없었다. 동생은 설계 전문 학교까지 다녔는데, 졸업을 하더니 미련 없이 집을 떠났다. 지금은 엄마나 마찬가지로 어디서 뭘 하고 사는지 아무도 모른다.

"엄마는 왜 만날 남자같이 하고 있어?"

언젠가 딸이 그렇게 물은 적이 있다. 옛날에 우리 엄마가 그랬던 것처럼 딸의 머리를 곱게 묶어 주고 있을 때였다.

"머리, 기르면 좋잖아. 긴 머리, 엄마한테 잘 어울릴 텐데."

"좀 있다, 좀 있다 기를 거야."

엄마에게 버림을 받은 후, 나는 한 번도 머리를 기르지 않았다. 늘 눈에 띄도록 짧아, 정말 남자 같았다. 하지만 앞으로도 기르는 일은 없을 것이다.

나는 지금 내가 나고 자란 동네에서 가까운, 큰 강가에 있는 낡은 아파트에서 살고 있다. 목조와 철근 골조라는 차이는 있지만 좁은 것은 옛날이나 다름없다.

세 아이의 엄마가 되었지만, 아직 어린 막내딸은 지금도 데리고 자고 있다.

오늘 밤처럼 눈이 말똥말똥하고 잠이 오지 않는 밤, 나는 색색거리고 자는 딸의 숨소리를 들으면서 그 기묘한 생물을 생각한다.

꺼림칙하다고 생각하면서도 왠지 나는 그 생물의 감촉이 그리워 견딜 수가 없다. 어린 날 느꼈던 감미로움이 몸서리가 처지도록 그립다. 그날 이후 내 몸은 단 한 번도 황홀감에 오른 적이 없다.

지금 그 생물은 어디서 뭘 하고 있을까. ✒*end.*

보다 못한 아빠와 남자 친척들까지 들러붙어
경구차를 밀었다. 열다섯 명쯤 되는 남자들이 힘주어 미는데도
타이어는 꿈쩍하지 않았다. 정말 묘한 일이었다.

참 묘한 세상

1

"세상 참 묘하단 말이야."

쓰토무 삼촌은 입버릇처럼 그런 말을 했었다. 달랑 남은 100엔
짜리 동전으로 파친코를 했는데 대박이 터지든, 경마에서 믿었
던 우승 후보가 등수에도 들지 못하든, 좋은 일이든 나쁜 일이든
예기치 않은 일을 당할 때마다 그렇게 중얼거렸다.

정말 옳은 말이라고 아키라는 생각한다.

세상이란 참 알 수 없는 일투성이다. 사흘 전까지 쌩쌩했던 삼
촌이 지금 관 속에 누워 있다. 이게 묘한 일이 아니고 무엇이겠
는가.

아키라는 원목으로 만든 멋들어진 제단 앞에 섰다. 요즘 찍은
사진이 딱히 없어, 스물다섯 살 때쯤 찍은 사진을 영정으로 사용

했다. 하지만 그 슬며시 웃는 머쓱한 표정은 지금이나 별 다름이 없다.

'삼촌, 젊었을 때도 얼굴에 영 긴장감이 없었네.'

이 사진을 보고 젊은 시절의 미후네 도시로를 닮았다고 하는 사람이 있는데, 이 얼굴이 어떻게 『7인의 사무라이』의 그 터프한 사무라이와 비슷할 수 있는지 의문이다. 오히려 얼마 전 총리대신이 된 다나카 가쿠에를 젊게 꾸미면 이렇지 않을까 싶다.

관에 달려 있는 조그만 문을 열자, 역시 여느 때처럼 슬며시 웃음 지은 삼촌의 얼굴이 보였다. 그냥 보기에는 잠을 자고 있는 것만 같은데 콧구멍에 솜이 틀어박혀 있고 목울대도 움직이지 않으니 죽은 것이 분명하다.

'사람이 정말 죽네.'

이성적으로는 알고 있지만 설마 삼촌의 죽음으로 확인하게 될 줄은 몰랐다. 인간의 운명이란 정말 알 수 없는 것이다.

삼촌은 나이가 서른도 넘었는데 일 하나 제대로 하지 않고 늘 빈둥거리는 백수였다.

하지만 아키라가 살고 있는 동네에는 그런 어른이 적지 않다. 대낮부터 꼬치구이 집에서 한잔 걸치거나, 아침부터 파친코 가게에서 죽치는 인간이 수두룩하다.

아키라는 삼촌을 좋아했다. 시시콜콜 잔소리가 많은 아빠보다

꽃밥

는 삼촌이 훨씬 편하고 재밌었다. 간혹 찻집이나 스마트볼(핀볼이나 파친코의 변종으로 보다 단순해서 아이들도 즐길 수 있다-옮긴이) 오락장에 데리고 가 주기 때문만이 아니다. 뭐랄까, 성격이 맞는다고 할까, 어른 친구 같은 느낌이었기 때문이다.

"아키라, 어때? 삼촌 잘생겼지?"

불쑥 귓가에서 여자의 목소리가 들려 심장이 멈출 만큼 놀랐다. 내 바로 뒤에 어느 틈에 왔는지 검은 옷을 입은 가쓰코 씨가 서 있었다.

가쓰코는 삼촌과 같이 사는 여자다. 쌍꺼풀진 조그만 눈과 커다란 입 때문에 괴수 '가라몬' 비슷한 인상을 준다. 머리까지 꼬불꼬불하게 파마를 한 탓에 더욱 그렇게 보인다.

"삼촌은 핸섬하니까."

"그런 의미가 아니야."

아키라의 말에 가쓰코 씨가 살짝 웃어 보이는가 싶더니 이내 눈물을 뚝뚝 흘리고 걷어차인 강아지 같은 소리를 내면서 울기 시작했다. 가쓰코 씨는 삼촌이 죽은 후로 내내 이런 식이다.

"정말 지지리도 재수가 없지. 어떻게 하면 그렇게 어처구니없이 죽느냐구."

맞는 말이다. 삼촌은 술에 취해 비틀거리면서 육교를 건너다가 계단에서 굴러떨어져 죽었으니까.

요령 없이 구른 게 잘못이었다.

삼촌이 계단을 오를 때부터 지켜보았다는 얼음 가게 아줌마는
당시의 상황을 이렇게 전했다. 계단을 다 올라간 참에 삼촌의 몸
이 휘청하더니 뒤로 넘어질 듯하더란다. 넘어지지 않으려고 두
팔을 빙빙 돌리다가 그대로 뒤로 나자빠지듯 계단 위를 데굴데
굴 굴렀다. 그리고 마지막에는 아스팔트에 머리를 쿵 박았고, 머
리통이 깨지면서 분수처럼 피가 솟구치는 것을 보고서 아줌마
는 두 다리에 힘이 쏙 빠졌단다.

아빠로부터 그 얘기를 들었을 때, 아키라도 앞이 캄캄해지는
기분이었다. 고작 아홉 해밖에 살지 않은 인생이지만, 그렇게 끔
찍한 일은 처음 당하기 때문이었다. 죽은 사람이 삼촌만 아니었
다면 바보 얼간이라고 웃어넘겼을 테지만.

"아이고 미치겠네. 난 앞으로 어쩌라구."

눈물 콧물로 범벅이 된 가쓰코 씨가 목구멍에서 소리를 쥐어
짜내듯 말했다. 아키라는 고개를 돌리고 엄마를 찾았다. 가쓰코
씨가 울음보를 터뜨리면 도저히 상대할 수가 없다.

역시 검은 옷을 입은 엄마는 곧 시작될 장례식 때문에 분주하
게 움직이고 있었다. 그 등을 잠시 쳐다보고 있었더니, 텔레파시
가 전해졌는지 엄마가 이쪽으로 고개를 획 돌렸다. 눈치가 빠른
엄마는 금방 내 사정을 알아채고는 이쪽으로 걸어왔다.

꽃밥

"가쓰코 씨, 이제 곧 스님이 올 거니까 화장 고쳐요. 립스틱이며 뭐며 다 지워졌어요."

엄마는 가쓰코 씨의 어깨를 살짝 껴안고 삼촌의 관 곁을 떠났다.

그 목소리는 상냥했지만 속내는 다르다는 것을 아키라는 알고 있었다. 엄마는 노무자를 상대하는 싸구려 식당에서 일하는 가쓰코 씨를 애당초 좋아하지 않았기 때문이다.

"일이나 좀 거들지, 마냥 훌쩍거리고만 있다니까. 도움이 안 돼요."

어젯밤, 빈소에서도 엄마는 내뱉듯 그렇게 투덜거렸다. 그런 속내를 싹 감추고 저렇게 상냥한 목소리로 얘기할 수 있다니, 그 것도 묘하다면 참 묘한 일이었다.

"이제 아키라는 이층에 올라가서 히로미 불러와. 옷 제대로 입히고. 앞으로 삼십 분이면 시작할 거니까."

엄마의 말에 아키라는 빈소에서 나왔다.

장례식장은 제법 번듯한 삼 층짜리 건물이었다. 언뜻 보기에는 호텔 같은데 현관을 들어서니 한기가 들 정도로 냉방이 잘돼 있었다. 로비에서 복도로 빨간 카펫이 죽 깔려 있어서 발소리가 전혀 나지 않았다.

"멋지지? 시하고 계약돼 있는 곳이라서 공무원은 싸게 장례를 치를 수 있어."

어제 처음 와 봤을 때, 엄마가 자랑스럽다는 말투로 설명해 주었다. 아키라는, 삼촌은 멋진 건물과는 인연이 없었을 테니까, 마지막으로 이런 곳에서 장례를 치를 수 있게 되어 잘됐다고 생각했다.

"아키라, 여기야 아키라."

여동생과 사촌 형제들이 있는 이층 대기실로 — 어젯밤에는 모두들 거기서 잤다 — 올라가는데, 느닷없는 목소리가 들려 아키라는 계단 중간쯤에서 걸음을 멈췄다. 사방을 돌아보니, 계단 아래에 하얀 블라우스를 입은 여자가 유령처럼 서 있었다. 가오루 씨였다. 그녀는 계단에 몸을 가리고 살짝 손짓했다.

가오루 씨는 삼촌의 또 다른 애인이다. 역 건너편에 있는 조그만 술집에서 일하고 있다. 가쓰코 씨와 나이는 비슷하지만 훨씬 날씬하고 예뻤다. 어딘가 모르게 가수 지아키 나오미를 닮았다. 늘 화장품 냄새를 풀풀 풍기고 다니는데, 그 냄새가 조금도 불쾌하지 않으니, 어쩌면 내 몸에도 이 동네 남자들과 똑같은 피가 흐르는지도 모르겠다.

"그 사람, 어떻게 됐어?"

"…… 죽었어요."

"아이, 그야 나도 알지. 그게 아니고 죽은 얼굴이 편안하냐고."

"아아. 음, 다들 편안한 표정이라고 하던데요."

"그래? 다행이다."

차양처럼 긴 인조 속눈썹 아래 두 눈이 녹아 들어가는 얼음처럼 촉촉하게 젖어 있었다.

"아줌마도 같이 가요. 조금 있다 스님이 온대요. 저기 있는 봉래실이에요."

아키라가 말하자, 가오루 씨는 슬픈 듯이 숙인 고개를 가로저었다.

"마지막 가는 길이니까 한 번만이라도 보고 싶은 마음은 굴뚝같지만 그 사람에게는 부인이 있잖아. 내가 뭐라고 당당하게 얼굴을 내밀겠어."

혼인신고를 하지 않았으니까 가쓰코 씨도 정식 부인은 아니다. 하지만 십 년 이상이나 같이 살았으니 그런 것이나 다름없다고 할 수 있다.

'그러고 보니까, 삼촌도 그런 말을 했었는데.'

가오루 씨가 일하는 술집은 낮에는 차도 팔기 때문에 삼촌이 몇 번 데리고 간 적이 있었다. 둘이 특별한 사이라는 것은 가오루 씨를 처음 만났을 때 이미 눈치챘는데, 돌아오는 길에 삼촌은 이렇게 못을 박았다.

"아키라, 너 가오루 씨에 대해서는 절대 입 밖에 내면 안 돼. 까딱 잘못해서 가쓰코 귀에 들어가면 피바람이 불 테니까 말이지.

남자 대 남자의 약속이다, 알겠지?"

그렇게 말하고 웃는 삼촌이 왠지 멋지게 보였던 것 역시 이 동네 남자의 피 때문일까.

아무튼 삼촌의 말은 진실이었다. 지금 가오루 씨의 존재가 가쓰코 씨에게 알려지면 정말 피바람이 불 것이다.

"저기 아키라에게 부탁이 하나 있는데. 이거 아무도 모르게 그 사람 관에 넣어 줄 수 있겠니?"

가오루 씨는 그렇게 말하면서 핸드백에서 하얗고 조그만 것을 꺼냈다. 화장지를 껌 종이 크기로 접어 고무줄로 묶은 것이었다.

"이게 뭔데요?"

"아키라는 몰라도 돼. 왜 마지막에 관에다 꽃을 던지잖아. 그때 살짝, 응?"

받아 든 그것은 아주 가벼웠다. 손가락으로 눌러 봐도 아무 느낌이 없었다. 어지간히 작고 부드러운 것인 듯했다.

"제대로 잘 넣어 주면 핫케이크 사 줄게."

거절할 부탁이 아니었다. 아키라는 그것을 바지 주머니에 집어넣고 고개를 꾸벅 숙였다.

"그런데, 정말 괜찮아요? 삼촌 얼굴, 이제 두 번 다시 볼 수 없을 텐데."

"나는 그늘에 사는 처지잖아."

속눈썹을 깜박거리면서 가오루 씨는 노래 가사 같은 말을 했다.

2

길게 클랙슨을 울린 후 삼촌을 태운 영구차가 출발했다. 모여 있던 사람들이 모두 두 손을 모아 합장했다. 아빠는 승합차 안에서 발인에 참가해 준 시청 사람들에게 일일이 고개 숙여 인사했다.

마침내 장례식장 문을 빠져나간 영구차는 멀리 보이는 쓰텐카쿠(오사카를 대표하는 타워-옮긴이)를 등지듯 좌회전했다. 8월의 강렬한 햇살에 금박을 입힌 장식물이 번쩍번쩍 빛났다.

'삼촌, 저 쓰텐카쿠 무지 좋아했었는데, 이제 저것과도 작별이네.'

후덥지근한 봉고차 안에서, 아키라는 멀어지는 쓰텐카쿠를 돌아보면서 생각했다. 이제는 뒷골목에 있는 장기 집에 가 봐야, 내기 장기에 목숨을 거는 삼촌의 모습은 볼 수가 없다고 생각하니, 정말 허전하고 쓸쓸했다.

"이제 얼추 끝난 셈이군."

봉고차에는 친척밖에 타지 않아, 아빠는 마음 놓고 넥타이를 풀면서 큰 소리로 말했다.

"그렇게 멋진 장례식장에서 인생을 마무리하게 해 줬으니 도련님도 기뻐하겠죠."

아빠 옆에 앉아 있는 엄마가 손수건으로 이마에 돋은 땀을 닦으면서 말했다.

과연 보란 듯한 장례식이었다. 제단도 호화스러웠고 스님의 독경도 길었다. 하지만 그것은 삼촌을 위해서가 아니라 실은 아빠를 위한 것이었다. 빈소를 찾은 손님들 대부분이 시청 사람이었고, 엄마도 그 사람들만 상대했다. 잘은 모르겠지만 어른들의 세계란 그런 것인 모양이다.

"내가 죽으면 장례식 같은 거 하지 말고 미련 없이 태워서 재만 요도 강(오사카의 남서부를 지나 오사카 만으로 흘러드는 강-옮긴이)에 뿌려 주면 돼."

오래전에 삼촌이 했던 그 말이 떠올랐다. 그러니까 관 속에서 그렇게 멋들어진 제단에 영정을 모신 것을 낯간지럽게 여겼을지도 모른다.

"거 덥네 더워. 사우나가 달리 없군. 운전사 양반, 거 에어컨 좀 켭시다."

방금 전까지 겸손했던 태도는 어디론가 사라지고 거만한 말투로 아빠가 말했다.

꽃밥

"켜져 있는데요."

"이게 켜 놓은 거라고? 거 쩨쩨하게 굴지 말고 팍팍 틀어요."

"제일 세게 켜 놓은 겁니다."

늙수그레한 운전사가 미안하다는 듯 대답했지만 아빠는 들으라는 듯 혀를 끌끌 찼다. 회사 윗사람에게는 꼼짝도 못하고 굽실거리는 주제에 택시 운전사나 가게 사람에게는 늘 거들먹거린다. 내 아빠지만 그런 점은 마음에 들지 않았다.

"어쩔 수 없지. 금방 도착하겠죠?"

"십 분도 안 걸립니다."

그때 마침 신호에 걸려 영구차가 멈춰 섰다. 봉고차도 뒤따라 멈춰 섰다.

문득 옆을 보니 내 또래 남자애들이 잠자리채를 들고 걸어가고 있었다. 이쪽을 힐금힐금 쳐다보면서 하나같이 주먹을 꽉 쥐고 엄지손가락을 감추고 있다.(지나가는 영구차를 보고 엄지손가락을 숨기지 않으면 부모님의 임종을 지키지 못한다는 미신이 있다-옮긴이)

아키라는 어떻게 해야 하나 하고 생각했다. 눈앞에 영구차가 달리고 있는 이상 내내 손을 가만히 쥐고 있어야 하나? 그러고 있으면 금방 손바닥에서만 땀 냄새가 날 것 같다.

'그보다 문제는 이거야.'

아키라는 바지 주머니 안에 살며시 손을 집어넣었다. 주머니 안에는 가오루 씨가 건네준 화장지 포장이 그대로 들어 있었다.

'어떻게 하지, 이걸.'

가오루 씨가 하라던 대로 삼촌의 관에 꽃을 던질 때 슬쩍 넣을 생각이었다. 그런데 엄마 아빠가 자신의 손을 지켜보고 있다는 것을 알고는 도저히 그럴 수 없었다. 시청의 높은 사람들 앞에서 혹시나 아들이 무슨 실수라도 저지르지 않을까 감시한 것이리라.

결국 그것을 넣을 기회를 놓친 채 관에 못이 박히고 말았다. 이제는 달리 방법이 없다.

'가오루 아줌마에게 뭐라고 하지.'

핫케이크를 먹을 수 없게 된 정도야 아무 문제도 아니다. 부탁받은 일을 제대로 하지 못한 자신이 형편없는 인간으로 느껴져 견딜 수가 없었다.

마침내 버스가 시내를 벗어나 점차 인적 드문 길로 나아갔다. 잡초만 무성한 공터를 지나자 불쑥 넓은 묘지가 나타났다. 좌우가 온통 비석투성이여서 더럭 겁이 났다. 바로 앞에 높은 굴뚝이 있는 건물이 보였다. 그곳이 화장터가 틀림없었다.

"오빠."

옆에 앉은 동생 히로미도 굴뚝을 봤는지, 비밀 얘기를 귀띔하듯 속삭였다.

꽃밥

"저기가 화장터 맞지?"

"그렇겠지."

"저기서 삼촌 태우는 거야?"

"응, 그럴 거야."

"그럼, 삼촌 다시는 못 보겠네."

어디가 모르게 뚱한 동생의 표정을 아키라는 멀뚱멀뚱 쳐다보았다.

겨우 다섯 살인 히로미는 유치원에서 제비꽃 반이다. 사람이 죽는다는 게 무엇인지 잘 모르는 것이다.

"괜찮아. 삼촌의 몸은 죽었지만 마음은 남아 있어. 하늘에서 히로미를 내려다보고 있을 거야."

"그게 귀신이야?"

"귀신하고는 달라."

그렇게 대답하는데 갑자기 봉고차가 멈춰 섰다. 다 온 줄 알고 아키라는 얼굴을 들었다.

화장터가 바로 눈앞에 있기는 한데 아직 안으로 들어간 상태는 아니었다. 키 낮은 콘크리트 문이 있고, 거기서 10미터 정도 떨어진 곳에서 차가 선 것이다.

"무슨 일이야?"

아빠가 운전사에게 물었다.

"글쎄요. 영구차가 갑자기 멈춰 서서."

"차례를 기다리는 건가. 장사가 잘돼서 좋겠군."

농담을 거의 하지 않는 사람이 어쩌다 농담을 하면 썰렁할 뿐이다. 아빠는 사람을 웃기는 재주가 눈곱만큼도 없다.

봉고차 앞에 삼촌을 태운 영구차가 서 있었다. 하지만 그 앞에는 아무것도 없으니까, 차례를 기다리는 것 같지도 않았다.

"왜 안 가는 거야?"

일 분 정도 기다린 후에 아빠가 답답하다는 목소리로 말했다. 오사카 사람들은 굼뜬 것을 가장 싫어한다.

"무슨 일인지 모르겠습니다. 잠깐 내려서 물어보고 오죠."

운전사 바로 뒤에 앉아 있던 장의사 사람이 봉고차에서 내려 영구차의 운전석으로 갔다. 잠시 뭐라고 말을 주고받는 소리가 들리더니, 영구차 운전사까지 차에서 내렸다.

"차가 고장이 났나?"

운전사들이 영구차 앞으로 가는 것을 본 엄마가 말했다. 그에 대꾸하듯 아빠가 짜증스러운 목소리로 중얼거렸다.

"겉은 멀쩡해도 다 낡아 빠진 고물인 게지."

잠시 후 삼촌의 영정을 들고 영구차에 탔던 가쓰코 씨가 봉고차로 올라왔다.

"무슨 일인지 모르겠지만, 차가 움직이지를 않는대요."

"이제 다 왔는데, 대체 무슨 일이야?"

아빠는 한약이라도 삼키는 표정으로 차에서 내리더니, 장의사 사람들과 뭐라 뭐라 얘기하기 시작했다.

"잠깐이라도 밖에 나갔다 오자. 더워서 못 참겠다."

엄마는 손수건으로 팔락팔락 얼굴을 부치면서 자리에서 일어섰다. 담배에 불을 붙이는 아빠를 보고서, 시간이 걸리겠다고 생각한 것이다. 아키라와 히로미가 뒤따라 내리자 다른 친척들도 줄줄이 버스에서 내렸다.

"대체 무슨 일이래요?"

친척들은 영구차를 에워싸고 한마디씩 투덜거렸다.

"아니 글쎄, 바로 코앞까지 왔는데."

나라에서 온 고모가 영구차 앞을 보면서 말했다. 말 그대로 영구차 앞머리는 화장터 문 앞에서 한 걸음이 못 미치는 곳에 있었다. 그곳을 지나면 넓은 로터리가 있고 가마가 있는 건물까지는 불과 20미터 정도였다.

"무슨 일인지는 모르겠지만, 여기까지 와서 차가 움직이지를 않는다나 봐. 시동이 걸리지 않는지 어쩐지."

하이라이트 담배 연기를 코로 뿜어내면서 아빠가 말했다. 그 사이에 영구차 운전사가 다시 운전석에 올라타 몇 번이나 키를 돌렸지만, 엔진은 쭈그렁 개가 신음하는 듯한 소리를 낼 뿐 도통

시동이 걸리지 않는다.

자동차 정비 공장에서 일하는 친척 히데오 씨가 자기가 나설 차례라는 듯 앞으로 나갔다. 운전사는 허리를 굽실거리면서 차의 보닛을 열었다.

히데오 씨가 이리저리 다 검사를 해 봤지만 별 이상을 찾지 못했다. 그동안 아빠는 화장터의 담당 직원과 장의사 사람들과 함께 무슨 의논을 하는 듯했다.

"원래는 이 로터리를 한 바퀴 빙 돈 후에 가마 쪽으로 가는데, 그 과정을 생략하고 이대로 차를 밀어서 입구에 대는 게 좋겠습니다."

장의사 사람이 긴급 제안을 했다.

"그래도 상관이야 없지만, 이거 그쪽 불찰이라는 거 분명히 기억해 둬요. 사랑하는 동생의 장례식에 흠집이 생기고 말았으니까."

아빠는 가만히 있을 수 없다는 듯 코를 벌렁거리며 말했다. 장례식 비용을 조금이라도 깎으려는 속셈인 것이다. 아빠가 동생을 사랑했다는 말은 처음 듣는 소리였다. 평소에는 저 녀석은 집안의 수치라는 둥, 차라리 죽어 버리는 게 좋겠다고까지 했으니까.

끝내 화장터 사람이 몇 명 모여 영구차를 뒤에서 밀기 시작했다. 남자가 여섯 명이었으니까, 사이드브레이크를 걸어 놓지 않

꽃밥

는 한 쉽사리 움직여야 마땅했다.

그런데 영구차는 꿈쩍도 하지 않았다. 마치 본드로 타이어를 지면에 붙여 버린 것처럼 몇 센티미터도 나아가지 않았다.

"이거, 힘들 제대로 쓰는 거야?"

보다 못한 아빠와 남자 친척들까지 들러붙어 영구차를 밀었다. 열다섯 명쯤 되는 남자들이 힘주어 미는데도 타이어는 꿈쩍도 하지 않았다. 정말 묘한 일이었다.

"사이드브레이크 걸어 놓은 거 아니겠지?"

"차륜 축이 고장 난 거 아니야?"

"이 번쩍거리는 금장식, 펄펄 끓는데."

모두들 짜증을 부리면서 8월의 뜨거운 햇살 아래서 영구차를 밀었다. 그런데도 여전히 차는 움직이지 않았다.

"이거야 원, 마지막까지 애를 먹이는군."

참다못한 아빠가 검은 양복을 벗어 던지면서 말했다.

"움직이지 않는 걸 어쩌겠어. 이제 그만하고 관을 꺼내 들고 가자고."

아빠가 그렇게 말하자, 화장터 사람이 급식 때 쓰는 배식차처럼 생긴 긴 수레차를 가져왔다. 콘크리트 위로 밀고 오는 탓에 드르륵드르륵 유난히 소리가 컸다.

"이거 정말 죄송합니다."

장의사 사람은 아빠에게 꾸벅꾸벅 몇 번이나 고개를 숙였다. 그동안 경비인지 제복을 입은 사람이 영구차 바로 뒤에 수레차를 바짝 갖다 대고 관을 내릴 준비를 했다.

"왜 그런지 모르겠네."

　다들 땀을 닦고 있는데, 영구차 운전사가 알아듣지 못할 소리를 했다.

"왜 안 열리는 거야. 이거 정말 이상하네."

"이번에는 또 뭐요?"

　아빠가 흥분한 목소리로 묻자, 운전사가 줄줄 흐르는 땀을 닦지도 못한 채 대답했다.

"이 문이 안 열리는군요."

　영구차 뒤에는 관을 넣고 뺄 수 있도록 문이 달려 있는데, 주행 중에는 열리지 않도록 잠가 두는 것이 보통이다. 자물쇠는 겉으로는 튼튼해 보여도 창고나 화장실을 잠그는 것이나 다름없는 구조였다. 차체에 붙어 있는 금속판을 문에 붙어 있는 고리에 끼우면 그만이다. 그렇게 간단한데, 그 금속판이 고리에서 도무지 빠지지를 않는 것이었다.

"거 참 희한한 일일세. 늘 쉽게 빠졌는데."

　운전사는 손바닥으로 금속판을 쳐올렸지만, 역시 꿈쩍하지 않았다.

　　　　　　　　　　　　　　　　　　　　　꽃밥

그 주위에 있던 친척들이 모두 얼굴을 마주 보았다. 모두들 정말 이상하다고 생각하는 듯했다.

"삼촌이, 태우는 게 싫은가 봐."

아키라 옆에 있던 히로미가 천진하게 말했다. 아빠가 순간적으로 얼굴을 찡그리는 것을 보고 아키라는 당황해서 동생의 어깨를 툭 쳤다.

"야, 너 왜 이상한 소리를 하고 그래. 삼촌은 돌아가셨잖아. 죽은 사람이 어떻게 그런 생각을 해."

"오빠가 아까 그랬잖아. 삼촌의 마음은 남는다고."

3

"알겠냐, 아키라. 인생은 다코야키야."

삼촌이 가오루 씨의 가게에 아키라를 데리고 갔을 때의 일이었다. 어두컴컴한 자리에서 마주 앉은 삼촌이 맥주를 핥듯이 마시면서 그런 말을 했다.

"또 웃기는 소리 하려고 그러죠? 인생이 왜 다코야킨데요?"

가루가 씹히는 오렌지 주스를 마시면서 아키라가 물었다.

"식으면 아무 맛도 없잖아. 뜨거울 때 먹으면 입 안이 데고. 인생도 그런 거야. 너도 얼마 안 있어 알게 될 거다."

어쩌면 그럴싸한 표현인지도 모르겠지만, 아키라에게는 그냥 농담으로밖에 들리지 않았다. 그런 식으로 삼촌은 진담인지 농담인지 모를 소리를 했다.

"먹는 데 요령이 필요한 것도 그렇고. 이쑤시개 하나로 먹으면 빙글빙글 돌아서 먹기 힘들잖아. 두 개로 양쪽에서 이렇게 찍으면 먹기 쉽지."

"그거야 당연한 일이죠. 가게에서는 다 이쑤시개를 두 개씩 주는걸요 뭐."

"그러니까 다코야키 가게 아저씨들이 이 인생의 진리를 깨달았다는 말씀이지. 역시 간사이 사람들은 위대하다니까."

작은 맥주 한 병에 벌써 취했는지 삼촌은 평소보다 한결 기분이 좋아 보였다.

"다코야키를 먹을 때는 이쑤시개가 두 개 필요하다. 인생의 쓴맛 단맛을 다 보려면 여자도 둘은 있는 편이 좋다."

"왜 얘기가 그쪽으로 가요?"

아키라는 자기도 모르게 풋 하고 웃음을 터뜨렸다. 거창하게 인생 운운하더니 결국은 그 소리였다.

"삼촌은 가오루 아줌마가 되게 좋은가 봐요."

가오루 씨는 카운터 안에서 볶음 요리를 하고 있었다. 그 모습을 힐금 보니, 삼촌의 마음을 이해할 수 있을 것 같았다. 가쓰코 씨는 살이 투실투실 찐 데다 화장도 거의 하지 않는다. 어느 쪽이 좋으냐고 물으면, 가오루 씨가 높은 점수를 딸 수밖에 없었다.

"그래도, 가쓰코 숙모에게 미안한 생각 없어요?"

가쓰코 씨가 차림새에 신경을 쓰지 못하는 것은 하루 종일 노무자를 상대해야 하는 싸구려 식당에서 일하기 때문인 것을 아키라도 알고 있었다. 그런 곳에서는 예쁜 옷도 화장도 다 소용이 없다. 일을 하다 보면 목소리도 커지고 성격도 터프해진다. 하지만 가쓰코 씨가 일을 하지 않으면 고가 밑에 있는 아파트에서 사는 것조차 쉽지 않다. 삼촌은 돈을 벌지 않으니까.

"아키라, 오해하면 안 되지. 내가 이쑤시개 두 개라고 했잖아. 양쪽 다 소중하다는 뜻이야. 가오루도 소중하고, 가쓰코도 소중하고."

삼촌은 그렇게 말하면서 웃었지만, 적당히 둘러대고 있다는 기분이 들었다.

'말은 그렇게 하지만 그래도 가오루 아줌마가 더 좋은 거야.'

아키라는 화장터 사람에게 가져오라고 한 망치로 금속판을 열심히 두드리는 아빠의 모습을 보면서 생각했다.

'가오루 아줌마가 장례식에 오지 않아 못마땅한 거야.'

영구차의 엔진이 꺼졌다면 그저 재수가 없었다고 생각할 수도 있다. 그런데 사이드브레이크를 풀었는데도 차가 꿈쩍하지 않는 것하며 뒷문까지 안 열리는 것을 보면 우연의 일치라고 하는 것이 오히려 억지다. 하기야 아빠는 그런 억지를 관철하려고 열심이지만.

"죄송하지만, 너무 쾅쾅 두드리지는 마세요. 쭈그러지니까."

보다 못한 영구차 운전사가 아빠에게서 망치를 빼앗으려고 했다.

"무슨 소리야, 이런 엉터리 고리를 사용하는 쪽이 잘못이지."

하얀 와이셔츠가 땀으로 흠뻑 젖은 아빠의 등에 들러붙어 있었다. 얼굴에서도 땀이 줄줄 흘러 까만 테 안경에 부옇게 김이 서려 있었다.

"자물쇠 탓은 아닌 것 같은데요."

지금까지 저자세였던 장의사 사람의 태도가 왠지 고압적으로 느껴졌다.

"뭐? 그럼 대체 뭐 때문이란 거야, 어?"

망치를 땅에 내던지면서 아빠가 소리를 질렀다.

대놓고 말은 하지 않았지만 장의사 사람은 이렇게 말하고 싶었을 것이다. 그야 당신 동생이 미련을 못 버려서 그런 거겠지, 라고.

아무렇지 않게 말한 히로미의 한마디가 그 자리의 분위기를

꽃밥

크게 바꿔 놓았다. 이 묘한 일 모두가 삼촌의 미련 때문에 생긴 것이라고들 믿게 된 것이다.

엄마를 포함해서 여자들은 저만큼 떨어진 곳에 모여 사태의 추이를 지켜보았다. 남자들은 뭘 어떻게 하면 좋을지 우왕좌왕 하면서, 스님에게 독경을 한 번 더 부탁하자는 등 화장을 하지 말고 매장을 하면 어떻겠느냐는 등, 별 도움도 안 되는 제안을 할 뿐이었다.

'삼촌, 가오루 아줌마를 만나지 않고는 떠나기가 싫은가 봐.'

아키라는 친척들과 조금 떨어진 곳에 서서 그런 생각을 하고 있었다.

삼촌에게 이생에 미련이 남아 있다면, 그것밖에 없다. 장례식 에 가오루 씨가 오지 않아 불만인 것이다.

'가오루 아줌마가 부탁한 걸 관에 넣어 줬으면 이런 일이 안 생겼을지도 모르는데.'

주머니에서 예의 화장지로 싼 것을 꺼내 꼭 쥐었다. 하지만 지 금에 와서 무슨 방법이 있는 것은 아니었다.

'어떻게 하면 좋지.'

아키라는 사방을 돌아보고서 화장지를 묶은 고무줄을 벗겨 냈 다. 얇고 조그만 듯하니까 관 틈새로 집어넣을 수 있지 않을까 하고 생각한 것이다.

'뭐야, 이거?'

조심스럽게 싸여 있는 화장지를 풀어 보니 안에서 머리카락 같은 것이 두세 오라기 나왔다. 가오루 씨의 머리카락치고는 너무 짧다고 생각하면서 슬쩍 얼굴을 갖다 댔다.

5센티미터 정도의 그것은 유난히 매끄럽고 바늘처럼 뻣뻣했다. 한쪽 끝은 뾰족하고 전체적으로 지랄탄 폭죽의 타고 남은 재처럼 꼬불거렸다.

'이거 혹시 ……'

음모다, 하고 알아차리는 순간 아키라 자신의 콧김이 그것을 날려 버렸다.

"어, 헉."

아키라는 보이지도 않는 그것을 잡으려고 허둥댔지만 결국은 헛수고였다. 마치 공기 속에 녹아든 것처럼 가오루 씨의 털은 어딘가로 사라지고 말았다. 아키라는 자기도 모르게 기듯이 엎드려 땅바닥을 찾았다.

"아키라, 뭐 하는 거야! 옷 더러워지잖아!"

엄마가 신경질적으로 소리를 지르자 아빠까지 버럭 고함을 질렀다.

"시끄릿!"

가장 골치가 아픈 것은 아빠였다. 지금까지 빈틈없이 진행돼

꽃밥

온 장례 절차가 이제 와서 이렇게 뒤틀리고 말았으니 그럴 만도 했다. 그런 데다 8월의 태양의 열기가 더해 가면서 아빠의 짜증은 최고조에 달했다.

"어디 다시 한 번 밀어 보자고. 다들 이리로 좀 와 봐. 여자고 애고 전부 다."

역정에 가까운 아빠의 지시에 모두들 시큰둥해하며 영구차 주위로 모여들었다.

"전원이 구령에 맞춰 차를 미는 거야. 알았지? 하나, 둘!"

친척 일동이 영구차에 들러붙어 힘을 주었다.

"맺힌 서러움일랑 다 풀고."

"나무아미타불."

모두 한마디씩 하면서 차를 밀었다. 그런데도 타이어는 꿈쩍하지 않았다.

"죄송합니다만, 뒤에서 기다리고 있는데요."

화장터 직원이 와서 미안하다는 듯 말했다. 삼촌을 태운 영구차가 움직임을 멈춘 후에 이래저래 사십 분 가까이 흘렀다. 그동안에 다른 영구차 두 대가 문 안으로 들어갔다.

"차는 안 움직이지, 문은 안 열리지, 대체 어쩌란 말이오. 그쪽을 먼저 들여보내든지."

아빠는 지쳤다는 듯이 그 자리에 쭈그리고 앉았다. 그 모습에 아키라는 가슴이 뜨끔뜨끔 아팠다.

'삼촌이 가오루 아줌마가 보고 싶어서 그러는 거야. 가오루 아줌마만 와 주면 된다고.'

그렇게 말하고 싶었지만 친척들 사이에 혼자 동떨어져 우는 가쓰코 씨를 보니 그럴 기분이 싹 가셨다. 가오루 씨의 존재를 알면 가쓰코 씨는 지금보다 더 울 테니까.

"쓰토무, 너 적당히 해라, 어."

영구차 뒤에 쭈그리고 앉은 채 아빠가 조그만 소리로 말했다.

"사람들에게 얼마나 더 폐를 끼쳐야 직성이 풀리겠니. 늘 그런 식으로 제멋대로 굴어서 아버지 어머니 속 터지게 만들고, 내가 너 때문에 다른 사람에게 몇 번이나 고개를 숙였는지 알기나 해. 정말 넌더리가 난다. 저세상으로 가는 마당에서도 이래야겠느냐고?"

아빠는 쥐어 짜낸 듯한 목소리로 그렇게 말하고는 갑자기 소리를 지르며 울기 시작했다. 빈소에서 밤을 새울 때도 울지 않았는데, 아예 어린애처럼 엉엉 소리 내어 울었다.

도저히 그런 아빠의 모습을 보고만 있을 수는 없었다. 아키라는 영구차로 달려가, 관의 출입구를 두드리며 외쳤다.

"삼촌, 가오루 아줌마 때문에 그러는 거죠? 가오루 아줌마가 보고 싶어서죠, 네? 지금 당장 불러올 테니까, 잠깐만 기다려

196   꽃밥

요."

그 소리를 들은 아빠가 눈물 콧물이 뒤섞인 얼굴을 들고 물었다.

"아키라, 누구냐. 가오루 아줌마가?"

4

지금까지 물에 젖은 걸레처럼 흐느적거리던 몸에 철근을 집어넣을 것처럼 등줄기가 곧추 서 있었다. 벌겋게 달아오른 얼굴로 씩씩거리는 탓에 가슴이 쉴 새 없이 오르내렸다. 아무래도 화가 머리끝까지 난 듯했다.

'과연 무슨 일이 벌어질지.'

택시에서 내린 가오루 씨와 영구차 옆에 우뚝 서 있는 가쓰코 씨의 모습을 번갈아 쳐다보면서 아키라는 침을 꿀꺽 삼켰다. 『킹콩 대 고지라』란 괴수 영화의 제목이 얼핏 머리를 스쳤다.

"삼가 고인의 명복을 빕니다."

검은 양복을 입고 모여 있는 친척들 가운데서 아빠를 찾아낸 가오루 씨는 깊이깊이 고개를 숙였다. 아빠가 전화번호부에서 가오루 씨 가게의 전화번호를 찾아 빨리 와 달라고 부탁한 지한 시간이 채 지나지 않았는데 평소 이상으로 곱게 화장한 모습이었다. 그 탓인지 가오루 씨를 처음 보는 아빠도 어딘지 모르게 겸연쩍어하는 표정이었다.

"날씨도 더운데 죄송합니다. 전화로 말씀드린 대로 난감한 일이 벌어졌습니다. 이 아이가, 영구차가 움직이지 않는 것은 동생이 댁을 만나고 싶어 하기 때문이라는군요."

이 아이가, 라고 말하면서 아빠는 아키라의 머리를 톡 쳤다.

"나도 사실은 쓰토무 씨에게 작별의 말을 하고 싶었어요. 하지만 정식으로 사귄 것도 아니고, 가족들에게 폐를 끼치면 안 될 것 같아서."

그렇게 말하면서 가오루 씨는 가쓰코 씨를 힐금 쳐다보았다.

'와, 가쓰코 숙모 표정 죽인다.'

가쓰코 씨는 노골적으로 적의를 드러내고 있었다. 당장이라도 달려들 기세였다. 저런 무서운 얼굴을 오사카에서는 곤타 얼굴이라고 한다.

그 눈길이 가오루 씨에게서 아키라 쪽으로 옮겨 갔다. 눈이 마주치는 순간, 등에 서늘한 기운이 느껴졌다. 가쓰코 씨 입장에서는 쓰토무가 몰래 가오루를 만날 때 동행했던 아키라 역시 같은 죄인이었다. 아키라는 슬며시 아빠 등 뒤로 숨었다.

"아키라, 아줌마를 기억해 줘서 정말 고맙구나. 아줌마, 기뻤어."

　가쓰코의 눈길에서 아키라를 보호하려는 듯 가오루 씨는 아키라 앞에 서서 말했다. 말투는 상냥했지만, 아키라는 아침에 장례식장에 왔다는 것은 절대 비밀로 하라는 무언의 명령이 그 말에 담겨 있음을 금방 알아챘다. 한편 예의 화장지를 관에 넣지 못한 것도 비밀로 하는 편이 좋겠다는 생각이 들었다.

　"쓰토무 씨, 나 왔어요."

　가오루 씨는 영구차 뒤에 서더니 마치 연극을 하듯 금색으로 번쩍거리는 장식이 붙어 있는 관의 출입문을 쓰다듬으면서 말했다.

　"날 기다린 거예요? 고마워요, 정말."

　그렇게 말하는 가오루 씨의 인조 속눈썹으로 치장한 눈에서 한 방울 두 방울 눈물이 떨어졌다. 마치 드라마를 보듯 감동적인 장면이었다.

　영구차 운전사가 때를 가늠하여 운전석에 올라타서는 키를 돌렸다.

　"오, 시동이 걸렸다."

　영구차가 지금 막 잠에서 깨어난 동물처럼 몸을 떨자, 그 자리에서 보고 있던 친척과 화장터 사람들이 술렁거리기 시작했다. 동시에 가쓰코 씨가 아이고! 하고 소리를 지르면서 주저앉아 울음을 터뜨렸다.

'삼촌, 좀 심했다.'

하염없이 울고 있는 가쓰코 씨와 보란 듯이 서 있는 가오루 씨의 모습을 보자 삼촌의 그 엷은 미소가 떠올랐다.

아무리 가오루 씨가 좋다지만, 이거야 가쓰코 씨가 너무 불쌍했다. 이쑤시개는 두 개가 다 소중하다고 하지 않았던가.

"자, 이제 다들 차에 타라고. 로터리를 한 바퀴 돌아서 갈 테니까."

아빠가 안도한 말투로 외쳤다. 동생도 참 무심하지만 그 형도 앞뒤 분간을 못 하는 인간이다.

때는 지금이라는 듯 친척들이 허둥지둥 버스에 올라탔다. 가쓰코 씨만 삼촌의 영정을 껴안은 채 마냥 주저앉아 있었다. 보다 못한 엄마가 그 옆에 나란히 앉아 말을 걸었다. 아키라에게는 들리지 않았지만 가쓰코 씨가 어린애처럼 고개를 절레절레 흔드는 것이 보였다.

그런데 막상 출발하려고 할 때, 마치 뭔가가 언덕길에서 굴러떨어지는 듯한 소리가 나더니 영구차의 엔진이 또다시 꺼지고 말았다.

"이번에는 또 뭐야?"

봉고차 제일 앞자리에 앉아 있던 아빠가 얼굴을 찡그렸다. 잠

꽃밥

시 후 운전사가 창문으로 몸을 내밀고 두 손으로 커다랗게 X 자
를 만들었다.

"또야."

모두가 다시 봉고차에서 내려 영구차 주위를 에워쌌다. 하지
만 상황은 가오루 씨가 오기 전과 마찬가지였다. 엔진도 걸리지
않고 사이드브레이크를 풀어 놓은 상태에서 미는데도 전혀 움
직이지 않았다.

"쓰토무 씨, 이제 그만해요. 다들 난감해하잖아요. 이러는 거,
당신답지 않아요."

가오루 씨가 영구차 뒷문을 쓰다듬으면서 상냥하게 말했다.
그 모습을 보면서 운전사가 키를 돌렸지만, 이번에는 아무런 변
화가 없었다.

"그것 보라니까, 이 여자가 아니라고."

모두들 지칠 대로 지쳐서 입을 다물고 있는 순간을 기다렸다
는 듯 가쓰코 씨가 말했다. 그 자리의 시선이 일제히 가쓰코 씨
에게 쏠렸다.

"겉보기는 그럴싸해도, 어차피 한물간 술집 여자잖아. 그 사람
이 마음을 줬을 리가 없지."

그 말을 들은 가오루 씨의 얼굴이 점차 일그러졌다. 아키라는
사람의 얼굴 표정이 그렇게 빨리 변하는 걸 보는 것은 처음이

었다.

"무슨 소리를 하는 거야. 당신처럼 구질구질한 여자가 집에서 뭐라 뭐라 잔소리를 해 댔으니, 쓰토무 씨가 어떻게 견뎠겠느냐구."

"뭐라고!"

달려들려고 하는 가쓰코 씨를 엄마가 재빨리 막았다. 그러나 몸무게에서 밀리는 탓에 완전히 막지는 못했다.

"뭐야, 이년이, 이년이 정말······."

가쓰코 씨의 손이 가오루 씨의 머리카락을 움켜잡았고, 가오루 씨의 손톱이 가쓰코 씨의 볼을 꼬집었다.

삼촌이 말한 대로, 그야말로 피바람이 불려 하고 있었다. 더구나 최악의 장소에서.

"아니라니까, 숙모. 아니란 말이야."

아키라는 앞뒤 생각지 않고 두 사람 사이에 파고들었다. 일이 이렇게 된 책임은 나에게도 있다. 그렇게 생각하자 잠자코 보고만 있을 수가 없었다.

"삼촌이 그랬어. 인생은 다코야키 같다고. 그러니까 두 사람은 다코야키의 이쑤시개 두 개라고. 양쪽 다 소중하다고. 삼촌은 두 사람 다 좋아했단 말이야."

그 말이 두 사람의 귀에 들렸는지는 의심스럽다. 모여든 친척

꽃밥

들이 뭐라고 떠들어 대면서 두 사람을 떼어 놓았으니까.

"두 사람 다 소중하다고 했단 말이야."

그 소란스러운 와중에, 아키라는 왕 하고 울음을 터뜨렸다. 자신이 아무 힘도 없고 쓸모도 없는 인간 같아 참을 수가 없었다.

"오빠."

여동생 히로미가 아키라의 어깨를 치면서 말했다.

"삼촌, 혹시 야요이 언니 만나고 싶어 하는 거 아냐?"

그 순간 사방이 잠잠해졌다. 모두의 눈이 이번에는 히로미에게 쏠렸다.

"야요이는 또 누구야?"

아빠가 조심스럽게 물었다.

"떡집 언니. 얼마나 예쁘게 생겼다고."

자신이 한 말이 그 자리의 분위기를 얼마나 얼어붙게 했는지 모르는 히로미가 철없이 그런 말을 했다.

"맞아, 삼촌이 야요이 언니가 보고 싶어서 그러는 걸 거야."

가오루 씨가 그랬던 것처럼 아빠의 전화에 택시를 타고 온 야요이 씨는 스무 살 남짓한 여자였다. 오동통한 두 볼이 인상적이고 예쁘다기보다는 귀엽다고 하는 편이 옳을 듯한 느낌이었다. 유독 가슴이 풍만해서 떡집 로고가 찍혀 있는 앞치마 단추가 터져 나갈 듯했다.

"듣자 하니, 쓰토무 아저씨가 여러분을 곤란하게 하고 있다면
서요?"

야요이 씨는 택시에서 내리자마자 자신을 노려보고 있는 가쓰
코 씨와 가오루 씨는 쳐다보지도 않은 채 말했다.

"저, 쓰토무하고는 어떤 관계였지요?"

아빠는 들뜬 목소리로 잔 수박이 들어 있는 것처럼 빵빵한 가
슴을 힐끔거리면서 물었다.

"어머나, 무슨 실례되는 말씀을."

야요이 씨는 껄껄 웃으면서 만담가처럼 아빠의 어깨를 툭 쳤
다. 아직 젊은데 목소리는 아줌마처럼 걸걸했다.

'참 재미있는 사람이로군.'

그렇게 생각하면서 가쓰코 씨와 가오루 씨가 있는 쪽을 보니,
둘 다 험악한 표정을 짓고 있었다. 금방이라도 둘이 함께 달려들
지 않을까 걱정스러울 정도였다.

히로미의 말을 듣자면, 야요이 씨는 역 앞에 있는 떡집에서 일
하는 여자였다. 아키라가 가오루 씨의 가게에 갈 때 동행했던 것
처럼 히로미 역시 삼촌을 따라 종종 그 떡집에 가서 얼굴을 익
힌 모양이었다.

"녀석, 왜 그렇게 인기가 많은 거야."

그 얘기를 듣자, 아빠가 감탄스럽다는 듯 말했다. 아키라도 같은 생각이었다. 돈도 없고 인물도 신통치 않은 삼촌이 어떻게 애인을 셋씩이나 거느릴 수 있었는지 정말 신기한 일이었다.

"전화로 얘기는 들었지만, 꽤나 미련이 많은가 보군요. 뭐 이 일은 내게 맡겨 주세요."

그렇게 말하더니 야요이 씨는 성큼성큼 영구차로 다가가, 나무 슬리퍼를 신은 발로 뒤 범퍼를 냅다 걷어찼다.

"야, 너, 무슨 짓이야! 다들 난처해하고 있잖아! 어차피 가야 하는 거, 지옥이든 천당이든 빨리 가라고!"

야요이는 영구차를 쾅쾅 걷어차면서 고함을 질렀다. 당황한 장의사 사람이 말렸지만 다른 사람들은 모두 얼이 빠져서 입을 쩍 벌리고 있을 뿐이었다.

그리고 불과 몇십 초 후에 기이한 일이 벌어졌다. 운전사가 키를 돌리지도 않았는데 갑자기 영구차에 시동이 걸린 것이다. 마치 야요이 씨의 공격을 더 이상은 견딜 수 없다는 듯이.

"자, 이제 됐죠?"

부르릉부르릉 몸을 떠는 영구차를 보면서 야요이 씨는 싱긋 웃었다.

"야, 거참 희한한 일도 다 있군요."

그 박력에 압도당한 아빠가 정말 별일이 다 있다는 듯이 말했다.

5

아요이 씨가 온 후 영구차는 아주 정상적으로 움직여, 두 시간
정도 늦었지만 삼촌의 화장은 무사히 끝났고, 가쓰코 씨와 가오
루 씨, 야요이 씨는 각자 삼촌의 뼈를 주워 갔다. 생각해 보면 결
과는 좋았다고 할 수도 있다.

9월이 됐는데도 더위는 조금도 꺾이지 않았다. 어느 토요일 오
후, 학교에서 돌아온 아키라에게 엄마가 말했다.

"아키라, 시골에서 미역이 잔뜩 왔거든. 가쓰코 숙모에게 좀 갖
다 주고 올래?"

"가쓰코 숙모에게?"

장례식이 끝나고 식사를 하는 자리에서 볼썽사납도록 울부짖
어 빈축을 샀던 가쓰코 씨의 모습이 떠올라 아키라는 영 내키지
않았다.

그날 가오루 씨와 가쓰코 씨는 일이 있다고 돌아갔기 때문에
다행히 피바람은 불지 않았다. 만약 그 두 사람이 그대로 남아
있었다면 무슨 일이 벌어졌을지 알 수 없다.

"또 공연한 소리 하면 그냥 놔두고 바로 돌아와."

엄마가 그렇게 싫어하던 가쓰코 씨에게 마음을 쓴다는 것도 이상한 일이었다. 할 수 없이 장작 같은 미역 다발을 들고 아키라는 국철의 고가 밑에 있는 가쓰코 씨의 집을 찾아갔다.

'가오루 씨를 들먹이면서 틀림없이 생트집을 잡겠지.'

삼촌이 바람을 피우고 있다는 것을 알면서도 모르는 척했으니, 무슨 소리를 한들 잠자코 들을 수밖에 없다. 알고는 있지만, 그래도 발길이 무거웠다.

그런데 사태는 정말 묘한 방향으로 흘렀다.

아파트에 도착해 입구에서 신발을 벗고 삐걱거리는 계단을 올라가는데 여자들의 자지러지는 웃음소리가 들렸다. 걸음을 멈추고 가만히 들어 보니 가쓰코 씨의 목소리가 분명했다. 여자들끼리 즐겁게 얘기하는 것 같았다.

"누구하고 같이 있는 거지?"

가쓰코 씨의 집에는 전화가 없으니까 말소리가 난다는 것은 손님이 와 있다는 뜻이다.

이 층으로 올라가자, 가쓰코 씨의 방문이 활짝 열려 있고 얇은 꽃무늬 커튼이 바람에 나부끼고 있었다. 살금살금 그 앞에 섰다. 좁은 방 안에 여자 셋이 앉은뱅이 상에 둘러앉아 재미나게 얘기하고 있는 모습이 보였다.

"…… 어떻게 된 거야."

그 광경을 보는 순간 아키라는 자기도 모르게 중얼거렸다. 가쓰코 씨와 가오루 씨, 그리고 야요이 씨가 커다란 유리그릇에 담긴 소면을 사이좋게 먹고 있었다.

"어머, 아키라잖아."

문 앞에 멍하니 서 있는 아키라를 알아보고 가오루 씨가 반갑게 말했다.

"정말? 어머 어머, 오랜만이다. 어서 들어와."

가쓰코 씨가 믿기 어려울 만큼 밝은 목소리로 말했다.

"밖에 덥지? 소면 먹자, 응?"

가쓰코 씨가 그렇게 말하자 야요이 씨가 발딱 일어나 그릇장에서 작은 유리그릇을 하나 꺼내 왔다. 거기에 장국을 따르고 제빙실에서 얼음을 꺼내 담고 젓가락으로 휘휘 저은 후에 앉은뱅이 상에 내려놓았다. 손발이 척척 맞았다.

"자, 숙모 옆에 앉아."

가쓰코 씨가 자기 옆자리를 탁탁 두드렸다. 아키라는 미역 다발을 든 채 그 자리에 얌전히 앉았다. 도무지 거절할 수 있는 분위기가 아니었다.

'뭐야, 대체 뭐가 어떻게 된 거야?'

아키라가 소면을 후루룩거리며 먹는 동안 여자들은 마치 자매처럼 사이좋게 수다를 떨었다. 어떻게 이런 일이 있을 수 있는지, 그저 어리둥절할 뿐이었다.

"아키라가 무슨 말을 하고 싶은 것 같은데."

"그야 물론 그렇겠지. 우리 사실은 서로 물어뜯고 난리 났어야 하잖아."

가쓰코 씨와 가오루 씨가 재밌다는 듯이 웃으며 말했다.

"그날, 아키라가 말했잖아. 나하고 가오루 씨는 다코야키 먹을 때 쓰는 이쑤시개 두 개라고. 쓰토무 씨가 둘 다 소중하게 여겼다고. 이쑤시개 하나가 더 늘었을 뿐이야."

"그럼 포크라고 해야 하는 거 아냐?"

"세상에 포크로 다코야키 먹는 사람이 다 있나."

가쓰코 씨의 말에 가오루 씨가 응수하고 야요이 씨가 양념을 쳤다. 마치 카시마시 무스메('떠들썩한 처녀들'이란 뜻으로 친자매들로 구성되어 개그를 했던 트리오의 이름-옮긴이)의 코미디를 보고 있는 기분이었다.

"야요이 얘, 정말 참해. 쓰토무 씨가 예뻐할 만도 하지."

한바탕 깔깔거리고 웃은 후에 가쓰코 씨가 야요이 씨를 보면서 말했다.

"그때, 얘가 막 고함지르고 난리를 쳤더니 차가 움직였잖아? 아키라 너, 그거 어떻게 생각하니?"

그야 물론 삼촌이 야요이 씨를 만나고 싶어 했기 때문이라고 생각했지만 그렇게 말할 수는 없었다.

"얘가 그러는데, 자기가 왔기 때문에 차가 움직인 게 아니래. 우리 셋이 다 모였기 때문에 움직인 거라네."

"쓰토무 씨, 여자 셋을 나란히 세워 놓고 마지막 가는 길을 지켜보게 하고 싶었던 거 아닐까. 그렇게 생각하면 앞뒤가 맞고, 쓰토무 씨답기도 하고 말이야."

가오루 씨가 긴 머리를 끌어 올리면서 말했다.

'참, 그럴싸하군.'

과연 그렇게 생각할 수도 있었다. 그 생각이 옳은지 옳지 않은지는 삼촌밖에 모르겠지만.

아키라는 힐금 야요이 씨를 훔쳐보았다. 야요이 씨도 이쪽을 보았다. 눈길이 딱 마주쳤다.

'일이 잘 수습되었으니, 아무렴 어때.'

그렇게 생각하는 아키라의 마음을 꿰뚫어 본 것처럼 야요이 씨가 살짝 윙크를 했다.

왠지 머쓱해서 눈길을 돌렸다. 문득 어디선가 삼촌의 목소리가 들린 듯한 기분이 들었다.

"아키라, 인생은 다코야키야."

대체 무슨 소리인지 알 수가 있어야지, 하고 마음속으로 대답

꽃밥

하는 대신 아키라는 이렇게 중얼거렸다.

"세상 참 묘하단 말이야."

그리고 여자 셋 사이에 끼어 후루룩후루룩 소면을 먹었다.

end.

오쿠린바. 그것이 일본 말인지조차 나는 몰랐어요.
대체 어떤 한자를 쓰고 그렇게 읽는 것일까.
그 시절에 구멍가게에서 '우유바'란 아이스 캔디를 팔았기 때문에
그런 유인가 하는 생각도 했죠.

오쿠린바

옛날 얘기 하나 할까요.

 지금으로부터 무려 사십 년 전 옛날, 그러니까 내가 책가방 메고 학교에 다녔던 소녀 시절 얘기입니다.

 나는 오사카에 있는 T란 동네에서 태어나고 자랐어요. 우메다 역에서 걸어서 십몇 분이면 갈 수 있는 거리에 있고, 근처에 천신님이 계신다고 하면 금방 알아차리는 분도 많겠죠.

 그 변두리에 지금은 고층 빌딩이 서고 아파트가 들어서서 거리 풍경이 꽤나 변한 듯 보이지만, 뒷골목으로 조금 들어가면 그 시절 모습을 그대로 간직한 것들이 의외로 많이 남아 있습니다.

 어느 겨울날, 상점가에 놀러 가려고 친구들과 뛰어가다가 갑자기 신발이 벗겨지는 바람에 넘어져서 앞니가 부러졌던 그 포장도로도 그렇고, 여름에 신 나게 노는데 갑자기 소나기가 쏟아져서 처마 밑으로 들어가 비를 피하다가 그만 잠들어 버렸던 절도 그렇고. 지금도 가끔 시간을 내서 그 동네에 가 보면, 그런 것들이 옛날과 변함없는 모습으로 나를 맞아 주지요.

그뿐이 아니죠. 스케치북을 사러 종종 가곤 했던 문방구, 가게 앞에서 크로켓을 튀겨 팔았던 정육점은 주인이 바뀌고 겉모습이 모던해지기는 했지만 지금도 대를 이어 영업을 하고 있어요.

그런데 내가 나고 자란 그 뒷골목만은 흔적도 없이 사라지고 말았습니다. 고속도로를 만들면서 싹 철거해 버렸기 때문이죠.

하지만 그 뒷골목이야말로 내가 사랑한 오사카였습니다. 그야말로 판잣집 같은 집들이 모여 있고, 용케 전란을 견뎌 낸 연립주택과 문화주택이 줄지은 거리. 마주칠 때마다 사람과 사람 사이가 가까워져 거리낌이 없고, 어수선하고 시끌시끌하면서도 조금은 신비로운 곳.

멋들어진 비유는 아니지만, 나는 그 장소를 생각하면 왠지 어렸을 때 우리 집에 있었던 서랍장의 서랍이 떠올라요.

그것은 엄마가 내게 내어 준 나만의 전용 공간이었습니다. 물건을 버리지 못하는 성격이라 무엇이든 그 서랍에다 집어넣었죠. 예쁜 유리구슬과 종이 인형 옷, 몽당 크레파스 등 다 거기에 간직했습니다.

그 뒷골목은 그 서랍 속하고 비슷했어요. 좋고 나쁘고, 밝고 어두운 것이 한군데 다 모여 있었죠.

꽃밥

물론 인간의 삶과 죽음도 그렇습니다.

1

그 뒷골목은 유명한 O공원 뒤에 있는 큰길에서 사진관이 있는 모퉁이를 돌아 좁은 골목길로 들어가서 좌우로 몇 번 돌다 보면 나옵니다. 네 명이 나란히 서면 꽉 막히는 좁은 길 양쪽에 조그만 집들이 빼곡하게 들어서 있어서, 마치 무슨 둥지 같았죠.

길은 아스팔트가 아니라 콘크리트를 부어 만든 것이었어요. 그런 길 한가운데 깊이 5센티미터에 너비가 10센티미터 정도 되는 도랑이 파여 있었죠. 빗물이나 거기 사는 사람들의 빨랫물 등을 하수도로 흘려 보내기 위한 도랑이었습니다. 때로 쌀을 씻고 난 물도 버리는 탓인지 거리에서는 늘 비릿한 냄새가 났죠.

내가 살았던 곳은 뒷골목에서는 일이 위를 다툴 만큼 큰 아파트였습니다.

이 층짜리 콘크리트 건물이었는데, 전쟁 전에 지어진 것이라 안팎이 아르데코풍으로 장식되어 있었죠. 지금 생각해도 주위 풍경과는 동떨어진 외관이었지만, 그럴 수밖에 없었죠. 원래는 그 고장에서 매춘업으로 유명한 건물이었으니까요. 무슨 사정이 있었는데, 폐업을 한 탓에 건물은 아파트로 사용했었습니다.

그러니 보통 아파트와는 여러 가지로 달랐죠.

현관에 들어서면 홀이라 불러도 좋을 만큼 천장이 높은 공간이 있고, 그 한가운데에는 이 층으로 올라가는 넓은 계단이 아름다운 호를 그리고 있으며, 벽에는 넝쿨 모양 조각이 새겨져 있었습니다. 그리고 어떤 용도로 쓰였는지, 홀 한끝에는 극장의 티켓 판매 창구 같은 카운터가 있었죠. 나는 그곳에서 곧잘 가게 놀이를 했습니다.

한 여덟 세대가 살았던 것으로 기억하는데, 크기는 4평 반, 6평 등으로 어중간하고 한 세대에 출입문이 두 개 달려 있었습니다. 이상한 일이죠. 사실은 가운데 벽을 헐고 두 개의 방을 하나로 만들어 한 세대가 썼던 것입니다. 대부분의 가정은 어느 한쪽 문을 폐쇄했는데 우리 집은 오히려 재미있어서 양쪽을 다 썼죠.

그런 건물이 남아 있을 정도였으니, 어린이가 자라기에는 좋은 환경이 아니었습니다.

노무자를 상대하는 싸구려 술집이 몇 채나 있었고, 모든 창문에 종이를 발라 대체 무슨 장사를 하는지 알 수 없게 만든 가게도 몇 채 있었습니다. 속옷 차림이나 다름없는 모습으로 쓰레기를 버리러 나오는 여자를 본 적도 있으니까, 역시 매춘에 관계된 가게였겠죠.

꽃밥

또 한국어를 쓰는 사람들만 모여 사는 구역도 있었고, 스피커를 앞에 내다 놓고 하루 종일 컨트리 뮤직을 틀어 대는 잡화상도 있었고, 지금 생각하면 그 뒷골목 분위기는 거의 일본이 아니었습니다.

특히 닭을 파는 가게는 인상 깊게 남아 있습니다. 그 가게는 절반이 옥외 공장 같은 곳이었는데, 하얀 덧옷을 입은 사람 몇 명이 나란히 서서 익숙한 손놀림으로 닭을 토막 내었죠.

나는 그 앞을 지날 때마다 거의 넋을 잃고 날랜 그 손놀림을 바라봤는데, 일하는 아저씨 중의 한 명은 구경꾼이 있으면 유독 신이 나서, 털을 다 뜯어내고 피부가 발그스름한 닭의 배를 좍 가르고는 이게 모래주머니, 이건 심장, 하고 친절하게 가르쳐 주곤 했어요.

배에서 줄줄이 들어내는 것들은 모두 아름답게 빛났죠. 나는 마치 마술을 보는 기분이었습니다. 기분이 좋을 때면 아저씨는 신문지에 내장을 한 움큼 싸 주기도 했죠. 그것을 집으로 가져가면 엄마는 정말 좋아했습니다.

그런 식으로 그 뒷골목에는 특유의 분위기가 있었죠. 간혹 치고받고 싸우는 고함 소리가 난무하는 일도 있었지만, 사람들은 모두 사이좋게 서로를 도우며 살았습니다. 나고 자란 장소란 점을 제외하더라도, 나는 외설적이고 정체 모를 그 분위기를 정말 좋아했습니다.

우리 부모님은 그 뒷골목에 있는 운송 업체에서 일했습니다. 아버지의 친척이 경영하는 회사였는데, 어머니는 그곳에서 사무를 맡고 아버지는 삼륜차 운전사로 일했어요. 자세한 사정은 모르겠지만, 우리 부모님은 고향에서 살 수 없는 무슨 이유가 있었던 것 같아요. 그래서 오사카로 올라와 그 회사 사장님에게 신세를 지게 되었다고 하더군요.

사장님은 아주 좋은 분이었습니다. 여덟 팔 자로 늘어진 눈썹 때문에 표정이 늘 난처해하는 것처럼 보였죠. 훗날 텔레비전에서 인기를 모은 '돗포 지조'라는 생쥐 캐릭터와 꼭 닮았어요. 상냥하고 어린애를 좋아하는 분이어서, 어린 나를 아주 귀여워해 주었습니다. 때로 과자나 책을 사 주기도 해서, 나는 열흘에 한 번꼴로 사장님의 딸이었으면 좋겠다는 생각을 했죠.

당시 사장님은 사십 대 후반이었는데, 부인은 없었어요. 옛날에는 있었다고 하는데, 집을 나간 모양이었습니다.

나는 그게 참 이상했죠. 지금 같으면 부부 사이에는 남이 알 수 없는 여러 가지 일이 있는 법이라고 이해할 테지만, 그때는 이렇게 친절한 분인데 왜, 하고 집을 나간 부인의 심정을 알 수가 없었습니다.

아버지에게 그 이유를 몇 번이나 물어봤지만, 늘 얼버무릴 뿐이

꽃밥

었어요. 그런데 딱 한 번은 술기운을 빌려 이런 말씀을 하더군요.

"그야, 시어머니가 그렇게 무서우니 누군들 도망가지 않겠어."

나는 그 대답에 납득이 갔습니다.

사장님에게는 일흔 살도 넘은 어머니가 있었는데 그냥 보기만 해도 무서운 사람이었죠.

나는 그 사람을 늘 아주머니라고 불렀습니다. 얼굴에는 그 나이답게 주름이 자글자글하고 머리도 완벽한 백발이어서 할머니라 불러야 마땅했겠지만, 부담 없이 그렇게 부르기가 쉽지 않았어요. 아들인 사장님과는 정반대로 친근하게 지낼 수 있는 분위기가 아니었으니까요.

아주머니는 살이 투실투실 찌고 타고난 목소리도 쩌렁쩌렁했죠. 눈썹은 짙고 눈은 부리부리하고 코는 납작한 데다 입은 크니, 신사에 가면 흔히 있는 고마이누 상(사자와 비슷한 짐승의 상-옮긴이) 같은 얼굴이었습니다. 언뜻 봐서도 성정이 격할 것 같고 화를 돋우면 쉽게 넘어가지 않을 듯했죠.

그 무렵 나는 비록 초등학생이었지만 며느리와 시어머니란 싸우기 마련인 사이라는 것을 알고 있었습니다. 사장님의 부인도 아주머니와 사이가 좋지 않아 집을 나간 거겠지요. 나는 아버지의 말을 그렇게 해석했습니다.

하지만 아주머니의 '무서움'은 사실은 그런 것이 아니었어요.

나는 그 의미를 같은 아파트에 살았던 아저씨가 돌아가셨을 때 정확하게 이해했습니다. 그때 내 나이가 만으로 여덟 살이었죠.

그 아저씨는 우리 옆집에 살고 있었습니다.

무슨 일을 하던 사람인지는 기억나지 않지만, 언제 봐도 얼굴이 공원에 깔린 붉은 흙처럼 불그죽죽하고 눈이 흐리멍덩한 사람이었습니다. 몸은 사마귀처럼 비쩍 마르고 늘 신경질적인 분위기였던 것 같고요.

아저씨 집에는 기요라는 이름의, 나보다 나이가 한 살 많은 여자애가 있었어요. 넓은 이마에 옆으로 길쭉한 눈이 인상적인 아이였는데 나와는 사이가 무척 좋았습니다. 함께 천신님이 있는 데까지 놀러 가기도 하고, 아파트 복도에서 인형 놀이도 하고 그랬죠.

"우리 아빠는 매일 술만 마시니까, 오래 못 살 거야."

기요는 같이 놀다가도 그런 소리를 곧잘 했어요. 그 말투가 어찌나 쌀쌀맞은지, 나는 그녀가 그런 말을 할 때마다 물었지요.

"아빠인데, 그렇게 말하면 슬프지 않니?"

기요의 대답은 늘 똑같았습니다.

"슬프기는 뭐가 슬퍼. 술 마시고 행패만 부리는 아빠는 없는 게 나아."

꽃밥

정말 그 아저씨는 술을 좋아하기로 유명했죠.

 마시고 흥이 오르는 정도라면 괜찮은데, 실은 주사가 심해서 술을 마셨다 하면 행패를 부렸어요. 주위 사람들이 모두 적으로 보이는지, 가리지 않고 시비를 걸어 원성을 사곤 했지요. 평소에는 아주 얌전한 사람인데, 술만 들어가면 인격이 싹 바뀌었으니까요.

 동네 사람들도 골치가 아픈데 가족들이야 그 고생이 오죽했겠어요. 기요와 기요의 엄마는 아저씨에게 얻어맞아 얼굴이 퉁퉁 부어오른 일이 몇 번이나 있었습니다. 그런 상황이니, 기요가 냉담하게 말하는 것도 어쩔 수 없는 일이었지요.

 아마 내가 초등학교 삼 학년 여름의 어느 밤이었을 거예요.

 기요의 아빠가 구급차에 실려 갔습니다. 꽤 늦은 시간이었는데, 골목으로 들어오는 구급차 사이렌 소리에 눈을 떴어요. 당시 구급차의 사이렌 소리는 지금처럼 리듬감이 있지 않았어요. 그저 웅웅거리기만 해서 오히려 시끄러웠죠.

 "피를 엄청 토한 것 같던데."

 "그 피가 글쎄, 흙탕처럼 시커멓대."

 아파트 주민들이 그렇게 웅성거리는 소리를 들으면서 나는 절반쯤 열린 문으로 들것에 실려 가는 아저씨를 봤지요. 어슴푸레한 알전구 빛 아래, 핏기가 가신 얼굴이 마치 벚나무 잎의 뒷면

같은 색이었습니다.

기요가 불안한 표정으로 그 뒤에 있었어요. 그녀는 나를 보더니 희미한 미소를 띠더군요. 아빠가 쓰러진 것보다 한밤중에 소란을 피운 것을 더 부끄러워하는 듯 보였습니다.

"그 사람, 이번에는 정말 가망 없을지도 모르겠군."

구급차가 저 멀리로 사라지자 우리 부모님은 작은 소리로 그런 말을 나눴습니다.

나는 아저씨가 불쌍했지만, 한편으로는 이제 기요가 얻어맞는 일은 없겠다고 안도하기도 했습니다.

그런데 그런 아저씨가 이틀 후 점심때가 지나 다시 돌아왔어요.

실려 갔던 근처 병원에서, 이번에는 리어카에 실려 돌아왔지요. 축 늘어져 있기는 해도 분명 살아 있었습니다.

그 리어카는 동네 고철상에서 사용하는 것인데, 기요와 기요의 엄마가 바로 옆에 붙어 함께 왔습니다. 녹슨 철사 다발과 자동차의 포일 캡이 담겨 있는 상자 사이에 웅크리고 있는 아저씨의 모습이 얼마나 작아 보였던지.

"아저씨, 이제 다 나은 거야?"

놀란 내가 묻자, 기요는 골이 난 투로 대답했습니다.

"아니야, 쫓겨났어."

얘기를 듣자 하니, 사정은 간단했어요.

꽃밥

병원은 어디까지나 병을 고치는 곳이지요. 하지만 아저씨의 몸은 이미 어떤 치료도 소용이 없을 만큼 만신창이가 되어 있었습니다. 그저 죽기를 기다리는 수밖에 없는데, 병원에 있어 봐야 아무 도움도 안 된다는 이유로 쫓겨나다시피 퇴원을 한 것이었죠.

"가난하다고 인간 취급도 안 하는 거야."

기요는 눈물을 글썽이며 말했습니다.

그때는 나 역시 그렇게 생각했지만 십 년이 지난 지금도 비슷한 얘기를 듣곤 하니까, 가난과는 별 관계가 없는 것이겠지요. 병원 입장에서는 당연한 일이었는지도 모릅니다.

지금 생각해도, 그 뒤로 며칠 동안은 참 힘들었습니다.

의사는 포기했는데, 아저씨는 좀처럼 죽지 않았으니까요. 죽기는커녕 때로 의식이 돌아오면 고통스럽다는 듯이 소리를 지르기까지 했습니다.

마치 낡은 나무 문이 삐걱거리는 듯한 소리였죠. 무슨 의미가 있는 말은 아닌 듯했는데 잘 들어 보니, "씨팔"이니 "병신 새끼들"이니 하는 욕지거리였습니다. 기력은 없지만 세상과 자신의 운명을 저주하고 있는 것이었지요. 듣고만 있어도 마음이 서늘해지는 말이었습니다.

"저기 배달 집 할머니를 부르는 게 좋지 않을까?"

아저씨가 돌아온 지 며칠이 지나 아파트 주민들이 우리 집에 밀어닥쳐 그렇게 말했습니다. 당시 아버지는 주민들 가운데서 젊은 편이었는데도 신뢰감을 주는 성격 때문인지, 관리인도 아니면서 아파트에서 벌어지는 온갖 일에 의논 상대가 되곤 했어요.

"그거야, 부인이 정할 일이죠."

아버지는 팔짱을 끼고 난처한 표정으로 대답했습니다.

나는 이런 때, 사장님의 어머니를 불러서 어쩌겠다는 것인지 참 이상했습니다. 의사도 아닌 그 아주머니가 기요 아버지의 고통을 덜어 줄 수 있다고는 생각지도 않았으니까요.

그런 생각을 하면서 듣다 보니까, 더 이상한 일이 있었습니다. 우리 아버지도 그렇고 아파트에 사는 다른 사람들도 아주머니를 간혹 '오쿠린바'라고 부르는 것이었어요.

오쿠린바. 그것이 일본 말인지조차 나는 몰랐어요. 대체 어떤 한자를 쓰고 그렇게 읽는 것일까. 그 시절에 구멍가게에서 '우유바'란 아이스 캔디 ― 랄까, 이름 그대로 우유를 얼린 맛밖에 나지 않는 ― 를 팔았기 때문에 그런 유인가 하는 생각도 했죠.

마침내 아버지는 주민들과 함께 기요의 어머니를 불러다 놓고 뭐라 뭐라 속닥거렸습니다. 기요의 어머니는 오히려 기다렸다는 듯이 금방 고개를 끄덕였죠.

아주머니가 아파트에 온 것은 그다음 날 저녁때였습니다.

아버지와 주민들은 아주머니를 일 층에 있는 빈방으로 데리고

꽃밥

가려 했지만, 아주머니는 귀찮다는 듯이 두툼한 손을 흔들었습니다.

"미안하지만, 빨리빨리 하자고, 보고 싶은 프로그램이 있으니까."

아주머니는 그렇게 말하면서, 화려한 물방울무늬 블라우스 위에 하얀 덧옷을 입었어요. 수도승이 흔히 입는 짧은 겉옷 같은 것이었지요. 옷깃에 무늬도 묘하고 번쩍번쩍 빛나는 천이 덧대어 있었습니다. 그것이 오쿠린바의 유니폼인 듯했어요. 손에는 알이 굵은 자수정 염주를 들고 있었습니다.

나는 저만치 떨어진 곳에서 아주머니의 모습을 바라보고 있었습니다. 과연 뭘 하려는 것인지, 나로서는 전혀 짐작이 가지 않았죠.

"미사코, 좀 거들거라."

내가 그 자리에 있는 것을 본 아주머니가 손짓하면서 말했어요. 뭘 거들라는 것일까요. 나는 고개를 갸웃거리면서 아주머니에게로 다가갔습니다.

그런데 우리 부모님이 당혹스러운 표정으로 이렇게 말하더군요.

"할머니, 미사코는 이제 겨우 여덟 살입니다. 그러니 제발 ……."

어머니는 제 머리를 잡더니 가슴에 꼭 껴안았습니다.

"나이가 무슨 상관이야. 난 얘만 했을 때 벌써 선대를 따라다녔어."

선대라고 말하는 것으로 보아 오쿠린바는 대대로 이어져 내려오는 것인 듯했습니다.

"모든 게 경험이야. 미사코, 이리 좀 오너라."

좋다 싫다 대답할 새를 안 주는 단호한 말투였습니다. 어머니는 할 수 없이 내 머리를 껴안고 있던 손을 내려놓고 아주머니 앞에 나를 세웠습니다.

"손으로 귀를 막아라."

하라는 대로 나는 두 손바닥으로 귀를 막았죠.

"내 목소리가 들리느냐?"

그렇게 말하는 아주머니의 목소리가 들렸습니다. 아무리 꽉 눌러도 조금은 들리는 법이니까요. 조금이오, 라고 대답하자 아주머니는 내 머리를 힘껏 때렸습니다.

"이런, 더 꽉 눌러!"

나는 놀라서 힘주어 귀를 눌렀죠. 주위에서 나는 소리가 하나도 들리지 않고, 아주머니가 내게 뭐라고 하는지도 전혀 알 수 없었습니다.

그리고 아주머니는 자신의 손으로 내 두 손을 휙 밀쳐 내고는

꽃밥

또 묻더군요.

"지금 내가 뭐랬는지 안 들렸지?"

내가 고개를 끄덕이자, 아주머니는 이제 됐다는 듯이 좋아, 그럼 하고 중얼거렸습니다.

"미사코, 이제 들어갈 텐데, 내가 귀를 막으라고 하면 지금처럼 있는 힘을 다해서 귀를 꽉 막아라. 안 그러면 ……."

아주머니는 내 눈높이에 얼굴을 맞추고 말했습니다.

"너도 죽어."

안 그래도 신사의 고마이누 상 같은 얼굴이 한층 엄해졌습니다. 농담 한 마디 못 할 분위기였죠.

나는 불안해서 아버지를 올려다봤습니다.

"괜찮다, 미사코. 할머니가 하라는 대로만 하면 아무 일 없을 거야."

그렇게 말하는 아버지의 얼굴 역시 불안한 기색이 역력했어요. 어머니는 금방이라도 울음을 터뜨릴 것처럼 어쩔 줄을 몰라 했죠.

"자, 이걸 들어라."

아주머니는 내 손에 커피 잔만 한 크기의 심벌즈처럼 생긴 것을 쥐어 줬습니다. 구리로 만든 것 같은데 꽤나 오래 썼는지 색깔이 마치 곶감 같았죠.

"세 번을 쳐 봐라."

또 하라는 대로 세 번을 치자 쟁쟁거리는 얄팍한 소리가 났습니다. 차라리 냄비 뚜껑을 두드리는 편이 더 좋은 소리가 나지 않을까 싶었죠.

"그만하면 됐다. 다들, 지금 이 소리가 신호니까 그렇게들 알고."

아주머니는 모여 있는 사람들에게 으름장을 놓듯 말했습니다.

2

그러고 나서 나와 아주머니는 기요네 집으로 들어갔어요.

집 안에는 숨이 꽉 막히도록 역겨운 냄새가 차 있었습니다. 아주머니는 이거, 냄새 한번 지독하군, 하고 중얼거렸죠.

아저씨는 방 한구석에 깔린 이부자리에 누워 있었습니다. 머리맡에는 먹물에 뻘건 그림물감을 풀어 놓은 듯한 액체가 절반 정도 담긴 대야가 놓여 있었고요.

"아무쪼록 잘 부탁합니다요."

아저씨 바로 옆에 앉아 있던 기요의 어머니가 아주머니에게 머리를 조아리며 말했어요.

꽃밥

"당신도 나가 있어. 이 아이가 바라를 칠 테니까 그 소리가 들리면 귀를 막는 거야."

그때 내가 들고 있는 심벌즈의 이름이 바라라는 것을 처음 알았습니다.

"미사코, 잘 부탁해."

기요가 내 어깨에 살며시 손을 얹고는 방에서 나갔습니다.

아주머니와 나, 그렇게 단둘이 그 방에 남았습니다. 물론 당사자인 아저씨도 있었지만 전혀 대화를 나눌 수 있는 상태가 아니었죠.

"씨팔 …… 빨리 죽여."

솔직히, 그때 아저씨는 도저히 눈을 뜨고 볼 수 없는 모습이었습니다. 어디가 아픈지 얇은 이불 위에서 그런 욕지거리를 해 대면서 이리저리 구르고 있었으니까요. 하지만 거의 탈진한 상태여서 움직임에 전혀 힘이 없었습니다.

건강했던 시절의 아저씨를 알고 있는 나는 너무도 끔찍했습니다. 사람이 이렇게 변할 수 있다는 것도 그때 처음 알았죠.

나와 아주머니는 조금 떨어진 곳에 앉아 그 모습을 지켜보았습니다.

"무섭지, 미사코?"

아주머니가 나직한 목소리로 물었습니다.

사실, 무서웠죠. 하지만 불쌍한 마음이 더 컸습니다. 의사가 포기를 했다면, 아저씨는 회복될 가능성이 전혀 없는 거니까요. 그렇다면 지금의 저 고통은 무엇을 위한 것일까요. 그저 아프고 고통스럽기만 할 뿐 아닌가요.

내가 그렇게 말하자 아주머니는 만족스럽다는 듯이 고개를 끄덕이더군요.

"역시 너는 자질이 있어. 내가 생각했던 대로다."

아주머니는 손에 쥔 염주의 자수정 알을 밀어 내리면서 그렇게 말했습니다.

"미사코, 너 언령(言靈)이란 말 아니?"

물론 나는 고개를 저었죠. 당시의 나는 여덟 살, 분수조차 제대로 이해하지 못하는 나이였으니까요.

"자세한 것은 나중에 가르쳐 주겠지만, 말에는 아주 신기한 힘이 있단다. 보통 사람은 잘 모르지만 말이야."

아주머니는 헛기침을 크게 두 번 하고는 말했습니다.

"지금부터 이 아저씨를 편하게 해 줄 거다. 어떻게 하느냐고? 어떤 말을 들려줄 거야. 그 말을 들으면 아저씨는 편해져. 다만 아까도 말했지만 너는 절대 들어서는 안 된다. 들으면 큰일 나."

내 두 볼을 찰싹찰싹 때리면서 아주머니가 말했습니다. 애정 표현을 그렇게 하는 모양인데, 정말 아팠습니다.

꽃밥

아주머니는 나를 방 입구 앞에 앉혀 놓고 자신은 아저씨의 머리맡에 앉았습니다. 그리고 염주를 만지작거리면서 입속으로 무슨 경 같은 것을 읊조렸어요.

"뭐야, 이 할망구가. 난 아직 안 죽었다고. 웬 경을 읊고 야단이야."

맥없는 목소리이기는 하지만 아저씨는 아주머니에게 마구 욕지거리를 해 댔습니다.

"네 몸을 편안하게 해 주마. 얌전하게 있어."

아주머니는 지금까지와는 전혀 다른 자상한 목소리로 말했습니다.

"미사코, 바라를 치거라. 힘껏, 세 번이다."

아주머니가 하라는 대로 나는 바라를 쳤습니다. 그랬더니 문 바깥쪽에서 듣고 있던 아파트 주민들의 목소리가 순간적으로 뚝 끊겼습니다.

"그래, 잘했다. 이제 너도 귀를 막아라. 꽉 막아, 들리지 않게."

나는 아까처럼 두 귀를 꽉 눌렀습니다. 그러자 아주머니는 고통스러워하는 아저씨의 귀에, 마치 키스라도 하듯 얼굴을 갖다 댔습니다.

"……"

뭐라고 중얼거리는 듯했습니다. 꽤 말이 긴 듯해서 나는 일 분 가까이나 귀를 꽉 누르고 있었습니다.

그동안 아저씨의 몸이 낚싯바늘에 걸린 물고기처럼 바둥거렸습니다. 훗날 텔레비전의 심야 프로그램에서 악령을 퇴치하는 의식이란 것을 본 적이 있는데, 그 광경과 비슷했지요.

마침내 아저씨의 몸이 커다란 활처럼 뒤로 젖혀지더니 힘이 다 빠져나간 듯 갑자기 움직임을 멈췄습니다. 그 모습을 지켜보던 아주머니가 내 쪽으로 몸을 돌리고 손을 떼도 된다는 신호를 보냈습니다. 나는 아주머니가 하라는 대로 귀에서 손을 뗐습니다.

"바라를 치거라. 세 번이다."

아까처럼 나는 또 바라를 쳤습니다. 그 순간 방문이 열리면서 기요의 어머니가 들어왔죠. 그 뒤에 우리 부모님의 불안에 가득한 얼굴이 보였습니다.

"미사코, 이리 와 보거라."

염주를 핸드백에 집어넣으면서 아주머니가 나를 불렀습니다. 조심스럽게 아저씨의 머리맡으로 다가가 보니, 조금 전까지 거의 미친 사람처럼 바둥거렸던 아저씨가 거짓말처럼 평온한 표정을 짓고 있었습니다.

"미사코도 거들었구나. 고맙다."

아저씨의 입에서 어이없게도 상냥한 말이 흘러나왔습니다.

어떻게 사람이 이렇게 변할 수 있는지 신기하고 이상했지만,

그보다는 아저씨가 술을 마시지 않았을 때의 모습으로 돌아간 것이 기뻤습니다.

"여보."

"아빠."

기요의 어머니와 기요가 머리맡에서 불렀습니다.

"오, 여보, 기요. 지금까지 고생 많았어."

"당신, 안 아파요?"

"그게 글쎄, 아무렇지도 않아. 몸이 홀가분해져서 기분이 좋을 정도야. 잠이 솔솔 쏟아지기도 하고."

아저씨는 그렇게 말하면서 야윈 팔을 두 사람 쪽으로 내밀었습니다.

"기요, 아빠가 아빠 노릇을 잘 못해서 미안하구나. 그래서 벌을 받은 거야. 정말 형편없는 아빠지?"

"아니야 아빠, 죽지 마."

아버지를 그렇게 싫어하던 기요가 아저씨의 야윈 팔에 매달리며 말했습니다. 나는 그만 가슴이 꽉 메고 말았습니다.

"다, 자업자득이지……."

그 말을 남기고 아저씨는 마침내 숨을 거뒀습니다. 마치 촛불이 꺼지듯 조용한 임종이었습니다.

그 후 아주머니는 우리 집에서 술을 약간 마셨어요. 일을 한 후에는 반드시 술을 마셔야 한다는군요.

"어떠냐, 대단하지?"

아주머니는 내게도 억지로 술을 마시게 했죠. 그래 봐야 오렌지 주스에 정종을 몇 방울 떨어뜨렸을 뿐이지만요.

"아주머니, 의사보다 대단해요. 마술사 같아요."

나는 내 느낌을 솔직히 말했죠. 그때의 내게는 정말 그렇게 보였으니까요.

주사 한 대 놓지 않고 약 한 첩 먹이지 않았는데 그렇게 고통스러워하던 아저씨가 잡귀가 떨어져 나간 것처럼 얌전해졌으니 신기할 수밖에 없었죠. 돌아가신 것은 아쉬운 일이지만, 기요도 상냥한 아버지와 마지막 말을 나눌 수 있었으니 정말 잘된 일이라고 생각했어요.

"그건 말이지, 정말 마술 같은 거야."

아주머니는 찻잔에 따른 술을 찔끔찔끔 마시면서 말했습니다.

"할머니, 그만하세요. 미사코에게 그런 얘기 할 필요 없잖아요."

함께 앉은뱅이 상에 둘러앉아 있던 아버지가 일부러 명랑한 목소리로 말했어요. 그만 그 얘기는 끝내고 싶었던 것이었겠죠.

"그런 걸 애에게 가르쳐서 좋을 게 없잖습니까."

"지로, 너는 잠자코 있거라. 난 이 아이가 마음에 들었어."

아주머니가 강경하게 말하자 아버지는 아무 말도 못 하고 고개를 숙였습니다. 아버지도 호락호락한 성격은 아닌데, 친척 할머니에게 말대답을 할 수는 없었나 봅니다.

"미사코는 언령이란 말을 아느냐?"

아까도 그런 말을 물었다는 기억이 났습니다.

"언령? 혼령이란 말은 아는데."

"이런, 언령이다."

아주머니는 커다란 몸을 흔들면서 웃었습니다.

"너는 아직 어리니까 어려운 얘기는 하지 않으마. 중요한 건, 말에는 사람들이 생각하는 것 이상의 굉장한 힘이 있다는 거야."

"그런 건 저도 알아요. 학교에서 달리기할 때 친구들이 힘내라고 응원을 해 주면, 진짜 힘이 나고 발이 빨라지는걸요."

며칠 전 체육 시간에 했던 이어달리기가 생각나 나는 그렇게 대답했어요. 빗나간 예는 아니겠지 하고 생각했는데, 그렇다고 옳은 비유도 아니었던 것 같았습니다.

"그런 거하고는 조금 다르지. 그건 친구들이 응원하는 소리를 들고, 미사코가 생각해서 기운을 낸 거 아니겠니? 할머니가 하는 말은 주문 같은 거야."

주문이란 말에 나는 가슴이 두근거렸죠. 어렸을 때, 마술사를 동경하지 않은 아이가 어디 있겠어요.

"실은 말이다, 세상에는 갖가지 많은 주문이 있단다. 비를 내리게 하는 주문, 불을 붙이는 주문, 물을 끓게 하는 주문. 말의 힘을 빌리지 못하는 게 없어."

아주머니가 갑자기 뚱딴지같은 소리를 하더군요. 만화영화에서 그런 장면을 본 적은 있지만, 어른의 입에서 그것도 험상궂게 생긴 아주머니의 입에서 그런 말이 나오니까 엉뚱하게 들렸습니다.

"하지만 요즘은 세상이 편리해져서, 주문이 거의 잊혀 버렸지. 그야 그럴 수밖에. 불을 붙이고 싶으면 성냥을 그으면 되고, 물을 끓이고 싶으면 주전자를 불에 올려놓으면 되고, 주문의 힘을 빌리지 않더라도 손만 조금 놀리면 되니까 말이다. 뭐 비를 내리게 하는 것은 힘들지만."

문득 옆을 보니, 아버지가 금방이라도 울음을 터뜨릴 듯 울상을 짓고 있더군요. 내가 아주머니와 얘기하는 것이 그리 좋은 일은 아닌가 하는 생각이 들었습니다. 방구석에 있는 어머니도 불안한 표정을 짓고 있기는 마찬가지였습니다.

꽃밥

'아주머니 얘기, 듣지 않는 게 좋으려나.'

그렇게 생각하면서도 나는 귀 기울이지 않을 수 없었죠. 어쩌면 그것도 언령의 힘인지 모르겠군요.

"지금은 주문을 아는 사람이 거의 없단다. 이 할미도 알고 있는 주문은 딱 한 개뿐이야. 아까 그 아저씨에게 한 말 말이다."

"알겠다. 그거 몸을 편안하게 하는 주문이죠?"

내가 그렇게 말하자 아주머니는 입술을 약간 이죽거리며 말했죠.

"그렇게 좋기만 한 건 아니지. 그건 살아 있는 것을 죽게 하는 주문이야."

그 말을 듣는 순간, 방 안 공기가 갑자기 싸늘해진 듯한 느낌이 들었어요.

"알겠냐? 산 것이란 모두 살아 있는 동안에는 혼과 몸이 딱 연결돼 있지. 그런 게 살아 있다는 거니까. 그런데 나이를 먹거나 병이 들어서 몸이 망가지면 몸과 혼을 연결하고 있던 것이 끊어지고 만단다. 그게 바로 죽음이란 거지."

나는 방금 전에 본 아저씨의 마지막을 떠올렸습니다. 그러니까 몸과 혼을 연결하고 있던 것이 끊어지면 그렇게 몸이 움직이지 않게 된다는 것이겠죠.

"원래 모든 산 것은 자연의 섭리에 따르는 것이 좋다. 그런데

아까 그 아저씨처럼 몸이 비명을 지르면 불쌍하잖니. 그렇게 아
프다고 고함을 지르고 뒹굴고 제정신이 아니니까, 보는 사람이
더 괴롭지. 그래서 이 할미가 주문으로 편안하게 해 준 거다."

숨을 거두기 직전, 아저씨는 정말 평소 때의 친절한 아저씨로
돌아와 있었습니다. 그것이 아주머니의 주문이 지니는 힘일까요.

"그러니까 언령이 대단하다는 거지. 어떻게 그럴 수 있느냐고
해도, 뭐라고 이치에 맞게 설명할 길이 없으니까. 물에 넣은 설
탕이 녹는 것처럼, 불에 닿은 마른 잎이 타는 것처럼 묻고 대답
하고 하는 게 아무 소용이 없어. 그 주문을 들으면 몸이 저절로
살아 있기를 그만두니까."

그렇게 귀를 꽉 막으라고 야단을 했던 이유를 그때야 겨우 알
았죠. 만약 그 말을 들으면 나 역시, 하고 생각하는 순간 목덜미
에서 등으로 피부를 한 꺼풀 벗겨 낸 것처럼 써늘한 기운이 느
껴졌습니다.

"그래서 그 말을 듣고 아저씨의 몸이 죽은 거야. 아저씨의 몸
과 혼을 연결하던 것이 끊어졌기 때문에, 아픔도 고통도 못 느끼
게 된 거지."

"그다음에도 아저씨는 말도 하고 웃기도 했잖아요?"

"그게 바로 이 주문의 좋은 점이지. 몸은 죽었지만 혼이 빠져
나가는 데 잠시 시간이 걸리거든. 혼이란 풍선처럼 둥실둥실 가

벼운 게 아니니까 말이다. 이 주문을 듣고 몸이 죽으면 빗물이 새는 것처럼 조금씩 조금씩 혼이 빠져나간단다. 그래서 몸이 죽은 후에도 아프거나 괴로워하지 않고, 잠시 평소처럼 지낼 수 있는 거지. 머리가 돌지만 않았으면 말도 할 수 있고."

아주머니는 핸드백에서 담배를 꺼내 불을 붙이면서 말했습니다.

"그래도 역시 나는 이제 가는구나 하는 걸 알겠지. 사람들은 대개, 그렇게 몸이 갑자기 가뿐해지는 순간 이 세상과 작별하는 거야. 그러니까 고통스러워하면서 이 세상을 하직하는 것보다는 몇 배나 좋지 않겠니?"

그때 비로소 나는 왜 아주머니가 오쿠린바라고 불리는지 이해할 수 있었습니다. 사람을 저세상으로 보낸다는 의미의 '오쿠루', 할머니라는 의미의 '바', 오쿠린바. 사투리이기 때문에 그렇게 발음되는 것이었죠.

아주머니의 얘기를 다 듣고 나자, 나는 이 세상에는 참 희한한 직업도 다 있구나, 나는 될 수 있으면 그런 사람의 도움은 받지 말아야지 하고 생각했습니다. 그런데 내가 그 아주머니의 뒤를 잇게 될 줄이야, 그건 꿈에도 생각지 못했습니다.

4

훗날 들은 얘기인데, 원래 오쿠린바는 친가에 대대로 내려오는 소임이라고 하더군요. 그것이 어떻게 생겨나서 어떤 역할을 했는지는 또 다른 얘기가 되니까 여기서는 생략하겠는데, 어째서인지는 몰라도 여자(온나)만 그 소임을 이어받게 돼 있어 옛날에는 '오쿠리온나(送女)'라 불렸다더군요.

하지만 그 소임을 이어받는 데 특별한 자격이나 능력이 필요한 것은 아니에요. 그저 '보내는 말'을, 몸을 죽이는 말을 기억하기만 하면 되죠. 그 말은 대대로 그 소임을 맡은 자들 사이에서만 전해지는 가문의 비밀입니다.

그리고 그 소임을 맡은 자는 끔찍한 힘을 얻게 되기 때문에 엄격한 선별 과정을 거쳐서 뽑는 것이 보통이라, 결국 세상의 쓴맛단맛을 다 경험한 고령자가 뽑히는 일이 많았다고 합니다. 아니면 그 소임을 맡게 되면 사람들이 꺼리고 두려워하기 때문에 젊은 여자에게 뒤를 잇게 하기가 안타까워, 나이 든 여자만 뽑았는지도 모르겠군요. 그 때문에 '오쿠리온나'가 '오쿠린바'로 변화한 것이겠죠.

뭐 이런 얘기들은 어른이 되어 아버지에게 들은 것이지만, 당시의 나는 그야말로 뭐가 어떻게 된 건지 전혀 이해할 수가 없

꽃밥

었습니다. 그저 이상한 주문을 익힌 친척 아주머니에게 지목당하는 바람에 그 제자 역할을 맡게 되었다는 정도의 인식밖에 없었으니까요.

그래요. 나는 기요의 아버지를 저세상으로 보낸 일을 계기로, 아주머니를 거들게 되었습니다.

알고보니 아주머니는 친척 여자들 가운데 오쿠린바의 소임을 맡을 만한 사람이 나밖에 없다 여기고 오래전부터 눈독을 들이고 있었다더군요. 그런 말을 들으니 기분이 썩 나쁘지는 않았지만, 실은 그냥 가까이에 있어서 눈에 띄지 않았을까요. 부모님도 반대는 했지만, 오쿠린바에 대해서는 이미 알고 있었기 때문에 어쩌면 모종의 합의가 있었는지도 모르겠습니다. 지금 두 분은 저세상으로 가고 없으니, 그 전후 사정을 확인할 길은 없지만 말이죠.

그렇게 해서 의지와는 아무 상관 없이 나는 아주머니의 제자가 되었습니다. '오쿠린바'라는 존재가 있다는 것은 아는 사람이나 아는 것이어서, 일이 자주 있었던 것은 아닙니다. 그야말로 석 달에 한 번꼴로 어디선가 부르면 아주머니를 따라 그곳에 갔죠. 물론 보내는 말을 하는 것은 아주머니의 소임이라서 나는 그냥 바라를 치기만 했습니다.

솔직히 처음에는 무서웠어요.

그 무렵 나는 열 살이 채 안 된 어린아이였으니까 사람이 죽는 모습을 봐서 좋을 것은 없었지요. 어린 내게 조금 전까지 숨을 쉬던 사람의 몸이 천천히 굳어 가는 광경은 참혹한 것이었습니다.

아주머니 생각도 그랬는지 의식이 끝나면 나만 그 자리를 떠나 다른 곳에 있게 하기도 했는데, 아주머니 없이 혼자 있으면 오히려 더 무서워하니, 어린애들이란 참 성가신 존재죠.

그건 그렇고, 보내는 말의 위력은 정말 대단했습니다. 어떤 상태에서 몸부림치든 반드시 같은 효과를 발휘했으니까요. 제 눈으로 보지 않고서야 믿기지 않겠지만, 그런 불가사의한 일을 목격하면 언령이란 존재와 그 신비로움을 믿지 않을 수 없게 되죠.

임종을 지켜본 경험이 있는 사람은 알겠지만, 병으로 죽는 사람들이 죽기 직전까지 또렷한 의식을 유지하는 경우는 그리 많지 않습니다. 대개 의식이 혼미한 상태에서, 현실과 꿈의 경계가 분명치 않은 상태에서 숨을 거두는 것이 보통이죠.

그런데 아주머니가 보내는 말을 속삭이면 몇 분 후의 확실한 죽음을 보상하듯, 온갖 고통에서 벗어난 맑은 시간을 가질 수 있습니다.

많은 사람이 그 짧은 시간에 모인 사람들에게 마지막 인사를 하고 뒤처리를 부탁하고, 가족들과 작별을 나누고, 자신의 인생에 만족해하면서 죽어 갔어요. 자신의 삶은 이제 끝났다는 것을 자연스럽게 이해하고 순순히 받아들이기 때문이었죠.

그런 모습을 보면서 오쿠린바의 소임이 그래도 사람들에게 도움이 된다는 생각이 들었어요. 어쩌면 아주머니는 그 점을 가르쳐 주기 위해 어린 나를 데리고 다녔는지도 모르겠군요.

예를 들어 아시야에 살았던 어떤 소년이 있었지요. 소년은 당시 일곱 살이었는데, 태어나면서부터 신장이 좋지 않아 의사에게서 오래 살지 못할 것이란 진단을 받았습니다. 어렸을 때부터 투석을 받는 등, 그 어머니의 말을 빌리면 '마치 고통을 겪기 위해 태어난 아이 같았다'더군요.

아주머니와 내가 그 집에 불려 간 것은 봄이 한창이었을 때였습니다.

아시야가 고급 주택지라서 그런지, 내가 사는 아파트가 서너 채는 들어갈 만큼 넓은 정원이 있는 집이었습니다.

우리가 도착했을 때 아이는 푹신푹신한 침대에 누워서 실낱같은 숨을 쉬고 있었죠. 의사가 왕진을 와서 주사를 놓고 있었지만, 누가 봐도 그의 목숨이 오래가지 않을 것이라는 것은 분명했습니다.

나는 그 방의 한구석에 대기한 채로 집 안을 이리저리 돌아봤습니다. 소년의 아버지는 유명한 회사의 사장인 듯했고, 집도 정말 훌륭했습니다. 넓은 정원에는 벚꽃이 흐드러지게 피어 있었죠.

'이렇게 돈이 많아도 저 아이는 조금도 행복하지 않았겠지.'

침대에서 고통에 겨워 신음하고 있는 소년을 보면서 나는 그렇게 생각했지요. 어린 마음에 죽음이란 정말 무정하다고 느끼기도 했습니다.

할 수 있는 모든 것을 다했지만, 그의 목숨은 꺼져 가고 있었습니다. 소년은 끝내 의식을 잃었습니다. 간간이 신음 소리만 났죠. 온 얼굴이 땀에 흠뻑 젖어 있었어요. 어머니는 그 손을 꼭 부여잡고, 눈물을 뚝뚝 흘리면서 끊임없이 그의 이름을 불렀습니다.

그러고 나서야 우리가 나설 차례가 되었습니다.

평소에 하던 대로 사람들을 모두 밖으로 내보낸 후 나는 바라를 쳤습니다. 소년이 놀라지 않을까 작게 치는 바람에 아주머니에게 혼이 난 기억이 나는군요.

아주머니의 보내는 말을 들은 소년은 몇 초 후에 눈을 번쩍 떴습니다.

"나, 병 다 나은 거야?"

뛰어 들어온 부모님에게 소년이 말했습니다.

"엄마, 나 몸이 굉장히 가벼워! 다 나았나 봐!"

소년의 어머니는 눈물을 글썽이면서 그 말에 답하듯 몇 번이나 고개를 끄덕였습니다.

몸이 가볍게 느껴지는 것은 몸과 혼을 잇는 것이 이미 끊어졌

꽃밥

기 때문이니까, 그의 몸은 이미 죽은 것이었지요.

"아빠, 엄마, 나 좀 봐 봐."

다음 순간, 모두가 비명을 질렀습니다. 소년이 맨발로 걸어가 창문에서 정원으로 뛰어내렸기 때문이지요.

"이것 좀 봐! 굉장하지?"

이렇게 말하면서 소년은 잔디밭 위에서 갑자기 공중제비를 돌기 시작했습니다. 신 나게 환성을 지르면서 몇 번이나 빙글빙글 돌았죠.

그렇게 몇 번을 돌더니 둥글게 구부렸던 몸이 풀어지면서 소년은 옆으로 쓰러졌습니다. 부모님이 달려가 보니, 환한 웃음을 띤 채로 꼼짝하지 않았습니다.

늘 침대에서 정원을 내다보면서, 저 잔디밭에서 신 나게 뒹굴고 싶다는 생각을 한 것이겠죠. 불과 몇 초지만 그렇게 해 줄 수 있었던 것은 정말 다행한 일이었습니다.

어머니는 소년의 몸을 껴안고 목 놓아 울었습니다. 나 역시 눈물을 흘렸지만, 그 후 소년의 어머니가 아주머니에게 목이 찢어져라 외친 말은 지금도 잊히지 않아요.

"살인마!"

아주머니는 그런 말은 하도 들어 지겹다는 표정으로 묵묵히 합장을 했습니다.

나는 왠지 그런 아주머니가 가여워졌습니다. 오쿠린바는 아주 고독하고 서글픈 소임이란 생각도 들었습니다.

5

그런 식으로 나는 아주머니를 도왔습니다.

한 번 가면 약소하지만 용돈도 받았고, 임종의 분위기에 익숙해져 그리 힘들지는 않았어요. 오히려 바라만 치면 되는데, 과연 내가 필요할까 하는 생각이 들 때도 있었죠.

그래서 어느 날, 일을 끝내고 돌아오는 길에 오사카 명물인 도테야키(된장을 발라 구운 소고기 꼬치-옮긴이) 집에 들렀을 때 용기를 내어 아주머니에게 물어봤지요.

"아주머니, 이 일 하는 데 정말 내가 있어야 돼요?"

"그리 필요야 없지."

아주머니는 술을 마시면서 딱 잘라 대답했습니다.

"나도 두 손이 있으니까, 바라 정도야 칠 수 있지. 전에는 내 손으로 치기도 했고."

"그럼 왜 나를 데리고 다녀요?"

소고기를 꼬치에서 떼어 내면서 아주머니가 대답했어요.

"음, 두 가지 이유가 있지. 첫째, 너는 내 뒤를 이을 아이니까 사람이 죽는 자리에 익숙해지는 것이 좋기 때문이고, 나도 너만 했을 때 선대를 따라다니면서 거들었다."

"내가 아주머니의 뒤를 이어요?"

"그건 네 마음이야. 그래도 되고 안 그래도 상관없어. 지금 당장은 너밖에 할 사람이 없고, 네가 되고 싶지 않다면 조상 대대로 내려오는 전통이 나를 끝으로 끊어지겠지만 말이다."

정말 매정한 말투였죠. 그런 식으로 말하면 피할 구멍이 없어지니까요.

"남은 한 가지 이유는 뭔데요?"

내가 도테야키를 우물거리면서 묻자, 아주머니는 고마이누 상 같은 얼굴을 잔뜩 찌푸리더군요. 안 그래도 무서운 얼굴이 더 무서워졌지만, 그건 아주머니가 생각을 하고 있다는 뜻이었어요.

"다른 한 가지 이유는 말이지, 내가 우쭐거리지 않기 위해서다."

"우쭐거리지 않기 위해서?"

나는 앵무새처럼 아주머니의 말을 되물었습니다.

"그래, 이런 일을 하다 보면 자신이 무슨 대단한 신이라도 된 듯한 기분이 들 때가 있단다. 사람의 삶과 죽음을 주무르고 있으니 말이지. 하지만 이 일에는 그런 썩어 빠진 생각은 금물이야.

절대로 자신이 위대한 인간이란 생각을 해서는 안 돼."

아주머니는 자상하게 그 이유를 설명해 주었지만, 내용이 좀 어려웠던 나는 일찌감치 이해하려는 노력을 포기했죠. 어린애를 상대로 그런 이치를 내세우는 쪽이 잘못이니까요.

"아무튼 사람은 초심을 잊어서는 안 된다. 너처럼 바라를 치는 법부터 배워야 하는 제자가 있으면 나 자신도 초심을 되새기게 되지. 그러니까 너를 야단치면서 나 자신을 질책하는 셈이랄까. 얘야, 듣고 있니?"

"네, 네, 듣고 있어요."

나는 도테야키를 우물우물 씹으면서 대답했습니다.

"대답은 한 번이면 된다. 붙임성 없게시리."

아주머니는 주먹으로 내 머리를 때리고는 말을 이었습니다.

"제대로 듣지 않으면, 곁길로 빠져."

"곁길이 뭔데요?"

"곁길이란, 길이 아닌 길이지."

그렇게 말하고는 아주머니는 입을 꾹 다물더니 또 고마이누 상 같은 얼굴을 찌푸리고 오래도록 무슨 생각에 잠겼습니다.

"도움이 되겠지. 좋다, 얘기해 주마."

"무슨 얘긴데요?"

"내가 옛날에 곁길로 빠진 얘기."

그때 나는 처음으로 '보내는 말'의 비밀을 알게 되었습니다.

보내는 말. 평소에는 귀를 막고 있기 때문에 그 말이 어떤 것인지 전혀 몰랐습니다. 딱 한 번 귀를 느슨하게 막은 탓에 일부분을 어렴풋하게 들은 적이 있는데, 마치 불경을 외는 듯한 가락에 '요모츠히라노사카'란 말이 들어 있었습니다. 물론 그다음은 이를 악물고 귀를 꽉 눌러 들리지 않게 한 덕분에 다행히 지금까지 살아 있지만 말이죠.

"보내는 말은 노래처럼 돼 있어. 그 말을 지금 가르쳐 줄 수는 없지만, 아무튼 도화지에 보통 크기 글자로 쓰면 절반 정도 차는 길이지. 단어 하나하나에 의미가 있기는 한데, 의미 자체는 죽음과 아무 관계가 없단다. 중요한 것은 소리야. 그 소리를 들으면, 산몸이 죽는 거지."

"그럼 듣는 게 중요하겠네요?"

"그래. 눈으로 읽으면 아무 효과도 없어. 소리를 내서 읽어야 비로소 효과가 있지. 그리고 읽는 사람 자신에게는 아무 해가 없단다."

그러고 보니 보내는 말을 수도 없이 읊조린 아주머니 자신은 아무 탈이 없었습니다.

"그 소리를 듣고 머릿속에 있는 뼈가 떨면서 뭐를 지워 버린다나, 뭐 어쩐다고 오래전에 선대에게서 들은 기억이 있는데, 잊어

버렸구나."

아주머니는 그렇게 말하고 술잔을 단숨에 비웠습니다.

"그리고 말이다, 보내는 말은 처음부터 끝까지 들려줘야 비로소 효과가 있는 거다. 가나다라로 치면 가에서 하까지 마무리를 지어야 효과가 있다는 뜻이다."

"하다가 도중에 멈추면 어떻게 되는데요?"

"그야 어떻게 되는 건 없지. 그런 건 없지만, 효과도 아예 없는 건 아니니까, 말하자면 보내다 만 셈이 되지."

"보내다 만 셈."

그것이 어떤 상태인지 나로서는 상상도 할 수 없었습니다. 설마 절반만 죽는다는 것일까요?

"그러니까 말이다. 절반만 들려주고 멈췄다가, 시간을 두고 그 다음부터 마지막까지 들려주면 그때 효과가 나타난다는 뜻이다. 알겠냐?"

아무리 어려도 그 정도는 이해할 수 있었습니다.

요는 가나다라에서 파까지 들려주고 마지막 하를 들려주지 않으면, 보내는 말의 효과는 아무리 시간이 흘러도 나타나지 않는다는 것이죠. 하지만 시간을 두고 하를 들려주면 그때 산몸이 죽는다는 것입니다.

그 뜻을 이해하는 순간 등골이 오싹하더군요.

꽃밥

만약 그것이 사실이라면, 보내는 말만 사용하면 얼마든지 사람을 죽일 수 있잖아요. 본인이 바라든 바라지 않든, 마음대로 삶과 죽음을 조종할 수 있으니까요.

"그러니까 보내는 말을 사용하는 인간은 절대 사심이 있어서는 안 돼. 조금이라도 자만하게 되면 그야말로 이 나라 국민 모두를 죽일 수도 있으니까."

"혹시, 아주머니 …… 누굴 죽인 적 있어요?"

나는 조심스럽게 물어봤습니다. 아주머니는 잠시 내 얼굴을 쳐다보더니, 딱 부러지는 말투로 대답했습니다.

"그래, 죽였다. 젊고 건강한 남자 하나를 죽였지."

고통스럽게 대답하는 아주머니의 눈에서, 콩알처럼 커다란 눈물이 뚝 떨어졌습니다.

"하지만, 착각하지 말거라. 나는 그 아이에게 부탁을 받았어."

듣자 하니 전쟁 중의 일이었다고 합니다.

아주머니 집 근처에 K씨 가족이 살고 있었답니다. K씨는 성실하고 곧은 사람으로 어느 회사의 경리로 일했던 사람이었습니다.

원래는 타지 사람인데, 그 성격과 재주를 높이 산 동네 주민들이 자치회의 출납을 맡겼다는군요. 복잡한 장부 정리 등 잔일에

능한 사람이 없었던 터라 그는 귀한 일손 대접을 받았고, 원래는 일 년에 한 번씩 교대를 해야 하는 자리에 몇 년을 계속해서 있었다고 합니다.

그런데 그가 자치회의 회비를 횡령했다는 사실이 그만 드러나고 말았다는군요.

금액 자체는 그리 크지 않았지만 그래도 몇 년에 걸친 범행이었기 때문에 모두 합하면 제법 액수가 컸고, 그는 그 돈을 생활비에 보태 썼다고 합니다.

애당초 경찰을 좋아하지 않는 사람들만 모여 사는 동네였기 때문에, 주민들은 그를 경찰에 고발하지 않는 대신 훨씬 더 가혹한 형벌을 치르도록 했답니다. 동네에서 따돌림을 시킨 것이죠.

지금과 달라서 쉽게 이사를 할 수 있는 시절도 아니었습니다. 물자도 자치회 단위로 배급되는 일이 많아, K씨 일가는 그 동네를 떠나기가 쉽지 않았습니다. 그들은 동네 사람들의 혹독한 차별을 받으면서 그 동네에서 살아야 했던 것이죠.

불쌍한 것은 그의 가족들이었습니다. 당사자인 K씨는 낮에는 일터에 가 있으면 그만이지만 집에 남아 있는 부인이나 아이들은 심한 박해를 받았습니다. 던지는 돌에 맞고 아무도 상대해 주지 않는 것은 그야말로 사소한 일이었죠. 그 집에는 열여덟 살난 맏아들을 비롯해서 아이 네 명이 있었는데, 하루도 놀림을 당

꽃밥

하지 않고 지내는 날이 없었다는군요.

전황이 격심해지자 그 집 맏아들이 아주머니를 찾아왔습니다. 키가 크고 영리하게 생긴 소년이었다고 합니다.

"소문을 듣고 찾아왔습니다. 아주머니는 사람의 삶과 죽음을 마음대로 조종할 수 있는 말을 알고 있다고 하던데요."

맏아들은 대체 어디서 그런 소문을 들었는지, 서글서글한 눈으로 아주머니를 똑바로 쳐다보며 물었습니다. 처음에는 모르는 일이라고 시치미를 떼려 했는데, 그 눈빛이 너무도 진지해서 그만 보내는 말에 대해 가르쳐 주고 말았다는군요.

가만히 얘기를 듣고 있던 그 청년은 마침내 이렇게 말했습니다.

"그 말을 제게 가르쳐 주실 수 없는지요?"

물론 그럴 수는 없었지요. 보내는 말로 자신들을 괴롭히는 동네 사람들을 죽일 속셈이냐고 아주머니는 물었습니다.

"터무니없는 말씀입니다."

청년은 희미한 미소를 띠고 대답했습니다.

"저는 군대에 자원했습니다. 어떤 부대에 배속될지는 알 수 없으나, 나라를 위해 공헌하고 싶습니다."

그 일과 보내는 말이 무슨 관계가 있는 것일까요? 입대를 하게 되면 원하든 원하지 않든 목숨이 위기에 놓일 텐데 말이죠.

"저는 나라를 위해 이 목숨을 바치고 싶습니다. 그럴 수만 있다면, 이 동네 사람들이 우리 가족을 용서해 줄지도 모르니까요."

당시는 전쟁터에서 죽는 것이 그 집안이나 동네에 큰 영예였던 시절이었습니다. 그는 아버지의 죗값을 치르기 위해, 따돌림을 당하고 있는 어머니와 동생들을 위해 동네의 명예가 되겠노라 생각한 것이겠죠.

"매우 부끄러운 일이지만, 역시 죽음은 두렵습니다. 만약 그 말을 알고 있으면 이때다 싶을 때 목숨을 돌아보지 않고 돌격할 수 있지 않을까요?"

물론 오쿠린바는 보내는 말을 절대 누설할 수 없습니다. 아주머니는 그 법도를 설명하며 청년을 설득하려고 했죠.

하지만 그 마음에 오히려 설득당한 부분도 있었겠지요. 내게 설명한 보내는 말의 비밀을 그만 청년에게 얘기하고 말았습니다.

"그렇다면 제게 그 보내는 말을 들려주십시오. 그리고 마지막말만 종이에 써 주세요. 목숨을 버려야 할 시기에 직면하면 전우에게 그 말을 읽어 달라고 하겠습니다. 그러면 저는 아픔과 고통을 두려워하지 않고 이 목숨을 내던질 수 있을 테니까요."

그의 진지하고 곧고 아름다운 눈빛, 그것은 나라를 위하기보다 가족을 위해 목숨을 바치려는 눈빛이었습니다.

"난, 그 눈빛에 지고 말았단다. 절대 해서는 안 되는 일을 하고 말았어."

무슨 딱딱한 것을 깨무는 듯한 표정으로 아주머니가 말했습
니다.

"그래서, 그 오빠는 어떻게 됐는데요?"

"그런 각오를 하고 떠난 사람이 돌아올 리가 있겠느냐. 사람을
안 믿으면 안 되지."

그것이 아주머니가 빠져든 단 한 번의 곁길이었다고 합니다.

6

아주머니는 내 나이 열세 살 때 병을 앓아 오쿠린바를 은퇴했
습니다. 원래는 내가 바로 뒤를 이어 후계자가 돼야 하는데, 왠
지 아주머니는 소극적이었죠.

"네 부모도 반대를 하니까, 억지로 이어 나갈 것까지야 없지."

병원에 면회를 하러 갈 때마다 아주머니는 그렇게 말했어요.

병을 앓고부터 살이 빠져 고마이누 상 같던 얼굴이 늙은 호랑
이 같은 분위기로 바뀌었죠.

"언제까지 언령이 힘을 발휘할 시대도 아니고, 오쿠린바는 나
를 끝으로 이제 접어도 될 것 같다."

아주머니는 많은 사람의 편안한 임종을 지킨 탓인지, 몸은 쇠약해졌어도 기력은 잃지 않았습니다. 아들인 사장님이 내게 아주머니가 췌장암 말기라는 것을 알려 주었습니다.

아주머니는 어느 해 정월 초하루에 끝내 돌아가셨습니다. 그날 아침까지 얘기를 할 수 있을 정도였는데, 병세가 갑자기 악화된 것이었죠.

나는 사장님과 함께 병원으로 달려갔습니다.

"미사코 …… 미사코."

아주머니는 격렬한 통증을 견디면서 자신의 속으로 낳은 아들이 아니라 내 이름을 몇 번이나 불렀습니다. 나는 아주머니의 입에 귀를 갖다 대고 힘없는 목소리를 들었습니다.

"내 뒤를 이을지 말지는 네 스스로 결정하거라 ……. 서랍 속에 보내는 말을 적어 놓은 종이가 있다."

아주머니의 말을 듣고 침대 옆에 있는 테이블의 서랍을 열어 보니, 조그만 종이봉투가 있었습니다. 열어 보니 읽기 쉽게 정자로 쓴 노래 비슷한 것이 적혀 있더군요.

"뒤를 잇겠다면 지금 나를 보내 다오. 그렇지 않다면 내가 보는 앞에서 그 종이를 찢어 버리거라."

나는 종이에 적혀 있는 글자를 가만히 바라보았습니다. 그것이 무엇인지 알아차린 아들은 급히 병실 밖으로 나갔습니다. 집

꽃밥

중 치료실에는 나와 아주머니밖에 남지 않았습니다.

바라 대신 나는 크게 세 번 박수를 쳤습니다.

"이쿠마츠노, 치토세모모토세, 헤니켄토."

나는 아주머니의 귓가에서 그 노래를 읽었습니다.

"정말 형편없구나. 더 길게 빼서 읽거라. 그렇게 읽으니 감사한 마음이 전혀 들지 않는구나."

"아케쿠레노, 요모츠리하노사카, 고가네모데노."

나는 나직한 소리로 보내는 말을 읊었습니다.

아주머니는 눈을 살며시 감고 내 목소리를 들었습니다. 그동안에도 호흡이 점점 가빠지면서 당장이라도 넘어갈 것 같았습니다.

"히토시키리, 아시타노핫코쓰, 타노만토, 유쿠스……."

나는 갑자기 말을 끊었습니다.

더 이상 말을 잇지 못하고 가만히 있자 아주머니는 고통스러운 표정으로 나를 올려다보며 물었습니다.

"왜 그러느냐?"

"이 글자, 뭐라고 읽어요?"

그것은 전후에 교육을 받은 내게는 낯선 옛 글자였습니다.

"이런, 히라가나도 못 읽느냐?"

그것이 아주머니의 마지막 말이었습니다.

다음 순간, 아주머니는 숨을 깊게 들이쉬고 휴 하는 소리를 토해 냈습니다. 그것을 끝으로 두 번 다시 눈을 뜨지 않았습니다.

시대가 많이 바뀌었습니다.

그 후로 긴 세월이 흘렀고, 내가 사랑했던 뒷골목도 자취를 감췄습니다. 지금 그곳에는 차들이 쌩쌩 달리고, 과거의 자취를 아는 사람들의 수도 해마다 줄어들고 있습니다.

아주머니에게는 죄송한 일이지만 나는 아주머니의 뒤를 잇지 않았습니다. 부모님이 잇지 않기를 간절히 바란 탓도 있지만, 사람의 생과 사를 간섭하는 일이라 역시 망설여졌기 때문입니다.

사람의 인생이란 최후의 일 분 일 초까지 무엇과도 바꿀 수 없는 둘도 없는 것입니다. 그런 싸움을 타인의 손으로 멈추게 하는 것이 과연 바람직한 일인지, 나는 끝내 알 수 없었습니다.

나는 그 후 아주 평범하게 학교를 다니고 회사에 취직하고 결혼해 아이를 낳았습니다. 지금은 어린 손자도 있는, 그저 오사카의 한 할머니입니다.

앞으로도 내가 오쿠린바의 소임을 맡는 일은 절대 없겠지요. 옛 시대의 불가사의한 신비는 옛 동네와 함께 잊혀도 상관없습니다.

하지만 보내는 말이 적혀 있는 종이만은 지금도 소중하게 간직하고 있습니다. 내게서 전통의 맥이 끊어지는 것 역시 주저되었기 때문입니다.

지금은 물론 그 옛 글자도 읽을 수 있고, 노래 전부를 외울 수도 있습니다. 물론 실제로 사용하는 일은 없지만요.

솔직히 요즘처럼 암울한 세상, 끔찍한 사건 보도를 대할 때마다 어쩌면 이것이 필요한 시대가 온 것이 아닐까 하고 생각하기도 합니다.

타인을 괴롭히고서도 수치를 모르는 뻔뻔한 사람들, 목숨의 고마움을 모르는 어리석은 자들의 귀에 살짝 보내는 말을 속삭여 주고 싶을 때도 있습니다. 물론 곁길이라는 것을 알면서도 말이죠. 그럼 나 같은 늙은이도 세상을 순화할 수 있지 않을까 해서 말입니다.

아아, 물론 농담이죠. *end.*

"앗, 나비다."
나는 간신히 그것이 나비라는 것을 알았다.
그렇다. 겨울까지 살아 있는 얼음 나비였다.

얼음 나비

1

"미치오, 너 철교 인간이 뭔지 알아?"

내가 초등학교에 입학하기 직전의 어느 봄날 밤이었다. 대중 목욕탕에 가는 길에 형이 불쑥 그렇게 물었다.

"철교 인간? 들어 본 적 없는데."

"그럼 내가 가르쳐 주지."

우리가 살았던 변두리의 골목길에서 국도로 접어들어 큰길을 걸으면서 형이 말했다.

"가끔 전차에 치여 죽는 사람 있잖아. 자살하려고 뛰어들거나, 건널목에서 사고를 당해서 말이야. 사람 친 전차, 어떻게 되는지 알아?"

"차고로 들어가지 않아? 조사도 하고 그래야 되잖아."

"야, 왜 그렇게 멍청하냐. 사람이 몇백 명이나 타고 있는데 어떻게 바로 차고로 들어가, 그냥 달리지. 바퀴에 묻은 피를 씻어낼 틈도 없다고. 전철 시간이 딱 정해져 있으니까, 그냥 달리지 않으면 안 되지."

형의 말이 여기까지는 틀린 것 같지 않았다. 어른이 돼서도 같은 얘기를 들은 기억이 있다. 그런데 좀 수상해지는 것은 그다음이다.

"그래서 차륜 축이나 부품 뒤에 죽은 사람의 살이 붙어 있는 것도 모를 때가 있어. 그냥 시체의 살점을 붙인 채로 달리는 거지."

거기까지만 해도 어린 내게는 무척 충격적이었다. 그런데 얘기는 점점 끔찍해졌다.

"그리고 너도 알겠지만, 선로를 달리다가 철교에 들어서면 차체가 갑자기 흔들리잖아. 그건 선로 이음매의 높낮이가 조금씩 다르기 때문인데, 그때, 떨어져."

"떨어져? 뭐가?"

"어휴, 바보. 바퀴에 붙어 있는 거지 뭐겠어. 죽은 사람의 살점이 이렇게 툭 떨어진다고."

소리를 흉내 내는 그 눅눅한 목소리가 너무도 생생해서 어린 나는 마치 그 광경을 두 눈으로 보는 것 같았다. 형은 소리를 죽

꽃밥

이고 계속 말했다.

"한밤중이 되면 그 살점들이 꿈틀꿈틀 움직이기 시작해. 마치 나머지 살점을 찾는 것처럼 말이야. 그리고 살점끼리 만나면 서로 들러붙어서 사람의 모양이 되는 거야."

"그게 철교 인간이야?"

형은 타이밍을 재고 있었던 것이리라. 마침 그때 우리는 오사카 순환도로의 고가 밑에 접어들고 있었다. 건물로 치면 사 층 정도 높이에 6차선 국도 위를 지나는 큰 고가였다.

"철교 인간은 자기가 태어난 철교에 살아. 철도 회사 사람들도 그걸 다 알고 있거든. 그래서 철교 인간들이 쓰라고 철교 밑에 선반 같은 장소를 만들어 두는 거야."

형이 말하는 선반이란 工 자형 철골의 옆으로 튀어나온 부분이었다. 철교의 크기에 따라 다르겠지만 정말 사람이 누울 수 있는 정도는 될 것 같았다.

나는 고가를 올려다보면서 등골이 오싹해지는 느낌이었다. 그 어둠 속에서 뭔지 모를 것이 얼굴을 내밀 듯한 기분이 들었다.

그 후에 이어진 형의 얘기를 정리하면 이렇다.

철교 인간은 낮에는 내내 철교의 선반에서 잠을 잔다. 그에게 머리 위를 달리는 전철의 굉음은 오히려 자장가 구실을 한다.

밤이 되면 잠에서 깨어나 철골 위에서 밑을 걸어가는 사람들을 내려다본다. 마침내 오가는 사람들의 발길이 끊어지면 기둥을 타고 살짝 내려와 식당에서 버린 음식 쓰레기를 뒤져 먹고, 공원에서 물을 마신다. 딱히 사람에게 해코지를 하지는 않지만, 그 모습을 보면 반드시 나쁜 일이 생긴다고 한다.

"그러니까 철교 밑을 지날 때는 잽싸게 지나가야 돼, 절대 위를 봐서도 안 되고."

형은 그렇게 얘기를 끝냈지만, 지금은 순전히 지어낸 것이라고 생각한다.

철교 인간이라는 이름하며 철교에 떨어진 살점이 움직이면서 융합하는 이미지가 어렸을 때 본 만화영화『요괴인간 벰』하고 어딘가 모르게 비슷하다. 형은 어린 동생에게 겁을 주려고 입에서 나오는 대로 괴담을 지어낸 것이다. 틀림없다.

과연 형의 속셈은 보란 듯이 성공했다.

그 얘기를 듣고부터 나는 그 고가가 무서워서 절절맸다. 낮에도 될 수 있는 한 피해 다녔고, 꼭 지나야 할 때는 단숨에 뛰어서 지났다. 선로가 네 줄 나란한 고가는 어린애 걸음으로는 그래도 거리가 꽤 돼서, 뛰어서 지나가는 십몇 초 동안은 거의 제정신이 아니었다.

그런데 언제부터인가, 사람들의 눈을 피해 어둠 속에서 사는 철교 인간이 왠지 불쌍하게 여겨졌다.

자신이 태어난 철교를 떠날 수 없으니까 그들은 평생 — 그것이 어느 정도의 시간인지는 상상도 가지 않는다 — 친구도 만날 수 없고, 사람들이 싫어하니까 사람 눈에 띄지 않도록 철골 뒤에 몸을 숨기고 홀로 외로이 평생을 살아야 한다.

생각할 필요도 없이, 나와 비슷한 인간들이었다.

형 역시 나와 다를 바가 없었지만, 과연 그가 그 점을 염두에 두고 얘기를 지어냈는지는 알 수 없다.

언젠가 물어보고 싶었는데, 물어보기도 전에 형은 저세상 사람이 되었다. 열아홉 살 여름, 오토바이를 타고 가다가 가드레일에 충돌해서.

2

나는 외로운 소년이었다.

고독이란 말을 알기도 전에 그 무쇠 같은 맛을 익히 알고 있었다. 아무리 복잡한 인파 속에 있어도, 마치 투명한 곤충채집통에 갇혀 있는 듯한 기분이 들어 어쩔 줄을 몰랐다.

적어도 내가 사는 지역에서 나는 불필요한 존재였다. 둘둘 말아버린 종이 쓰레기, 깨진 플라스틱 파편이나 다름없는 존재였다.

이렇게 말하면, 자신을 비극의 주인공이라 여기고 즐기는 것처럼 들릴지도 모르겠다. 하지만 이 세상이 평등하고 사랑으로 가득한 장소라고 새삼 생각하는 이는 없을 것이다.

아무리 작은 세계에서도 인간이 모이면 순서와 계급이 생긴다. 대우를 받는 자가 있는가 하면 천대를 받는 자도 있다.

이 세상에 자신이 태어날 장소를 골라 태어난 사람은 아무도 없을 테지만, 내가 천대를 받은 것은 어쩌다 천대를 받는 집안에 태어났기 때문이다.

어떤 이유로 그렇게 됐는지를 말하는 것은 아무 의미가 없다. 현대적인 감각으로 생각하면 어처구니없을 정도로 구차한 이유인 데다 애당초 사람이 사람을 차별하는 데 정당한 이유 따위는 있을 수 없기 때문이다.

그러니까 어딘가에 차별받고 소외당하는 사람들이 있다면, 그 사람들이 바로 나요, 내 가족이라고 생각해도 상관없을 것이다. 찍힌 낙인에는 조금씩 차이가 있겠지만 같은 슬픔과 고통을 견디고 있다는 점은 다르지 않을 테니까.

지금 생각하면 아무것도 모르는 때가 가장 행복했다.

아이들의 세계에는 다소 빈부의 차는 있을지 몰라도 별다른 차별이 없다. 본인 스스로가 깨닫지 못한다는 것이 가장 큰 요인이기는 하지만.

꽃밥

어렸을 때 우리 부모님은 근처에 있는 공장에서 일했다. 그래서 나는 낮에는 어린이집에서 생활했다. 내 기억은 세 살 때부터 시작되는데, 반 친구라고 할 만한 아이들은 열다섯 명 정도였다.

당시의 보육교사가 생일 축하 카드에 적어 놓은 말을 보면, 나는 다른 아이들을 보살피기를 아주 좋아했던 것 같다. 생각해 보면 당연한 일이다. 4월에 태어난 나는 다른 애들보다 월령이 앞서 있었다. 예를 들어 같은 반에는 이듬해 3월에 태어난 아이도 있었는데, 그 아이와 나는 일 년 가까이나 차이가 난다. 네 살 정도까지는 그 차가 몹시 크다.

그러니까 그 부모 역시, 내가 자신의 아이와 이해력이나 기억력이 아마 비슷할 것이라고 가볍게 여겼을 것이다. 생각해 보면 눈치도 없이 그런 말을 잘도 했다 싶다. 내가 사용하는 식기와 다른 아이들이 사용하는 식기를 구별하라느니, 낮잠을 잘 때 자신의 아이는 가능한 한 내 옆에 재우지 말라느니.

물론 그 부모들은 그런 말이 내 귀에 들어가리라고는 생각지 않았을 것이다.

하지만 아이들이란 자신에 관한 얘기는 귀신같이 알아듣는 법이다. 어쩌면 주위 사람들이 하는 말이나 태도로 자신이 어떤 아이인지를 유추하려는 본능이 있는지도 모르겠다.

그 때문인지 나는 자신이 다른 아이들과 같게 취급받고 있지 않다는 것을 일찍부터 알고 있었다.

보육교사는 모든 아이들에게 친절했지만, 친구들의 부모는 나와 다른 아이들을 분명하게 구분했다. 인사를 해도 무시할뿐더러 그들 중에는 성난 표정으로 우리 아무개는 상관하지 말라고 하는 엄마도 있었을 정도였다. 우회적인 표현이었지만 결국은 우리 아이와는 놀지 말라는 뜻이었다.

그 무렵에는 왜 내가 그런 말을 들어야 하는지 몰랐다. 내가 사람들이 특별한 눈으로 보는 집안에서 태어났다고는 상상도 하지 않았고, 그런 풍조가 있다는 것 역시 꿈에도 몰랐다.

슬픈 일이지만 아이들에게 차별 의식을 심어 주는 것은 늘 어른이었다. 어린이집에서도 반이 높으면 부모에게 쓸데없는 교육을 받고 오는 아이가 있었다.

언젠가 놀이 시간에 나와 손을 잡기 싫어하는 아이가 있었다. 나는 깊이 생각하지 않았는데, 아이의 집에서 부모가 왕왕 내뱉는 차별적인 발언을 — 그것도 아주 과장스럽게 — 그대로 믿어 버린 듯했다.

아이들은 어릴 때는 사소한 일에도 우위에 서고 싶어 한다. 그 아이의 말은 같은 반 친구들 사이에 순식간에 퍼져 갔고, 나는 또 순식간에 특별한 존재가 되고 말았다. 천진한 말로 쏘아붙이는 아이도 생겼다.

꽃밥

물론 그 말을 들은 보육교사는 불같이 화를 냈고, 누구보다 우리 부모가 가만히 있지 않았다. 적어도 아빠와 엄마는 그 문제에 관한 한 절대 참고 넘기지 않는다는 생각을 갖고 있었다.

자세한 것은 잘 모르겠지만, 우리 부모는 나와 손잡기를 거부한 아이의 부모에게 강경하게 사과를 요구한 듯했다. 감정이 북받쳐 싸우기 직전까지 갔다고 한다. 부모는 부모대로 나 이상의 괴로움을 겪으면서 살아왔기 때문에, 그렇게 된 것은 어쩔 수 없는 일이었는지도 모른다.

끝내 그 아이는 어린이집을 다른 곳으로 옮겼고, 나 모르게 사건은 마무리되었다. 겉으로는 모든 것이 원래 자리로 돌아간 것처럼 보였지만, 실은 그렇지 않았다. '나와 엮이면 좋지 않다'는 분위기가 퍼지면서 결과적으로 나는 더욱 고립되고 말았다.

그리고 그것은 그 후 몇 년에 걸쳐 내 주위에 보이지 않는 울타리를 만들었다.

드디어 초등학교에 입학했다.

요즘은 학생 수가 모자라 어쩔 수 없이 문을 닫는 학교가 많다고 하는데, 우리가 어렸던 시절에는 정반대였다. 아이들이 너무 많아 교실이 모자랄 정도였다.

원체 개구쟁이였던 나는 학교의 활기가 정말정말 좋았다. 사람이 많다는 것만으로도 마치 축제에 간 것처럼 즐거웠다.

즐겨 읽는 학생 잡지를 봐도 그렇고 학교에서 배부하는 신입생 안내문을 봐도 반드시 '친구를 많이 사귀자'란 글귀가 있었다. '친구들과 사이좋게 활기차게 놀자.' 나는 이 말에 얼마나 전율을 느꼈는지 모른다.

어린이집에서는 나도 모르게 동떨어진 존재가 됐지만, 초등학교에서는 친구를 많이 만들고 싶었다. 같은 학년 아이들이 모두 친구였으면 좋겠다고, 정말 그렇게 생각했을 정도였다.

그런 보람이 있었는지 입학한 직후에는 그런대로 친구가 생겼다. 모르는 아이에게는 앞서서 적극적으로 말을 걸었고, 서로 모르는 아이들을 이어 주면서 친구의 범위를 점점 넓혀 나갔다.

하지만 나는 왜인지 그 유대를 오래 지속시킬 수 없었다. 친구들이 정말 알게 모르게 내게서 떨어져 나갔다. 같이 놀자는 친구들이 없어지고, 나중에 알고 보면 혼자 외톨이가 돼 있었다.

당시에는 아무리 생각해도 그 이유를 알 수 없었다. 못된 짓도 하지 않고 제멋대로 굴지도 않는다고 자부했는데, 어쩌면 내게 나만 모르는 결점이 있어서 그것을 싫어하는지도 모르겠다는 생각도 했다.

하지만 그 답을 정확하게 가르쳐 준 것은 전학생 마사히로였다.

마사히로는 이 학년으로 올라간 봄에 도쿄에서 우리 학교로

꽃밥

전학 온 아이였다.

나는 비교적 호리호리한 체형이었는데, 마사히로는 초등학생
치고는 몸집이 탄탄하고 피부도 가무잡잡했다. 언뜻 보기에는
가까이하기 어려운 분위기였지만, 정작 얘기해 보니 잘 웃는 명
랑한 소년이었다.

반 친구들이 갓 전학 온 마사히로를 처음부터 쌍수를 들고 환
영한 것은 아니었다. 생각해 보면 우스운 일이지만, 오사카 사람
들은 필요 이상으로 도쿄를 의식하는 경향이 있다. 누가 그렇게
하라고 정해 놓은 것도 아닌데 공연히 라이벌 의식을 갖고 대치
한다.

지금은 옛날만큼 대립하지 않지만, 내 초등학생 시절에는 아
이들 세계에서도 도쿄에서 온 인간이라면 특별한 눈으로 쳐다
봤다.

야, 저 녀석 괜히 잘난 척하지 않냐. 반 친구들은 마사히로가
없는 곳에서 곧잘 그렇게 수군덕거렸다. 그가 오사카 사투리를
쓰지 않는다는 것, 도쿄에서 왔다는 것을 은근슬쩍 자랑한다는
것 ― 그에게는 정말 그런 경향이 있었다. 어쩌면 도쿄를 그리워
하는 마음 같은 것이었는지도 모르겠지만 ― 등등이 공격의 대
상이었다.

전학 온 후 한동안 마사히로는 반에서 따로 노는 존재였다. 그

도 외로웠는지, 내가 비슷한 취급을 받고 있다는 것을 본능적으로 눈치채고는 먼저 말을 걸어왔다.

우리는 신기하게 마음이 잘 맞았다.

내 입장 따위는 전혀 모르는 그는 아주 평범하게 나를 대해 주었고, 나 역시 필요 이상 긴장할 필요가 없었다. 며칠 안 가 우리는 서로를 '미짱', '마짱'이라 부를 만큼 사이가 좋아졌다.

그의 집에도 당연히 초대를 받았다. 생각해 보면 우리가 살았던 지역은 오사카 최고의 번화가에 가까운 탓으로 그다지 품위가 있거나 고상한 곳은 아니었다. 그래서 그의 엄마도 조금 더 익숙해질 때까지 집 안에서 놀기를 바랐을 것이다. 우리는 집 안에서 노는 일이 많았다.

그의 집은 K거리에 있어 우리 집과는 상당히 거리가 있었다. 학교를 중심으로 끝에서 끝인 셈이었다. 걸어서 가면 내 걸음으로 이십 분 정도 걸렸던 것으로 기억한다.

하지만 그 정도 시간을 투자해서 놀러 갈 만한 충분한 가치가 있었다. 그의 엄마와, 같은 학교 오 학년에 다니는 누나가 똑같이 나를 반겨 주었기 때문이다.

엄마는 마사히로처럼 잘 웃는 명랑한 사람이었고, 누나는 반대로 빨간 테 안경이 잘 어울리는 차분한 여자애였다. 우리는 함께 '인생 게임'도 하고 트럼프 비슷한 카드놀이도 했다. 누나는 기분이 내키면 가끔 책을 읽어 주기도 했다. 나는 누나의 목소리를 좋아했다. 어쩌면 그녀에게 희미한 동경을 품었는지도 모르겠다.

너무 뻔질나게 찾아가서 미안한 느낌도 있었지만, 나는 그 집의 편안함이 좋았다. 언제든 가면 환영해 주고 여러 가지로 챙겨 주었다. 집도 새로 지은 것이라서 조립주택을 조금 손질했을 뿐인 우리 집과는 비교도 되지 않았다.

어린애니까 어쩔 수 없다고 생각해 주면 다행한 일이지만, 그의 집에 가는 가장 큰 즐거움은 오후의 간식 시간이었다.

요는 '세 시에 먹는 참'인데, 나는 그 말은 알고 있었어도 실제로 먹는 가정은 그때까지 본 일이 없었다. 게다가 나오는 과자가 모두 귀하고 값비싼 것들뿐이었다. 너무도 후한 대접에 내가 손을 내밀지 못하자, 엄마는 웬 애가 그렇게 사양을 하느냐면서 오히려 꾸중을 했다.

간식 시간은 대화의 시간이기도 했다.

그 전에 뭘 하고 놀든 그 시간이 되면 중단하고 거실에 모여 천천히 과자를 먹었다. 그때는 누나도 반드시 자리를 함께해 우리와 얘기를 나눴다.

맛있는 과자가 아니더라도 나는 그 시간이 좋았다. 누나를 만날 수 있기 때문이었다.

언젠가는 엄마가 자리를 뜬 틈에 무서운 얘기에 열을 올렸다. 그 시절에는 지금처럼 기괴한 도시 전설이 없었기 때문에 드라 큘라나 프랑켄슈타인 등의 괴물 얘기를 주로 했다.

나는 문득 생각이 나서 '철교 인간' 얘기를 해 줬다. 그때도 나는 그것이 형이 지어낸 얘기라는 것을 몰랐다.

"미짱, 너 그 얘기 진짜냐?"

얘기를 다 들은 마사히로가 눈을 반짝거리며 물었다.

"그럼 역 옆에 있는 커다란 고가에도 있겠네."

"글쎄, 있지 않을까."

"좋아, 그럼 다음에 보러 가자."

어린애들이 그런 유의 얘기에 약한 것은 예나 지금이나 마찬 가지다. 나와 마사히로는 점점 더 열이 올라, 다음 주 토요일 오 후에 보러 간다는 계획을 세웠다.

"그만둬, 마사히로도 미짱도."

우리의 얘기를 듣고 있던 누나가 끼어들었다.

"그 철교 인간이란 거 보면 나쁜 일이 생긴다면서."

그 말투가 골이 난 것처럼 들리기도 하고, 무서워하는 것처럼 들리기도 했다.

"그리고 그 괴물, 외톨이로 살아야 되니까 왠지 불쌍하잖아."

그 말은 얘기의 흐름 속에서 자연스럽게 나온 것이었다. 하지

꽃밥

만 내게는 그 한마디의 의미가 굉장히 컸다. 그렇게도 생각할 수 있다는 것을 그때까지 몰랐기 때문이다.

정말 그렇다. 고독한 철교 인간은 겁을 내기보다는 오히려 가여워해야 할 존재다.

"에이 누나, 사실은 무서워서 그러는 거지?"

마사히로가 놀리듯 말했다.

"내가 언제 무섭다고 그랬어."

누나가 그렇게 말하면서 가슴을 좍 폈을 때, 갑자기 거실 문이 열렸다. 엄마가 우유를 더 갖고 온 것이다. 두 손으로 쟁반을 들고 있어 어깨로 살짝 쳐서 문을 연 탓에 보통 때보다 소리가 크게 났다.

그 순간, 누나가 놀라 펄쩍 뛰어오르더니 옆에 있는 나를 껴안았다.

"어머, 왜?"

엄마는 어리둥절한 표정이었고, 우리는 깔깔거리고 웃었다. 마사히로는 나와 누나가 잘 어울린다고 놀렸고, 누나는 얼굴을 붉히고 동생을 쥐어박는 흉내를 냈다.

이 한때는 어린 시절의 즐거웠던 추억으로 지금도 내 안에서 빛나고 있다. 그렇기에 나는 그 후에 생긴 일에 더더욱 충격을 받았다.

7월 초순쯤이 아니었나 하고 생각한다.

평소에 늘 그랬던 것처럼, 그날도 나는 학교에서 약속한 대로 마사히로의 집으로 놀러 갔다. 유독 날씨가 더워 온 동네가 뜨거운 햇볕 아래 쩔쩔 끓는 것처럼 느껴졌다. 샌들을 신은 나는 마사히로네 집을 향해 뜨거운 햇볕 속을 걸었다. 그 시절에는 이층 이상의 높은 건물이 별로 없었기 때문에 걸어가는 길에서도 신세카이(오사카의 상징물인 쓰텐카쿠를 중심으로 한 지역으로 메이지 말에 조성된 당대 최고의 서양식 번화가-옮긴이)의 쓰텐카쿠가 잘 보였다.

나는 마사히로의 집 앞에 도착해 초인종을 눌렀다. 생각해 보면 초인종이 있는 집조차 거의 없던 때였다. 현관 앞에는 물이 뿌려져 있고 콘크리트 냄새가 사방에 가득했다.

잠시 후 마사히로가 얼굴을 내밀기는 했는데, 지금까지 줄곧 꾸중을 듣고 있었는지 표정이 몹시 어두웠다.

"미안해, 미짱. 나 오늘 못 놀아."

"어, 무슨 일이 생겼나 보구나. 그럼 내일 놀지 뭐."

"내일도 못 놀아."

"내일도 무슨 일 있어?"

그 순간 집 안에서 누나가 나왔다. 그 예쁜 얼굴의 미간을 찌푸리고, 상당히 화가 난 듯 보였다.

꽃밥

"내 동생 난처하게 하지 마. 너하고 놀면 우리까지 바보 취급받는다고. 이제 다시는 우리 집에 오지 마."

그 표정이 어린이집을 다니던 시절에 나와 손을 잡으려 하지 않았던 아이의 표정과 소름 끼칠 정도로 비슷했다. 며칠 전까지 나를 미짱이라고 불렀던 누나가 쌀쌀맞게 '너'라고 부르다니, 정말 충격적이었다.

"미안해요."

나는 사과했다.

왜인지도 모르면서 고개를 푹 숙이고 사과했다.

"미안해요."

때마침 시장을 보러 갔었는지 엄마가 밖에서 돌아왔다. 얼핏 나와 눈이 마주쳤지만 엄마는 아무 말도 하지 않았다. 순간적으로 어쩔 수 없다고 말하고 싶은 듯한 표정을 짓는 듯하더니 다음 순간에는 태연한 목소리로 다녀왔다고 말하고는 집 안으로 들어갔다. 엄마는 나를 보지 못한 셈 치기로 한 모양이었다.

"미안해, 미짱."

그렇게 말하면서 마사히로는 조용히 현관문을 닫았다.

마사히로네 가족은 나 같은 입장에 있는 인간이 존재한다는 것을 몰랐던 것이리라. 그런데 누군가가 가르쳐 준 것이다. 그 아이와 놀아 봐야 좋은 일은 없다고, 누군가가.

그러니까 마사히로네 가족은 불과 석 달 만에 이 지역에 적응했다는 뜻이 된다.

하지만 나는 그들을 비난할 마음은 없다.

누구든 성가신 일에는 말려들고 싶어 하지 않고, 사귀는 사람은 고르고 싶어 한다. 일단은 중간을 지키고 싶어 하는 사람들의 마음을 비난하고 원망할 수 있을 만큼 나는 오만하거나 강하지 않다. 예나 지금이나.

다만 내가 평범하기를 원하는 사람에게는 쓸모없는 존재란 것이 슬펐다.

더 이상 내게는 친구가 없었다.

물론 같은 동네에는 비슷한 처지에 있는 아이들이 있었지만, 그들은 벌써부터 그룹으로 놀기 때문에 내가 끼어들 틈은 없었다. 가끔 형들이 끼워 주기는 했지만, 나이 차가 나는 그들은 내가 미처 따라갈 수 없는 놀이만 하기 때문에 나는 금방 낙오되고 말았다.

누구나 그런 기억이 있겠지만, 초등학교 시절의 하루는 정말 길다. 특히 학교가 오전 중에 끝나는 날은 저녁이 될 때까지 시간이 넘쳐 난다. 친구들과 놀다 보면 순식간에 지나갈 수도 있지만 고독하게 지내기에는 긴 시간이다.

나는 그냥 밖을 돌아다니는 수밖에 없었다.

전철로 두 정거장 떨어진 동네까지 걸어가서, 그 동네 공원에서 우연히 만난 아이들과 놀기도 했다. 하지만 놀 때는 즐거워도 그 아이들을 친구라고 할 수는 없었다. 다음 날 같은 공원에 간다고 해서 그들이 또 있으리라는 보장이 없고, 있다 해도 다시 놀이에 끼워 줄지는 알 수 없는 일이니까.

나는 나그네 같은 아이였다.

3

미와 씨를 만난 얘기를 할까 한다.

어떤 한자를 '미와'라고 읽는지는 모른다. 미와라고 하면 우선은 '美和'란 글자가 떠오르는데, 처음 만났을 때 '아름다운 날개(美羽)'라고 했던 것 같기도 하다.

하지만 그것은 내 머릿속에서 만들어 낸 기억일 가능성도 없지 않다. 미와 씨에 관한 기억과 아름다운 날개를 지닌 나비는 내 안에서 떼려야 뗄 수 없는 것이니까.

미와 씨를 처음 만난 것은 내가 초등학교 이 학년 가을, 10월도 중순이 지난 어느 수요일이었다. 장소는 오사카 시영 M묘원이었다.

그 시영 묘원은 이 고장에서는 A묘지라고도 불리는데, 동네 안에 있는 것치고는 상당히 넓었다. 반듯한 직사각형 모양으로, 가로가 200미터, 세로가 400미터에서 500미터 정도는 될 것이라고 기억한다. 도로 쪽에는 철조망이 쳐져 있고 주택가 쪽은 벽돌담으로 둘러싸여 있었다.

나는 그날도 정처 없이 걸어 다녔다. 엄마 아빠가 맞벌이 부부라서 집에 있어도 상관은 없었지만 비도 오지 않는데 집에 처박혀 있고 싶지 않았다. 햇빛과 바람을 바라는 것은 아마도 아이들의 본능이리라.

그곳은 아주 우연히 들르게 되었다. 평소 가 보지 않은 곳을 찾아 걷다 보니 어쩌다 묘지 옆길을 걷게 된 것이다.

그곳은 내가 그때까지 본 것 중 가장 넓은 묘지였다.

철조망 너머로 바라보다가 왠지 들어가 보고 싶어 안으로 들어갔다. '철교 인간'조차 무서워하는 겁 많은 아이가 어떻게, 하고 생각할지도 모르겠지만 누구든 그곳을 실제로 보면 그 안이 궁금할 것이라고 생각한다. 그날따라 날씨도 좋고 시간이 많았던 탓도 있었다.

안으로 들어서자 크고 작은 묘가 미래 도시를 축소한 모형물처럼 질서정연하게 줄지어 있었다. 정확한 숫자는 알 수 없지만 어린 내 눈에는 그야말로 묘가 한없이 줄지어 있는 것처럼 보였다. 오사카의 변두리는 건물과 건물 사이의 거리가 짧아 어딘가 모르게 빼곡한 인상을 주는데, 그것을 본뜬 듯 밀도가 높았다.

어린 나는 그 묘지의 광대함에 놀라지 않을 수 없었다. 번잡한 쓰텐카쿠 외곽에서 걸어올 수 있는 거리에 그런 '죽은 자들의 나라'가 있으리라고는 생각도 못 했기 때문이다. 그렇게 많은 묘를 본 적도 없었고, 조용한 주택가 바로 옆에 이런 장소가 있다는 것도 신기했다.

나중에 안 일인데, A묘지는 원래 오사카의 남쪽 센니치마에에 있는 묘 — 지금은 복작복작한 그 장소가 옛날에는 형장이었다고 한다 — 를 메이지 시대에 옮긴 것이 그 시작이라고 한다. 과연 묘비를 보니 꽤 오래전 것도 있었다.

나는 마치 탐험이라도 하는 기분으로 묘지 안을 걸어 다녔다.

나무는 거의 없고, 묘 앞에 바쳐진 꽃이 그나마 회색 공간에 색깔을 부여하고 있었다.

묘의 모양은 갖가지로, 습자 시간에 쓰는 먹을 확대한 것처럼 네모난 것이 압도적으로 많았지만 로봇처럼 끝이 뾰족한 것과 가마처럼 생긴 지붕이 있는 것도 있었다. 죽어서도 빈부의 차가 있는지 좁은 곳에 조그만 묘가 닥지닥지 들어선 장소도 있는 한편 그런 묘가 스무 기 정도는 들어설 만한 넓이를 하나의 기가 독차지하고 있는 장소도 있었다.

끝에는 철망을 친 대형 묘비가 몇 개 있었다. 그중 하나는 경찰의 묘였다. 순직한 사람이나 높은 지위에 있었던 사람이 묻혀 있는 듯한데, 자세한 것은 알 수 없었다.

그 줄에 '무연불'이라 새겨진 유난히 길쭉한 묘비가 있었다. 하지만 아직 어렸던 나는 그 말의 의미를 정확하게 알지 못했다.

"얘."

그 묘비를 올려다보고 있는데, 갑자기 누군가가 뒤에서 어깨를 쳤다. 그것도 뭘 하는지 살피려 살며시 치는 것이 아니라 아프다 싶을 정도로 세게 친 탓에 나는 그야말로 놀라 자빠질 뻔했다.

"어머나, 내가 놀라게 했나. 미안해."

돌아보니 고등학생 정도 나이의 여자가 생글거리며 서 있었다.

하얀 블라우스에 엷은 분홍색 카디건을 걸치고 감색 치마를 입고 있었다. 어깨 밑으로 약간 내려오는 머리는 양 갈래로 땋아 내렸다. 가무잡잡하게 탄 얼굴이 건강한 인상을 풍겼다.

"너, 그 커다란 묘가 뭔지 아니?"

마치 전부터 아는 사람에게 말하듯 여자가 물었다. 나는 묘비를 올려다보면서 고개를 갸웃했다.

"그건 무연불이라고 하는데, 어디 사는 누구였는지 모르는 사람들의 묘야."

마치 안내를 하는 듯한 말투였다. 간사이 지방 사투리가 섞여 있었지만, 나 같은 토박이에게는 몹시 거슬리는 어중간한 것이었다. 다른 지방에서 온 사람이 막 배운 간사이 사투리를 억지로 쓰고 있다는 것을 금방 알 수 있었다.

"하지만, 이 무연이라는 말, 좀 심하지 않니? 이 세상에서 태어나 아무와도 연이 없었던 사람이 있을 리 없잖아. 다른 말이 없을까?"

"글쎄요."

나는 약간 긴장하고 있었다. 그 여자가 당시 인기를 끌고 있었던 머리가 긴 젊은 여가수와 꼭 닮았기 때문이었다. 많은 머리를 풀어 내리고 원피스를 입으면 구별하기 어렵겠다 싶을 정도로.

"성묘하러 왔니?"

여자는 카디건 주머니에 손을 집어넣고 쑥스럽다는 듯 물었다.

"아니요. 그런 건 아니고."

나는 뭐라 대답하기가 곤란했다. 그냥 한번 들어왔을 뿐이었으니까.

"그냥요."

"그러니? 서서 얘기하기도 그러니까 저기 앉을래?"

나는 여자의 말을 따라 무연불 옆에 있는 벤치에 앉았다. 여자도 내 옆에 앉았다.

"너, 굉장히 귀엽게 생겼다. 몇 학년이야?"

"이 학년이오."

"그런데 꽤 크네. 나는 사 학년쯤 되는 줄 알았는데, 아, 사탕 먹을래?"

여자는 치마 주머니에서 큼지막한 알사탕을 하나 꺼내 내게 주었다. 사탕은 그녀의 체온으로 미지근했다.

"누나는 성묘 온 거예요?"

"아니, 나도 그런 건 아니고. 그냥 여기 있으면 마음이 차분해져서."

그렇게 말하고 여자는 내 얼굴을 보면서 생긋 웃었다.

"참, 아까는 미안했어. 많이 놀랐지?"

"그야, 묘지에서 어깨를 치면 누구라도 놀라죠."

그 순간 아마도 나는 호들갑스럽게 비명을 질렀으리라. 그런 생각을 하자 왠지 부끄러웠다. 그런 감정은 비록 초등학교 이 학년이지만 이미 갖고 있었다.

"사실은 너의 뒷모습이 우리 동생하고 너무 닮아서, 그래서 나도 모르게 ……"

"그래요?"

"응. 그래서 그랬어. 미안해."

여자는 간사이 사투리로 말했지만, 역시 억양이 귀에 거슬렸다.

그 후 그녀는 이름이 미와라는 것, 고등학생이 아니라 근처 찻집 비슷한 곳에서 일하고 있다는 것 등을 내게 가르쳐 주었다. 나는 내 이름이 미치오이고 형이 한 명 있다고 가르쳐 주었다.

"오호, 미치오. 그럼 미짱이라고 불러도 되겠네?"

미와 씨의 그 말에 나는 불현듯 서글퍼졌다. 나를 미짱이라고 불렀던 사람은 마사히로와 그의 누나뿐이었기 때문이다.

"좋아요. 친구들도 그렇게 부르니까."

조금씩 긴장이 풀어진 나는 아무렇지 않게 대답했다.

"그럼 이제 학교 얘기 해 봐."

"학교 얘기요?"

"그래. 오늘 학교에서 무슨 일이 있었는지, 친구들하고 어떻게 놀았는지, 그런 거."

왜 그런 얘기를 듣고 싶어 하는지 속내를 알 수 없었다. 하지만 미와 씨의 기대에 가득한 커다란 눈망울을 보니 거절하기가 미안했다.

하지만 나는 솔직히 난감했다. 마사히로와 놀 수 없게 된 후로 학교는 내게 전혀 즐거운 장소가 아니었으니까.

괴롭힘을 당하고 있는 것도 아니고 얘기 상대가 한 명도 없는 것도 아니었다. 말을 걸면 싫은 내색 하지 않고 뭐라 대답해 주는 아이도 있기는 했다. 그러니까 겉보기에는 고립돼 있지 않았을 것이다.

하지만 실제의 나는 고독했다. 내가 있을 곳은 어디에도 없는 것 같아 교실에 있기조차 고통스러웠다. 그 무렵의 내 심경은 그야말로 철교 인간 같았다.

요즘 같으면 그런 이유로 등교를 거부한다 해도 이상하게 여겨지지 않을 것이다. 하지만 그 시절에는 병에 걸리지도 않았는데 학교에 가지 않아도 된다는 발상 자체가 없었다. 애나 어른이나 다소 문제가 있어도 학교는 반드시 가야 하는 곳이라고 생각했기 때문에 나 역시 학교에는 꼭 갔다.

나는 미와 씨의 물음에 뭐라 대답해 줄 말이 없었다. 반에서 생긴 일을 얘기해 본들, 거기에 나는 없었다.

"같은 반에 재미있는 애들 없어?"

"있죠, 물론. 료스케란 애가 있는데 ⋯⋯."

나는 늘 재미나는 얘기를 해서 친구들을 웃기는 반 아이 얘기를 했다. 그는 나와 같은 어린이집을 다녔기 때문에 예의 건을 잘 알고 있었다. 그 때문인지 같은 반이 되었는데도 거의 대화다운 대화를 나눈 적이 없었다.

하지만 미와 씨에게 얘기하다 보니, 나는 마치 내가 그와 친한 친구인 것처럼 얘기를 지어내고 있었다. 왜 그랬는지는 모른다. 그러는 편이 얘기하기가 쉽겠다고 생각했는지 아니면 내가 그

꽃밥

렇게 되고 싶었던 것인지.

"그 아이도 재밌지만, 미짱도 재밌다."

내 얘기를 재미나게 들으면서 미와 씨가 말했다. 그렇게 말해
주니 기뻐서 나는 학교 얘기를 끝없이 풀어냈다. 옆에서 보고만
있었던 일을 마치 내가 체험했던 것처럼 말이다.

마침내 서쪽 하늘이 빨갛게 물들었다.

"벌써 저녁때가 됐네. 미짱 그만 가야지?"

미와 씨가 얘기에 정신이 온통 팔려 있는 내게 말했다. 이렇게
이 누나와도 헤어져야 하나, 하고 생각하자 조금은 허전한 기분
이 들었다.

"미짱, 너 정말 재미있게 얘기한다. 언제 또 들려줄래?"

그리고 미와 씨는 내가 가장 바라던 것을 주었다.

"다음 주 수요일에 여기서 또 만나자."

나는 조금도 망설이지 않고 고개를 끄덕였다. 그 시절의 내게
가장 절실했던 것은 또 놀자는 약속이었으니까.

4

그 후로 나는 매주 수요일에 그 묘지에서 미와 씨를 만났다.

처음에는 그냥 얘기만 나눴지만 점차 넓은 묘지 안에서 술래잡기와 귀신 놀이를 하게 되었다. 지금 그 묘지 안에는 여기저기 감시 카메라가 설치돼 있는데, 어쩌면 나와 미와 씨 같은 불손한 사람들 때문인지도 모르겠다.

생각해 보면, 왜 당시 아무런 의심도 안 했는지 모르겠다. 아무리 아이를 좋아한다지만 초등학교 이 학년짜리 소년과 약속까지 해 가면서 놀아 주는 열여덟 살 — 그렇다, 미와 씨는 열여덟 살이었다 — 여자가 어떻게 있을 수 있는지를.

어린 탓이었겠지만 당시의 내게는 거기까지 헤아릴 수 있는 지혜가 없었다. 다만 다른 점에는 묘하다는 느낌을 갖고 있었다.

미와 씨는 절대 돌아가는 모습을 보여 주지 않았다.

수요일 오후, 학교가 끝나자마자 묘지로 달려가면 미와 씨는 거의 늘 먼저 와 무연불 옆 벤치에 앉아 나를 기다리고 있었다. 그리고 세 시간 정도 학교 얘기를 들어 주고 함께 놀아 주고는 저녁노을이 질 무렵이면 돌아가라고 했다. 그리고 우리는 묘지 입구에서 헤어졌는데, 미와 씨는 그 자리에서 내가 돌아가는 모습을 늘 지켜보았다.

내가 몇 번을 돌아보든 미와 씨는 손을 들어 잘 가라는 신호를 보내 주었다. 하지만 그 자리에서 움직이려는 기색은 없었다. 그저 가만히 내 모습이 사라질 때까지 바라볼 뿐이었다.

'집은 어디에 있는 거지?'

처음 만났을 때, 집이 바로 근처에 있다는 얘기는 들었다. 하지만 구체적인 동네 이름은 가르쳐 주지 않았다. 혹시 비밀로 해야 하는 무슨 이유라도 있는 것일까.

'혹시 …….'

사람이 아닐지도 모른다고 나는 생각했다. 좀 엉뚱하게 들릴지도 모르겠지만, 아이에게는 당연한 발상이었다.

혹시 그 넓은 묘지 어딘가에 미와란 이름에 열여덟 살 난 여자의 묘가 있는 것은 아닐까? 혹시, 그 무연불 아래?

설사 그렇다 해도 내게는 아무 문제가 없었다. 그 무렵의 나는 가령 상대가 '철교 인간'이라도 친구가 되었을 테니까. 내게는 오히려 그들이 가까운 존재였다.

그러나 미와 씨 실물을 보면 그런 공상이 어디론가 싹 달아나 버렸다.

그녀는 늘 활기차고 생명력 넘치고, 표정도 생기발랄했다. 커다란 눈망울을 반짝이면서 내 얘기를 들어 주었고 또 웃어 주었다.

그 얼굴을 보고 있으면 나는 정말 행복했다. 그녀가 어디에 사는 누구이든 아무 상관 없는 일이었다. 그렇게 생각한 나는 그녀의 신상에 대해서는 거의 묻지 않았다. 마치 은혜 갚은 학처럼 그 실체를 아는 순간부터 만날 수 없게 되느니, 차라리 아무것도 알고 싶지 않았던 것이다.

어느 날, 나와 미와 씨는 그 넓은 묘지에서 술래잡기를 했다. 한참을 논 후에 평소처럼 무연불 옆 벤치에 앉아 잠시 쉬었다.

"초콜릿 먹을래?"

그렇게 말하면서 미와 씨는 손에 들고 있던 조그만 가방에서 유난히 두꺼운 초콜릿을 꺼냈다. 세월이 지나서야 그것이 미국산 허쉬 초콜릿이라는 것을 알게 되었는데, 당시에는 외국산 과자를 볼 기회가 거의 없었던 터라 내 눈에는 정말 거대해 보였다.

"와, 무지 크다."

"어제 누가 준 거야. 미짱에게 주려고 안 먹었지."

미와 씨의 사투리는 여전히 억양이 묘했다.

포장지를 뜯어낸 미와 씨는 주저 없이 초콜릿을 절반으로 뚝 잘랐다. 그때 "얍" 하고 소리를 지르는 그 모습이 뭐라 말할 수 없이 귀여웠다.

"오늘, 날씨 참 좋다."

미와 씨는 벤치에 앉아 슬리퍼를 신은 발을 별 의미 없이 달랑달랑 흔들면서 말했다. 그녀의 말대로 11월이라 여겨지지 않을 만큼 햇살이 따스했다.

"학교는 어때?"

늘 그렇듯 미와 씨가 학교 얘기를 물었다.

"응, 재밌어. 아 참, 얼마 전에 ……."

나도 늘 그렇듯 학교에서 생긴 일을 미와 씨에게 얘기했다.

어떤 친구가 급식 시간에 웃기는 얘기를 해서 우유를 뿜었다는 시시껄렁한 얘기였다. 물론 실제의 나는 그 사건과 아무 상관이 없다. 하지만 얘기 속에서는 아이들의 중심에 있었다.

"후후후, 미짱네 학교엔 정말 웃기는 애들이 많은가 보구나."

그런 줄도 모르고 미와 씨는 내 얘기를 재미나게 듣고 있었다. 찝찝함이 전혀 없는 것은 아니었지만, 얘기를 하다 보면 정말 내가 하루하루를 즐겁게 보내고 있는 듯한 기분이 들면서 흥분감이 느껴지니 신기한 일이었다.

그 순간 시야 끝으로 하늘하늘 움직이는 하얀 것이 홀연히 지나갔다.

"앗, 나비다."

그것은 줄지은 묘지 위로, 초겨울 따스한 햇살에 이끌리듯 날아가는 한 마리 배추흰나비였다.

"바보네, 봄인 줄 아나 봐."

나도 모르게 중얼거렸다.

그때 나는 인생의 입구에서 서성이는 나이였지만 그래도 겨울나비를 가엾어하는 마음은 있었다.

애벌레가 얼마 만에 나비가 되었는지는 모르지만, 자신들의 계절이 온 줄로 착각하고 서둘러 우화한 것이리라. 하지만 나비로 태어나 본들 꽃도 없고 친구도 없다. 결국 그들은 단 한 번뿐인 귀중한 시간을 날리게 된 셈이다.

뒤엉킨 실타래 같은 궤적을 그리며 날아가는 나비를 보면서 문득 나 자신도 저 나비 같은 신세일지도 모른다고 생각했다.

'자신은 아무 책임도 없는데 천대받는 존재로 태어나 친구도 없이 괴로운 나날을 보내고 있다. 나는 사람들의 눈을 피해 사는 철교 인간이며 계절을 착각한 겨울 나비다.'

"왜 바본데?"

그때 미와 씨가 이상하다는 표정으로 말했다.

"바보지. 딱 한 번밖에 태어날 수 없는데, 봄인 줄 알고 이런 계절에 태어나다니, 너무 성급했잖아."

내가 그렇게 대답하자 미와 씨는 집게손가락으로 내 이마를 콕콕 찌르면서 말했다.

"성급한 건 미짱인 것 같은데."

"응, 왜?"

"저 나비는 지금 태어난 게 아니고, 지금까지 살아 있는 거야."

"거짓말, 어떻게 나비가."

"거짓말은, 정말이야. 봄에 태어나서 어디선가 여름, 가을을 보내고 지금까지 살아 있는 거야."

그 말을 금방은 믿을 수 없었다.

어리긴 했지만 나는 나비의 연약함을 알고 있었다. 종이보다 얇은 날개, 그리고 어떤 곤충보다 부드러운 몸, 섬세한 더듬이, 만지면 부서질 듯한 가녀린 생물. 실제로도 잡으면 금방 죽어 버린다.

"깔보면 안 돼. 나비가 의외로 얼마나 강하다고."

미와 씨는 서툰 간사이 사투리로 그렇게 말했다.

"참 그리고, 내가 태어난 곳에는 나비 나무가 있어."

"나비 나무?"

나는 순간적으로, 사과가 열리듯 나비가 열리는 나무를 상상했다.

"사실은 무수한 나비가 나무에 앉아 있는 건데, 인적 드문 숲속에 수백 수천 마리의 나비가 한 나무에 앉아서 겨울을 나. 그래서 멀리서 보면 겨울인데도 꽃이 피어 있는 것처럼 보여."

"나비가 겨울을 난다고?"

"그래, 내가 태어난 곳에서는."

정말 믿을 수 없는 얘기였다. 그렇게 연약한 생물이 겨울을 날만큼 살아 있다니.

"누나는 어디서 태어났는데?"

내가 슬쩍 묻자 미와 씨의 얼굴이 잠시 어두워졌다.

"응, 저 먼 남쪽."

하늘을 나는 나비의 모습을 눈으로 좇으면서 미와 씨가 대답했다. 그리고 몇 초 후에 이런 말을 덧붙였다.

"다시는 돌아갈 수 없지만."

5

나는 겨울을 난다는 나비 얘기를 도저히 믿을 수 없었다. 내가 생각하는 나비는 연약한 생물의 대표 선수였으니까.

다음 날 나는 교무실에 가서 선생님에게 물어보았다. 담임인 여선생님은 모르겠다는 듯 고개를 갸웃거리는데, 근처에 앉아 있던 중년 남자 선생님이 감탄스럽다는 표정으로 끼어들었다. 그는 담임을 맡고 있지 않은 과학 전담 교사였다.

"미치오, 아는 게 제법 많은데. 그런 나비, 정말 있어."

선생님은 메모지에 뭐라고 쓰더니 내게 건넸다. 메모지에는 '류큐아사기마다라(The Ceylon Blue Glassy Tiger, 나비목 네발나빗과 왕나비류-옮긴이)'라는, 무슨 주문 같은 나비 이름이 적혀 있었다.

꽃밥

"가르쳐 줄 수도 있지만, 이왕이면 직접 조사해 보는 게 좋지 않겠니? 도서관에 가면 곤충 도감이 있을 테니까."

방과 후 나는 신이 나서 도서관에 갔다. 초등학생용 곤충 도감을 통해 류큐아사기마다라란 나비가 정말 나무에 앉아 겨울을 난다는 것을 알게 되었다. 그다지 선명하지는 않지만 사진도 실려 있었다.

미와 씨 말대로 정말 '나비가 열리는 나무'처럼 보였다.

곤충 도감에는 심화 학습을 유도하기 위해서인지 곤충에 관한 짧은 해설이 실려 있었다. 나는 그것을 읽고 '얼음 나비'란 말도 알게 되었다. 날씨가 추워질 때까지 살아남은 나비를 뜻하고, 하이쿠(일본 고유의 짧은 시-옮긴이) 등에는 흔히 쓰인다고 한다.

"깔보면 안 돼. 나비가 의외로 얼마나 강하다고."

그 말을 알았을 때, 미와 씨의 말이 귓가에 다시 들리는 듯했다. 연약하다고만 여겼던 나비가 끈질긴 생명력을 갖고 있다는 사실에 나는 뭐라 말할 수 없이 감격했다.

바로 그때, 마사히로가 반 친구들과 함께 도서관에 들어왔다. 그날은 짝수 학년이 책을 대출하는 날이었던 것이다.

지난 7월에 그 사건이 있었던 후로 그와 나 사이에는 메울 수 없는 골이 패어 있었다. 그는 나를 무시했고, 나 역시 그와 눈을 마주치기가 괴로웠다. 자신의 운명을 새삼 자각하게 되는 듯해서 내가 먼저 그를 피한 감도 없지 않았다.

도서관에 있는 나를 발견했을 때, 마사히로의 얼굴이 약간 굳는 듯한 느낌이 들었다. 나는 그를 몰라본 척하면서 다시 도감으로 눈길을 돌렸다.

그런데 몇 분 후 뜻밖에도 마사히로가 혼자 걸어와 내게 말을 걸었다. 미짱이라고 불러 주지는 않았지만.

"뭐 보고 있는데?"

나는 당황스러웠지만, 책 표지를 보여 주면서 대답했다.

"곤충 도감."

"어, 네가 곤충을 좋아했었나."

그 전까지 딱히 곤충을 좋아했던 것은 아니었다. 하지만 그때는 나비를 좋아하고 있었다. 그래서 그냥 고개만 끄덕였다.

마사히로는 함께 온 친구들이 불러서 도서관에서 나가고 말았다. 하지만 나는 오랜만에 그와 대화를 나눌 수 있어서 정말 기뻤다.

다음 주 수요일, 나는 또 미와 씨를 만났다.

그날 미와 씨는 내가 제일 싫어하는 젤리 빈이란 과자를 가져왔다. 마카로니 크기의 알록달록한 설탕 과자다. 더는 달 수 없을 정도로 달아서 한 알만 먹어도 머리가 띵해진다. 이 과자와 제사 같은 때 쓰는 다식이란 과자를 나는 가장 싫어한다.

"나비가 열리는 나무, 도감에서 봤어."

받아 놓고 안 먹을 수는 없어서 나는 젤리 빈을 앞니로 깔짝깔짝 깨물면서 말했다.

"정말? 와, 그렇게 금방 찾을 수도 있고, 대단하다."

미와 씨는 여전히 어눌한 사투리로 칭찬해 주었다.

"류큐 …… 아사기마다라란 나비, 저 남쪽 섬에 산대."

내가 그 섬의 이름을 말하자 미와 씨는 어딘가 모르게 체념한 듯한 말투로 대답했다.

"거기가, 내가 태어난 곳이야. 올여름에 오사카로 올라왔어. 일하러."

"그랬구나, 누나."

생각해 보면, 미와 씨가 자신에 대해서 한 말은 그것이 처음이자 마지막이었다.

"정말 좋은 곳이야, 내가 태어난 데."

그리고 미와 씨는 자신의 고향이 얼마나 아름답고 멋진 곳인지를 내게 설명해 주었다. 나는 그 섬의 정확한 위치조차 몰랐지만, 그녀의 말대로라면 이 세상의 낙원 같은 곳이 아닐까 하고 생각했다.

"왜 그렇게 좋은 곳을 떠나왔어? 그냥 거기서 살았으면 좋았을 텐데."

"그래 말이야. 나도 돌아가고 싶다."

내 물음에 미와 씨가 쓸쓸한 표정으로 대답했다. 전에 만났을 때, 다시는 고향에 돌아갈 수 없다는 말을 했던 것 같은 생각이 들었다.

"전에 얼핏 말했지만, 내게는 동생이 있어. 지금 초등학교 사학년이야. 미짱처럼 귀여운 애지."

나는 미와 씨를 처음 만났을 때를 떠올렸다. 내 뒷모습이 동생을 너무 닮아서 말을 걸었다고 했던.

"사실은 그 아이, 병을 앓고 있어. 머릿속에 종양이 생겨서. 그 병을 낫게 하려면 돈이 많이 들어. 그래서 우리 아빠가 여러 사람에게 많은 빚을 졌어. 그러니까 나도 빚 갚는 걸 도와야지."

괴로운 얘기를 하고 있는데 그 말투는 조금도 구김살이 없었다. 하지만 나는 미와 씨가 오기를 부리고 있다고 짐작했다.

"하지만 누나, 찻집에서 일한다고 했잖아. 찻집에서 일하면 돈을 많이 벌어?"

"글쎄, 별로 못 벌지. 하지만 나는 거기 말고는 일할 곳이 없으니까."

나는 찻집 종업원 옷을 입은 미와 씨의 모습을 상상했다. 틀림없이 리카짱 인형처럼 귀여우리라.

"나, 누나가 일하는 데 가 보고 싶다."

내가 그렇게 말하자 미와 씨는 풋 하고 웃었다.

"그래, 나중에 어른 되면 와."

"어른이 돼야 갈 수 있는 거야?"

"우리 찻집은 커피가 전문이거든. 크림이나 설탕 같은 거 안 넣고 블랙으로 마실 수 있는 사람이 아니면 안 돼."

미와 씨는 그렇게 말하고 웃었다.

6

이렇게 돌이켜 보니, 미와 씨에 대한 기억이 그리 많지 않다.

10월 중순에 만나 12월 초순부터 만나지 못했으니까, 묘지에서 만난 것은 고작해야 일고여덟 번, 아니 더 적을지도 모르겠다.

하지만 인생에서 오십 년을 같이 사는 것보다 훨씬 오래 마음에 남는 짧은 만남도 있는 법이다. 아니, 짧았기에 더욱 그 인상이 강렬하게 마음에 새겨져 있는지도 모른다.

미와 씨와 묘지에서 술래잡기를 했던 그 나날로부터 벌써 삼십오 년 이상 세월이 흘렀다. 하지만 마지막 만난 날, 울면서 나를 꼭 껴안았던 그녀의 온기, 그리고 그녀의 가슴에 짓눌렸던 내 귀에 울렸던 그녀의 고동 소리를 나는 영원히 잊지 못할 것이다.

묘지에서 미와 씨와 즐겁게 보낸 시간은 아무런 예고도 없이 끝났다. 조금 전에 말한 것처럼 12월 초순의 일이었다.

그날 역시 수요일이었다. 나는 학교에서 집으로 돌아오자마자 책가방을 내려놓고 A묘지로 달려갔다. 그 무렵의 내게는 미와 씨와 지내는 것만이 유일한 낙이었고, 거의 그날을 기다리면서 일주일을 지냈다.

늘 미와 씨가 나보다 먼저 와 있었는데 그날은 무연불 앞에 내가 먼저 도착했다. 나는 오늘은 미와 씨가 어느 쪽에서 오는지 확인할 수 있겠다고 생각했다.

나는 묘지 철조망에 달라붙어 그 바로 옆을 지나는 도로를 바라보았다. 그곳은 쉴 새 없이 차들이 오가는 A거리라는 간선도로였다. 훗날 그 거리를 따라 고속도로가 생겼는데, 오가는 차들의 수가 그리 줄어든 것 같지 않은 까닭은 쓰텐카쿠나 동물원 등 번화가로 통하기 때문일 것이다.

아니나 다를까 그 도로 건너편에 낯익은 미와 씨의 모습이 보였다.

'역시, 유령은 아니었어.'

나는 안도했다. '만약 나도 모르는 새 미와 씨가 묘지 안에서

꽃밥

모습을 나타내면 조금은 무섭겠지' 하고 생각하고 있었기 때문이다.

미와 씨는 왼쪽 구석에 있는 모퉁이에서 나타났다. 아마도 집이 그 방향에 있는 것이리라.

나는 미와 씨가 올 때까지 벤치에 앉아 얌전히 기다리기로 했다. 어쩌면 자기가 어느 방향에서 오는지를 알리고 싶지 않을지도 모르기 때문이다.

그날 나는 구멍가게에서 산 세 개에 10엔 하는 쌀 과자를 들고 있었다. 늘 받기만 하는 것이 미안해서 오늘은 내가 사기로 한 것이다. 세 개란 수가 좀 어중간하지만 한 개는 절반으로 가르면 된다.

미와 씨도 기뻐해 줄 것이라고 생각하면서 종이봉투 안을 들여다보고 있는데, 뭔가 부드러운 것이 내 코끝을 스쳐 지나갔다.

"악!"

나도 모르게 머리를 뒤로 젖히고 그 정체를 알아보려고 했다. 하지만 그것이 하늘하늘 쉬지 않고 움직여 눈의 초점을 맞출 수가 없었다.

"앗, 나비다."

나는 간신히 그것이 나비라는 것을 알았다. 그렇다. 겨울까지 살아 있는 얼음 나비였다.

내 눈에는 호랑나비 비슷하게 보였는데, 노란 부분이 아름다운 청색을 띤, 지금까지 본 적이 없는 것이었다. 하지만 나는 딱히 의문을 품지는 않았다. 모든 나비를 알고 있을 만큼 나비에 대한 풍부한 지식을 갖고 있었던 것은 아니었으니까.

'나비는 묘지를 좋아하나.'

묘지에서 얼음 나비를 두 번째 보는 것이었다. 어쩌면 묘에 바친 꽃을 찾아왔는지도 모르겠다.

나는 하늘하늘 나는 나비의 모습을 가만히 쳐다보고 있었다. 미와 씨가 올 때까지 가지 말라고 생각하면서.

드디어 묘지 입구에 미와 씨의 모습이 보였다. 미와 씨는 금방 나를 알아보고는 달려왔다.

"누나, 또 나비가 왔어."

바로 옆까지 온 그녀에게 나는 말했다.

그 순간, 얼어붙은 것처럼 미와 씨의 움직임이 딱 멈췄다. 손에 들고 있던 조그만 가방이 땅에 떨어지면서 안에 들어 있던 마블 초콜릿 통이 데굴데굴 굴러 나왔다. 내게 주려고 갖고 온 것이리라.

"왜 그래, 누나?"

미와 씨는 아무런 대답이 없었다. 그저 끔찍한 것을 본 것처럼 겁에 질린 눈으로 하늘하늘 나는 나비만 쳐다보고 있었다.

꽃밥

"이거 …… 나비 나무의 나비야."

'이 나비가, 류큐아사기마다라?'

그럴 리가 없었다. 그 나비는 따뜻한 남쪽 섬에서만 사는 나비인데 이렇게 먼 오사카까지 날아올 리가 없다.

"설마."

나도 그 나비의 모습을 유심히 쳐다보았다. 안타깝지만 도감에서 본 류큐아사기마다라가 어떤 모습이었는지 분명하게 기억나지 않았다.

믿을 수 없는 일이 벌어진 것은 바로 몇 초 후였다.

"…… 데쓰야."

미와 씨가 그 나비를 그렇게 불렀을 때, 나비의 모습이 홀연히 사라져 버린 것이다. 우리 눈앞에서 마치 겨울날의 희미한 빛 속에 녹아 버린 것처럼.

"없어졌다."

당황한 나는 사방을 돌아보았다.

나는 예의 곤충 도감을 통해서 나비가 어지럽게 나는 까닭은 새나 다른 곤충의 표적이 되지 않기 위해서라는 것을 알고 있었다. 그러니까 사람의 눈 역시 속을 수 있다. 하지만 그 모습이 갑자기 사라져 버리는 일은 없지 않을까. 근처에는 나비가 숨어들 만한 수풀이나 숲도 없었다.

"미쨩, 지금 그 나비는 아마 데쓰야일 거야."

망연한 표정으로 미와 씨가 말했다.

"그 아이가 그랬거든. 꼭 다 나아서 나를 만나러 올 거라고. 그렇지 않으면, 나비가 되어서 마음만이라도 만나러 올 거라고."

미와 씨는 그렇게만 말하고는 소리 내어 울기 시작했다. 어린 애처럼 커다랗게 입을 벌리고 조금도 부끄러워하거나 조심하는 기색 없이 엉엉 울었다.

"데쓰야, 너, 지금 죽은 거지. 왜 좀 더 버티지 못하고."

나는 어쩌면 좋을지 몰랐다.

다만 옆에 있어 주는 수밖에 없다는 생각에 주춤주춤 그녀 옆에 다가갔다. 그런 나를 미와 씨가 와락 껴안았다.

"데쓰야, 데쓰야."

내 머리 위로 미와 씨가 흘리는 눈물이 빗방울처럼 떨어졌다. 나는 그저 데쓰야란 동생을 대신해서 가만히 있는 도리밖에 없었다.

'정말, 그 나비, 사라졌어.'

나는 머릿속으로 몇 초 전에 본 광경을 몇 번이나 반추했다. 바로 눈앞에 있던 나비가 연기처럼 공기 속으로 사라진 것만은 분명한 사실이었다.

'정말 지금 그 나비가 미와 씨의 동생이었을까?'

꽃밥

나는 알 수 없는 일이었다. 하지만 미와 씨의 울음소리를 듣다 보니 나도 슬퍼져서 같이 소리 내어 울었다. 동생의 얼굴조차 모르면서.

7

그날을 마지막으로 미와 씨는 더 이상 A묘원에 나타나지 않았다. 수요일, 같은 자리에서 기다렸지만 그녀는 두 번 다시 오지 않았다.

정말 동생이 죽어서 장례식 때문에 고향에 내려갔는지도 모르고 무슨 다른 사정이 생겨서 못 오는 것인지도 모른다고 생각한 나는 두 주일을 기다린 후, 그녀를 찾아 연말에 가까운 거리로 나갔다.

미와 씨가 나를 싫어하지 않는다는 것을 알고 있었다.

"고마워, 미짱은 내 소중한 친구야."

신기루처럼 사라진 나비를 본 날, 울음을 그친 미와 씨가 몇 번이나 그렇게 말하고는 내 볼에 살짝 입맞춤을 해 주었기 때문이다.

그때 나는 겨우 아홉 살밖에 안 된 소년이면서 당치 않은 생각을 했다. 그녀를 행복하게 해 주고 싶다고.

그러니까 내가 미와 씨를 찾아 나선 것은 당연한 일이었다.

그리고 A묘지에서 가까운 곳에서 드디어 그녀의 모습을 찾아 냈다.

T신지(新地)라 불리는 그곳은 이른바 그 옛날의 홍등가로, 지금도 옛날의 영업 방식을 고수하고 있어서 호사가들 사이에서는 유명한 장소였다.

그곳에는 영화 세트처럼 조그만 집들이 죽 있고, 활짝 열린 현관문에 상품인 여성들이 인형처럼 앉아 있었다. 그녀들은 날이 추워도 맨살을 드러내 놓고 오가는 손님들의 관심을 끌기 위해 열심히 미소를 짓고 있었고, 그 바로 옆에서 호객을 하는 노파가 가게 앞을 걸어가는 남자들에게 말을 건네고 있었다.

미와 씨를 찾아 돌아다니다가 그만 그 동네로 발을 들여놓고 말았던 것이다.

아주 먼 옛날에는 담으로 에워싸인 독립된 공간이었다고 하지만 그때는 동네의 일부가 돼 있었기 때문에 누구라도 그 골목을 지나 다닐 수 있었다.

그 거리의 광경을 보았을 때 나는 A묘지를 발견했을 때보다 한층 더 놀랐다. 집에서 걸어올 수 있는 곳에 이렇게 비현실적인 장소가 있으리라고는 생각도 못 했기 때문이다.

꽃밥

물론 당시에는 그곳이 어떤 장소인지 알지 못했다. 겨우 아홉 살짜리 아이가 알 리가 없지 않은가. 다만 현관 앞에 켜져 있는 전등이 대낮의 골목을 불그스름하게 물들이고 있어 왠지 섬뜩했다.

　미와 씨는 파출소에 가까운 조그만 집 현관에 앉아 있었다. 예쁘게 화장하고 인형 같은 미소를 띤 얼굴에 분홍빛이 어려 있었다.

"누나!"

　그 모습을 봤을 때, 너무도 반갑고 기뻐서 나도 모르게 그녀에게 뛰어가고 말았다. 나를 알아본 그녀는 내가 아는 것과는 다른 미소를 지었다. 바로 옆에 서 있던 노파가 눈살을 찌푸리고 몇 번인가 손을 움직였다. 지금 생각하면 그 손짓은 '저리 가라'라는 사인이었다.

　그때 갑자기 누가 내 손을 휙 잡아당겼다. 나는 엉덩방아를 찧으면서 아스팔트 위로 나동그라졌다.

"이런 머리에 피도 안 마른 녀석이 무슨 짓이야! 영업 방해하지 말고 썩 꺼져!"

　내가 얼굴을 드는 순간 두툼한 탁구 라켓 같은 손바닥이 내 뺨을 갈겼다. 올려다보니 정체를 알 만한 남자가 귀신 같은 표정으로 나를 내려다보고 있었다.

"여긴 너 같은 애송이가 드나들 장소가 아니야. 어서 썩 꺼져!"

나는 비틀비틀 일어났다. 남자는 적당히 봐 가며 갈겼을 테지만 그래도 머리가 어질어질하고 귀에서도 징 하는 소리가 났다.

"미짱!"

멍한 귀에 미와 씨의 목소리가 울렸다. 머리에 담요를 푹 뒤집어쓰고 있는 것처럼 소리가 멀게 들렸다.

"나, 미짱 절대 안 잊을 거니까, 이런 데 오면 안 돼. 공부 열심히 해서 훌륭한 사람 되고."

돌아보니 가슴이 훤히 들여다보일 만큼 얇은 옷을 입은 미와 씨가 나를 애처로워하는 표정으로 외치고 있었다. 하지만 그 모습이 숨이 막힐 만큼 아름다워서 '누나가 나비네' 하고 나는 아직도 어질어질한 머리 한 귀퉁이로 멍하게 생각했다.

그 며칠 후 해가 바뀌었다.

미와 씨를 못 만나는 대신은 아니겠지만 나는 정말 멋진 새해 선물을 받았다. 1월 2일에 마사히로가 우리 집에 놀러 온 것이다.

"미짱, 미안했어. 내가 못되게 굴었지?"

여름의 그 사건 후로 그 역시 나와 놀지 말라는 가족과 나를 친구로 여기고 싶은 마음 사이에서 괴로워했던 모양이었다.

"사람들이 뭐라고 하든 상관없어. 미짱, 우리 다시 친구 하자."

그렇게 말하면서 오른손을 내밀었던 그의 얼굴을 나는 지금도 잊을 수가 없다.

꽃밥

"오사카 사투리, 많이 늘었네."

나는 그렇게 말하면서 마사히로의 손을 잡았다. 그때부터 오늘까지 우리는 사이좋은 친구로 지내고 있다.

안타깝지만 그 후 미와 씨가 어떻게 되었는지는 알 방법이 없다.

그녀가 충고한 대로 나는 어른이 될 때까지 그 골목에는 얼씬도 하지 않았다. 쫓겨나지 않을 정도로 성장한 후에 몇 군데 그런 가게를 찾아다녔지만, 아무도 그녀를 몰랐다. 생각해 보면 미와란 이름이 본명인지 아닌지조차 나는 알지 못한다.

하지만 지금도 어디선가 건강하고 활기차게 지내고 있지 않을까 하고 생각한다. 그녀 자신이 말했던 것처럼, 나비는 의외로 강하다.

그녀가 생각날 때마다 나는 몽상에 빠진다.

사람들의 눈이 닿지 않는 세상의 어느 한구석, 가령 철교 밑 같은 곳에 숨어 지내는 것은 고독하고 가엾은 요괴가 아니다.

그곳에는 수백 수천 수만 마리의 나비가 고요히 잠들어 있다. 찬란한 빛으로 가득한 새 계절을 기다리기 위해. 🖋 *end.*

'가슴이 찡해지는' 그리움을
살며시 꺼내 보여 주다

조용한 멜로디가 들려온다. 작품을 읽은 후, 왠지 모르게 러시아 민요가 떠오르는 쓸쓸한 선율이 귀에 남았다.

그 정체에 대해 얘기하는 것으로 해설을 시작하려 한다.

애처로운 멜로디다. 그런 한편 슬프기도 하고 반갑기도 한, 뭐라 표현하기 어려운 온기. 예를 들어 엄마한테 혼 나서 울다 지친 아이가 그 엄마의 품에 안겨, 처음에는 삐쳐 있다가 마침내 훌쩍거리며 잠이 들 때 같은 온기가 그 선율에는 담겨 있다.

이미 책을 다 읽은 이는 짐작이 갈 것이다. 내 귀 속에서 조용히 울리는 것은 〈도까비의 밤〉에서 인상적으로 사용된 파르나스의 CM송이다. 나는 슈카와 씨와 같은 해, 1963년 3월에 태어났다. 그래서 현실에서 울렸던 그 멜로디를 잘 알고 있다. 파르나스 제과, 틀림없이 존재했었다. 피로시키와 크레모프 같은 러시아 빵과 러시아 과자, 케이크를 만드는 회사였다. 텔레비전 광고도 했다. 그 광고에서 흐르는 음악은 '케이크 가게 CM송답지

않게 음울' 했다. 〈도까비의 밤〉에서 정호가 가슴을 쓰다듬으면
서 말했던 것처럼 '듣다 보면 여기가 찡해지는' 곡이었다. 아아,
그래그래, 그런 노래가 있었지 ……. 〈도까비의 밤〉을 읽으며 고
개를 끄덕이는 이는 우리와 같은 세대, 특히 간사이 지방에서 소
년 소녀 시절을 보낸 사람들 중에 많을 것이다.

〈도까비의 밤〉뿐만이 아니다. 파르나스의 CM송에 그치는 얘
기도 아니다. 〈요정 생물〉에서는 국철의 고가 아래, 〈참 묘한 세
상〉에서는 뒷골목에 있는 장기 집 …… 슈카와 씨의 작품을 높
이 평가하는 글에서 거듭 강조하는 것처럼, 한 편 한 편의 스토
리에 농밀한 그리움이 담겨 있다. 슈카와 씨 자신의 소년 시절과
도 겹쳐지는 일본 경제의 고도 성장기에서 오일 쇼크에 이르는
1960~70년대의 분위기가 때로는 전경으로 이야기를 채색하고,
때로는 먼 풍경으로 이야기를 뒷받침하면서 읽는 이를 향수에
젖게 한다. 그것은 슈카와 씨의 소설이 지닌 가장 큰 매력이기도
하다.

물론 그 그리움이 '아, 그래, 있었지, 맞아' 하는 데서 끝난다면
동시대 사람들의 기억을 아련하게 되살릴 수는 있어도 그 이상
으로 확대되지는 못할 것이다. 세계가 닫혀 버리기 때문이다. 파
르나스의 CM송 하나만 해도 만약 슈카와 씨가 그 시대를 나타
내는 아이템으로만, 향수를 자극하는 재료로만 사용했다면 그

곡을 모르는 독자는 그냥 흘려 읽고 말 것이다. 어쩌면 모르는 얘기가 나와서 작품에 거부감이 느껴졌다고 하는 사람도 있을지 모른다. 알기 쉬운 비유를 들자면, 회식 자리에서 '그래 있었지. 나도 알아' 하면서 열을 올리는 아저씨들을 젊은 사원들이 싸늘한 시선으로 쳐다보는 경우처럼.

물론 슈카와 씨는 그런 우는 범하지 않았다. 슈카와 씨가 그리는 그리움은 절대 '안다 모른다', '체험한 적이 있다 없다'로 가를 수 있는 단순한 것이 아니다.

과연 이 책에 담긴 어느 단편을 보아도 '쇼와 시절'의 그리움이 농밀하게 떠다닌다. 그런데 다시 읽어 보고서야, 시대나 장소를 특정하는 고유 명사가 의외로 적다는 것을 깨달았다. 있어도 굳이 강조하지 않은 상태에서, 슬며시 거기에 있다.

텔레비전 프로그램이나 유행가, 패션, 대형 사건이나 사고 등 그 시대와 직결되는 고유 명사 — 자의로 이름을 붙이자면 '시대 명사' — 를 작품에 줄줄이 늘어놓으면 향수는 손쉽게 확보할 수 있다. 그러나 그런 향수는 속이 깊지 않다. 슈카와 씨는 '시대 명사'에 의지하지 않고서도, 스토리의 밑바닥까지 그리움으로 적셔 놓았다. 파르나스의 CM송이라는 '시대 명사'를 사용할 때도 단순히 소설적인 소도구가 아니라, 어린아이들이 서로의 마음을 주고받는 순간을 그리는 삽화로, 그리고 가슴이 '찡해지는' 슈카와 씨의 모든 작품을 부연할 수 있는 애달픈 감정의 기조음으로 사용하였다.

그렇다면 슈카와 씨는 무엇으로 그 농밀한 그리움을 만들어 내는 것일까.

'시대 명사' 사용의 절제와 더불어 한 가지 분명한 것은 화법이다.

〈도까비의 밤〉을 예로 들어 보자.

'정말 옛날 일이라서', '왜 밖에 나가 아이들과 어울리지 않았는지는 기억나지 않지만', '몇 년이 지나도 그날의 일은 잊히지 않는다', '지금 생각하면', '전혀 기억에 없지만', '훗날 내가 읽은 책에는', '그리고 삼십여 년의 세월이 흘렀다' ······

이렇게 얘기하는 '지금'과 얘기되는 '아주 오래전' 사이를 슈카와 씨는 자유자재로 오간다. 물론 〈도까비의 밤〉에 한해 그런 것이 아니다. 이 작품집에 실린 모든 단편, 아니 슈카와 씨가 쓰는 작품의 미덕으로 그 유려한 화법이 있다는 것은 이미 새삼스럽지 않다.

그럼에도 굳이 한마디. 이 글을 쓰면서 다시금 강조하고 싶은 것은, 슈카와 씨는 기억의 농담을 정확하게 구분해서 말하고 그리고 있다는 점이다. 슈카와 씨 작품에는 '시대 명사'의 도움을 빌리지 않고는 어느 시대 얘기인지 알쏭달쏭한, 밋밋하고 시야가 흐린 작품과는 대조적인 원근감이 언제나 숨 쉬고 있다.

그리움이란 암기한 영어 단어나 연호를 기억하는 것과는 다르다. 농담이 있고 달콤새콤함에서 씁쓸함까지 서로 다른 다양한 맛이 있다. 기억의 저편에 숨어 있다가 때로 뜻하지 않게 불쑥 고개를 내밀어 환기되는 그런 감정인 것이다. 슈카와 씨의 화법은 쇠라나 피사로의 점묘화처럼 하나하나의 삽화와 장면에 명도와 채도의 차를 치밀하게 — 하지만 절대 계산이 아닌 — 입혀 나간다. 그렇기에, 그런 작업에서 태어난 기억의 농담이 인간 드라마의 음영으로 승화될 수 있는 것이다. 특히 어두운 부분의 절묘한 색감을 섬세하게 포착하는 점이 이 작가의 가장 뛰어난 미덕이지 않을까 싶다.

결론부터 말하자면 이 책의 그리움을 소리 없이, 그러나 확실하게 뒷받침하고 있는 것은 좋았던 옛 시절에 대한 향수가 아니라 오히려 그 반대로, 차별이나 편견까지 포함해서 그 시대에 어둡게 드리워진 그늘이 아닐까.

실은 슈카와 씨가 이 작품집으로 제133회 나오키상을 수상한 직후에 〈올 요미모노〉(2005년 9월 호)를 통해 슈카와 씨를 직접 만날 기회가 있었다. 그때 슈카와 씨는 자신이 소년 시절을 보낸 1960~70년대에 관해 이렇게 말했다.

"절대 좋은 일만 있지는 않았어요. 사회적인 문제도 산적해 있었으니까. 우리 어린 시절에 공해병이 문제가 되었는데, 그 후에 그 문제는 어떻게 되었을까 …… 무척 마음에 걸립니다."

"어린 시절에 경험한 공해 문제나 차별 문제가 남의 일 같지가 않아요. 어른스러운 태도라고 하기에는 좀 이상하지만 '나와는 관계없는 일'이라고 떨쳐 버릴 수가 없군요. 한마디 하고 싶은 기분에서 좀처럼 헤어날 수가 없습니다."

그러나 그것은 1960년대에서 70년대의, 오사카 변두리라는 특정한 장소에만 국한되는 일은 아닐 것이다. 어떤 시대의 어떤 장소에든, 그리고 어떤 세대에든 '어린 시절'에 엿보았거나 자신이 당사자였던 그늘이 있다. 첫사랑의 애틋함이 보편적인 것처럼, 크고 작은 온갖 후회와 미안함의 쓸쓸함, 또 신기한 일과 조우했던 아이가 품는 경외심과 흥분감 역시 모든 이들이 공유하고 있는 것이다. 슈카와 씨가 얘기하고 그리는 그리움은 어느 특정 시대나 세대, 지역에 한정되지 않는다. 이른바 인간이 지니는 슬픔과 기쁨, 인간끼리 사는 세상의 애환과 통하는 한없는 폭을 갖고 있는 것이다.

그래서 이렇게 단언할 수 있는 것이다. '진짜 현실'의 파르나스 CM송을 모르는 독자도 가슴이 찡해지는 구슬픈 멜로디가 들릴 것이다. 물론 그 멜로디는 현실의 CM송과는 다르다. 상관없다. 아니, 그 편이 오히려 맞다. 파르나스의 CM송을 모르는 독자는

꽃밥

모르기 때문에 자신의 기억, 자신의 생활 속에서 가슴이 찡해지는 멜로디를 환기할 수 있다. 다른 사람과 '아, 그래, 맞아. 그런 노래가 있었지' 하고 공유할 수는 없어도, 자신의 가슴 속에서 솟아오르는 멜로디는 현실의 CM송 이상으로 아름답고 애처롭게 가슴을 울릴 것이다.

그리움을 나타내는 글자 '회(懷)'는 품을 뜻한다. 머리에 든 지식이나 기억이 아니라 그 사람의 품 깊이 뿌리내린, 그야말로 '가슴이 찡해지는' 그리움을 슈카와 씨의 소설은 살며시 꺼내 보여 준다.

〈올 요미모노〉의 대담을 마무리하면서 슈카와 씨는 당시 초등학교 육 학년이던 아들이 이 책을 읽고 울었다는 얘기를 해 주었다.

"너, 이해하겠어? 하고 물었더니 우와아왕 하고 울음을 터뜨리더군요. 초등학생이 울어 줘서 나야 기뻤죠."

이 말을 할 때 슈카와 씨의 웃는 얼굴은 정말 기뻐하는 것처럼 보였다. 그것은 아버지로서가 아니라 작가로서, 소년의 품 깊은 곳까지 언어가 파고들었다는 기쁨의 웃음이었다. 그 웃는 얼굴이 무척이나 멋졌다는 것을 마지막으로 덧붙인다.

시게마츠 기요시
일본 중견 작가

기억이 옛 사연이 되고 전설이 되고 이야기가 된 소설

내가 삼십 년 살았던 서울의 어느 산동네는 지금 흔적도 없이 사라졌다.

산을 밀고 깎아 낸 자리에는 고층 아파트가 우후죽순처럼 솟았고, 학교를 다니느라 오르내렸던 계단 길과 골목길 옆에 닥지닥지 붙어 있었던 구멍가게와 문방구, 쌀가게와 만홧가게는 역사의 저편으로 멀어졌다.

하지만 뿌연 기억 속에는 아직도 나만의 전설과 추억이 아로새겨져 있다.

한강이 시원하게 내려다보였던 커다란 창문, 여름이면 앞뜰을 화려하게 수놓았던 달리아, 학교 운동장의 미끄럼틀, 대문 옆의 콘크리트 쓰레기통, 처음 받은 생일 선물, 고무줄놀이, 교실로 날아 들어왔던 문조, 5학년 4반 담임 선생님, 시장 거리.

모두가 1960년대 말의 풍경이다. 궁핍했던 서울 어느 한쪽에서는 개발의 깃발이 드높이 펄럭였지만, 가난하고 내몰린 자들의 동네였던 그곳에는 세 끼니를 걱정하는 사람들이 많았다. 철없는 반항과 홍수 같은 절망, 끝없는 악몽으로 이어지는 성장통을 겪으면서, 결혼을 하고 삼십 년 살았던 집을 떠날 때 비로소 나는 어른이 된 기분이었다.

지금은 동창회 자리에서나 화기애애한 추억으로 주고받는 그 시절이지만, 슈카와 미나토의 작품집을 번역하면서 줄곧 내 머리를 떠나지 않았던 것은 바로 내 어린 시절의 그런 풍경들이었다.

오사카의 1960년대 말에서 70년대 초의 풍경 또한 그렇지 않았을까 싶다.

도시 한편에서는 개발의 파도가 넘실거리는데, 뒷골목으로 한 걸음 들어서면 어두운 그림자처럼 도사리고 있는 전쟁의 그늘과 가난한 이들의 아우성, 삶에 지친 어른들의 피폐한 한숨이 넘쳐났을 것 같다. 그리고 그런 가운데서도 씩씩하게 쑥쑥 자라나는 아이들의 경쾌한 웃음소리와 조잘대는 말소리가 어른들에게는 한 줄기 희망이며 빛이었을 것 같다.

슈카와 미나토의 나오키상 수상 작품집 《꽃밥》의 무대는 이런 오사카의 어느 뒷골목이다. 〈꽃밥〉은 전생을 기억하는 소녀의 혼란스러움을 그린 이야기이고, 〈도까비의 밤〉은 그 골목에서 살다 어린 나이에 죽어 도깨비가 된 한국인 소년 '정호'의 이야기이며, 〈요정 생물〉은 어른들 사이에서 부대끼며 어렵게 어른으로 성장하는 한 소녀의 이야기이다. 〈참 묘한 세상〉은 세상에서 나앉은 백수로 살다가 얼토당토않게 죽었지만 이승에 대한 미련 때문에 쉬 떠나지 못하는 죽은 자의 이야기이고, 〈오쿠린 바〉는 사람을 편안한 죽음으로 인도하는 말을 구사하는 무당을, 〈얼음 나비〉는 병든 동생의 치료비를 구하기 위하여 도시로 나온 애처로운 누나의 외로움을 그리고 있다.

모두가 지금은 이미 사라지고 없는 장소와 시절에 얽혀 있는, 그리고 어쩌면 현대화의 물결에서 밀려난 사람들의 애틋하고 기이한 사연들이다. 그래서 다소는 호러적인 성격을 띠고 있으면서도 피 튀기는 전율보다는 인간에 대한 한없이 따스한 애정을 보여 주는 이 작품들을 작업하면서 내 어린 시절의 풍경을 되새기고 그 시절의 친구들을 추억하게 된 것은 당연한 일인지도 모르겠다.

세월이 흐르면 눈에 보이는 것들은 점차 그 모습이 바뀌고 때로는 사라지기도 하지만, 기억 속에 남아 있는 것들은 마치 몸에 난 작은 흉터처럼 오래도록 남아 옛 사연이 되고 전설이 되고 이야기가 되고 소설이 되어 동시대를 산 사람들의 희미해진 기억을 되살려 내고 추억이란 애틋한 전염병을 전파시키는가 보다.

2006년 무더위 속에서
김난주

한 번쯤은 경험하고 또 내 몸 어딘가에
남았으리라 여겨 더듬었을 기억들

어느 옛 시절을 마음에 오래 담고 있으며 그리워하는 것은 몸 어딘가에 그 시절의 흔적이 남아 있어서일 것이다. 흉터로든, 정신적인 충격으로든, 어렴풋한 아쉬움으로든.

살다 보면 잊히고 일상의 저편으로 밀려나는 그것들은 태양이 서쪽으로 기우는 고즈넉한 오후, 문득 깨어나 현실의 틈바구니에 끼어든다.

현재의 시간이 잠시 멈추면서 과거와 이어지는 그때, 옛 시간이 되살아나 꿈틀거린다.

2006년이면 지금으로부터 팔 년 전이던가. 그해 봄, 나는《꽃밥》이라는 예쁜 제목의 책을 작업했다. 그러면서 나의 어린 시절을 추억했던가. 당시의 '옮긴이의 글'을 보니 그렇다. 그리고 《꽃밥》은 내 기억 속에 아쉬움으로 오래 남았다. 어린 시절을 추억했던 당시의 나 자신과 함께.

세월이 흘러 다시금 펼쳐 본《꽃밥》이 이리도 애잔하게 가슴을 적시는 것은 각 단편이 '보편성'이라는 힘으로 무장하고 있기 때문일 것이다. 나와 너를 비롯해 모든 이들이 일상의 톱니바퀴가 잠시 멈추는 때, 그래서 지나간 시간이 현실에 스미는 그 때, 한 번쯤은 경험하고 또 내 몸 어딘가에 남았으리라 여겨 더듬었을 기억들이어서일 것이다.

2014년 가을의 문턱에서
김난주

꽃밥

초판 1쇄 펴냄 2014년 11월 1일
초판 2쇄 펴냄 2016년 4월 15일

지은이 슈카와 미나토
옮긴이 김난주
펴낸이 정용수
펴낸곳 도서출판 예문사

박지원이 편집장을, 양은희가 교정을, 오성민이 표지와 내지 꾸밈을 맡다.

출판등록 1993. 2. 19. 제11-76호
주소 경기도 파주시 직지길 460(출판도시) 도서출판 예문사
대표전화 031-955-0550
대표팩스 031-955-0660
이메일 yms1993@chol.com
홈페이지 www.yeamoonsa.com

ISBN 978-89-274-1120-8 03830